KOPFGELD: EINE SCIENCE-FICTION ALIEN-KRIEGER ROMANZE

Die Barbaren des Sandplaneten #1

TANA STONE

Übersetzt von

ANJA MÖST

Broadmoor Books

KAPITEL EINS

»Schießen die auf uns?«, fragte Danica und hielt sich an der glatten Kante einer Metallkonsole fest, als sie auf die Brücke trat und das Schiff sich zu neigen begann. Sie schmeckte Blut, als sie sich auf die Innenseite ihres Mundes biss und zuckte vor Schmerz zusammen. *Verdammter Mist.*

Als sie und Bexli ihre letzte Gefangene an Bord gebracht hatten, hatte sie den Befehl zum Abflug gegeben. Sie hoffte, dass die rivalisierenden Kopfgeldjäger, die ebenfalls auf der Jagd nach *ihrer* Gefangenen waren, sie nicht gesehen hatten. Den stakkatoartigen Geräuschen der Schüsse nach zu urteilen, waren ihre Pläne unbemerkt davonzukommen, jedoch fehlgeschlagen.

Sie betrachtete den vertrauten Anblick der kompakten Brücke. Eine runde, flache Bedienungskonsole in der Mitte des Raumes, darüber aufgehängte Bildschirme, kleinere Einzelkonsolen, die einen Halbmond um die Hauptkonsole bildeten, und ein abschließender Ring aus abgeschirmten Konsolen an den runden Wänden. Ein langer, schmaler Fensterschlitz ermöglichte ihnen den Blick aus dem vorderen Teil des Schiffes, aber er hatte eine Stahlblende, die sie zum Schutz herunterlassen konnten. Fast jeder Teil des Raumes bestand aus Metall, das längst nicht mehr glänzte und vor Alter und Schmutz fast schwarz aussah. Drähte liefen entlang der meisten Konsolen, die Folge verschiedener Angriffe und ihrer Versuche die Schäden zu flicken, um das alternde Raumschiff am Laufen zu halten. Danica atmete den Geruch von brennendem Treibstoff ein, der das Schiff zu durchdringen schien und verspürte einen Anflug von Zuneigung für diese Schrottlaube, in der sie praktisch aufgewachsen war.

»Sieht so aus«, sagte ihre Pilotin Caro, als sie sich von einer der kleineren Konsolen, mithilfe derer sie das Schiff steuerte, wegdrehte. Ihr glattes, fast schwarzes Haar peitschte herum, als sie sich sofort zurück zur Steuerkonsole drehte. »Und wir sind definitiv waffentechnisch unterlegen.«

»Können wir ihnen entkommen?«, fragte Danica, als sie zur Mittelkonsole hinunterging und sich das riesige Schiff ansah, das sie verfolgte.

»Was wir weder an Größe noch an Feuerkraft haben, machen wir durch unsere Manövrierfähigkeit wett«, sagte Caro. »Ich sollte in der Lage sein, unsere Impulsantriebe ein wenig zu beschleunigen, wenn ich die …«

»Caro«, sagte Danica und schnitt ihr das Wort ab, bevor sie eine allzu detaillierte Erklärung ihres Motors liefern konnte.

»Verzeihung, Captain«, sagte Caro und drehte sich zurück zu ihrer Konsole. »Bin schon dabei.«

»Ich hoffe, du hast recht«, sagte Tori, von ihrem Platz neben der Waffenkonsole an der Wand aus. Ihr lockiges, dunkles Haar war zu einem Dutt hochgebunden und mit etwas fixiert, das wie metallene Essstäbchen mit gefährlich scharfen Enden aussah. Fast so scharf wie ihre spitzen Zähne. Entlang ihrer Augenbrauen befand sich eine Reihe harter, erhöhter Knubbel, die an den Seiten ihres Gesichts entlang liefen und in ihrem Haaransatz verschwanden. Ein Markenzeichen der Zevrianer, wodurch sie noch wilder aussah, als sie es ohnehin schon war. »Weil uns die Munition ausgeht.«

»Wie viel haben wir noch?« Danica ergriff die Konsole vor sich mit beiden Händen, als das Schiff nach rechts ruckte und unter dem größeren Schiff hindurchfuhr.

»Wie gut bist du im Nahkampf?«, fragte Tori, als sie sich mit ihren braunen, muskulösen Arme an der Wand abstütze.

Danica hatte eine Menge Kritik geerntet, als sie die Zevrianerin als Sicherheitsoffizierin eingesetzt hatte – vor allem von den alten Kopfgeldjägerfreunden ihres Vaters. Aber sie hatte es nie bereut, Tori in ihr Team aufgenommen zu haben. Besonders in Situationen wie dieser.

»Ich dachte, wir hätten unsere Vorräte aufgestockt, als wir bei Centuri Zwölf angedockt waren«, rief Danica über das Dröhnen der Triebwerke, die das Raumschiff vorantrieben.

»Das hätte ich, wenn wir etwas gehabt hätten, womit wir bezahlen könnten«, sagte Tori, während das Schiff beschleunigte.

Danica seufzte. Ihre Besatzung ging auf dem Zahnfleisch. »Ich weiß, es war knapp, aber wenn wir das Kopfgeld erst einmal bekommen haben, sind wir wieder für eine Weile gut bei Kasse.«

»Ich bin nur froh, dass Mourad nicht die Genugtuung haben wird, uns zuvorgekommen zu sein.« Caro wandte sich wieder nach vorn, als die Kraft der Beschleunigung sie in ihren Stuhl drückte. »Ich hasse diesen Kerl.«

Danica war ganz ihrer Meinung. Das Schiff, das auf sie schoss, gehörte einem Kopfgeldjäger und Söldner namens Mourad, der weder an weibliche Kopfgeldjäger glaubte noch an Fairness. Nicht, dass Danica dagegen war, die Regeln zu umgehen oder ihr Glück herauszufordern. Aber bei Mourad konnte man sich nie sicher sein, was er und seine Besatzung tun würden, um ein Kopfgeld zu erbeuten.

Er war der einzige Kopfgeldjäger, dem ihr Vater aus dem Weg gegangen war, weil Mourad alle üblichen professionellen Höflichkeiten und akzeptierten Praktiken ignorierte. Er legte jeden aufs Kreuz. Anstatt die Schurken selbst aufzuspüren, war er dafür bekannt, dass er sich auf die Lauer legte, sobald ein anderer Kopfgeldjäger die ganze Rennerei erledigt hatte. Dann stürmten er und seine Söldnerbande herein und schnappten sich den Gefangenen. Genau wie er es jetzt auch versuchte.

Nur über meine Leiche, dachte Danica, als ihr Schiff die Atmosphäre durchbrach und in den Weltraum schoss. Die Farbe des Himmels wechselte von einem dunstigen Gelb, zu einem dunklen Blau und wurde dann schwarz. Sie klopfte dankbar gegen die Seite der Konsole und dankte dem Schiff innerlich dafür, dass es sie aus einer weiteren problematischen Situation herausgebracht hatte.

Als ihr Vater starb, hatte er ihr alles hinterlassen, was er besaß. Im Grunde genommen bedeutete das nur sein Schiff. Es waren nur sie drei gewesen, solange Danica sich erinnern konnte. Sie, ihr Vater und das Schiff. Verschiedene Besatzungsmitglieder waren gekommen und gegangen, aber das Schiff war die einzige Konstante in ihrem Leben gewesen, abgesehen von ihrem Vater. Sie hatte darüber nachgedacht, es zu verkaufen, aber hatte den Gedanken schnell wieder verworfen. Das alte Schiff war genauso ein Teil von ihr wie ihr Vater es gewesen war und sie konnte den Gedanken nicht ertragen, beide zu verlieren.

Sie wusste, dass ihr Vater nie gewollt hatte, dass sie Kopfgeldjägerin wurde, aber nachdem sie ihre Kindheit damit verbracht hatte, Gauner durch die ganze Galaxie zu jagen, kannte sie kein anderes Leben. Sie war gut darin, Menschen aufzuspüren, aus misslichen Lagen zu entkommen und das Gesetz zu umgehen. Ihr Vater hatte ihr viel beigebracht.

Danica versuchte, die Gedanken an ihren Vater abzuschütteln, als sie zur Tankanzeige blickte. »Gute Arbeit. Wir sollten genug Dampf haben, um den Gendarvian-Außenposten zu erreichen, wo wir unsere Beute abladen und unsere Belohnung erhalten werden.«

Tori überquerte die Brücke, um sich neben sie zu stellen. Ihr Kettengürtel, den sie mehrere Male um ihre schmale Taille geschlungen hatte, klimperte während sie herüber schritt. »Ich frage mich, was sie getan hat, um einen so hohen Preis wert zu sein.«

Danica zuckte mit den Schultern und streifte eine lose Strähne lockiger, blonder Haare hinter ihr Ohr. »Es ist nicht unsere Aufgabe, uns zu fragen, warum etwas geschieht. Ich weiß, dass es nicht um ein Gewaltverbrechen geht. Ich habe noch nie eine Person gesehen, die sich so wenig gegen eine Festnahme gewehrt hat.«

»Die Verfolgung war der schwierige Teil. Dr. Max Dryden hat verdammt gute Arbeit darin geleistet, sich zu verstecken.«

Die Frauen drehten sich um und sahen, wie ihre Ingenieurin Holly auf die Brücke trat. Während der größte Teil von Danicas Besatzung funktionelle Kleidung bevorzugte, ähnlich wie ihre männlichen Kollegen, trug die Schiffsingenieurin bunte und gemusterte Kleidung, die sie furchtlos kombinierte. Rote Haare fielen ihr über die Schultern und das hautenge, rosafarbene Muster-Top, das sie mit einer ebenso engen, türkisfarbenen Hose kombiniert hatte. Ihr ausgesprochen weibliches Aussehen hielt sie nicht davon ab, wie ein Weltraumpirat zu fluchen. Dies überraschte die meisten Leute, die sie nach ihrem mädchenhaften Aussehen beurteilten.

»Nicht gut genug, um uns zu überlisten«, sagte Tori mit einer Hand auf ihre Hüfte gestützt.

»Zum Glück verstehe ich die Studien der Professorin und habe unsere Suche auf ein paar wenige Planeten eingrenzen können, auf denen diese Art von wissenschaftlicher Forschung ideal durchgeführt werden kann«, sagte Holly. »Und dann konnte Bexli ihr Ding durchziehen.«

Bexli war der andere Nicht-Mensch der Crew. Sie war eine lycithianische Gestaltwandlerin, deren Spezialität es war, in ansonsten undurchdringliche Orte ein- und auszubrechen. Sie war ihr Ass im Ärmel. Offiziell war sie für die Akquisition neuer Aufträge zuständig, denn wegen ihrer speziellen Fähigkeiten konnte sie jeden Auftrag beschaffen, den sie wollten. Sie war so wichtig für diese Crew, dass Danica sich sogar den Glurkin, den Bexli als Haustier unbedingt an Bord bringen wollte, gefallen ließ.

»Erklär uns noch einmal, welche Art von Forschung die gute Frau Doktor durchgeführt hat«, sagte Tori, aber schüttelte dann schnell mit dem Kopf. »Halt, vergiss es. Es ist mir eigentlich egal.«

Holly rollte mit den Augen. »Sie hat an einem seltenen Mineral geforscht, das nur in einigen wenigen Systemen vorkommt. Es heißt, sie habe einen Weg gefunden, dessen Kraft zu nutzen, was verdammt erstaunlich wäre.«

Caro drehte sich in ihrem Stuhl, um sich ihnen zuzuwenden. »Ich bin immer noch nicht begeistert darüber, dass wir eine Wissenschaftlerin ausliefern. Sind wir sicher, dass das ein legitimes Kopfgeld ist? Wie viele Professoren kennt ihr, die Verbrechen begehen, die schwer genug sind, um so eine Summe zu rechtfertigen? Sollten wir wirklich andere Frauen ausliefern? Ich meine, wir sind eine rein weibliche Kopfgeldjäger-Crew.«

Danica runzelte die Stirn, teils irritiert durch Caros Ansturm von Fragen und teils, weil ihr die gleichen Fragen durch den Kopf gingen und sie tief in ihrem Inneren wusste, dass etwas nicht stimmte. Es fiel ihr schwer, die Stimme ihres Unterbewusstseins zu ignorieren. »Wir können es uns nicht leisten, uns unsere Aufträge auszusuchen. Selbst wenn wir uns dazu entscheiden, die Professorin nicht auszuliefern, wird es jemand anderes tun. Wenigstens behandeln wir unsere Gefangenen gut.«

»Selbst wenn sie es nicht verdienen.« Tori zog den Saum ihrer schwarzen Cargo-Hose hoch, um eine dünne, rote Narbe zu enthüllen, die ihre Wade hinauflief. »Wir hätten diesen daxianischen Schmuggler aus der Luftschleuse werfen sollen.«

»Stimmt!«, sagte Bexli, als sie sich zu den anderen Frauen auf der Brücke gesellte, ein grünes Fellknäuel dicht auf ihren Fersen. »Der war besonders widerwärtig.«

»Haben wir das Kopfgeld für ihn schon erhalten?«, fragte Danica.

Bexli nickte, während ihr schillernder, lavendelfarbener Bobhaarschnitt ihr markantes Gesicht umschmeichelte. »Im Vergleich dazu war es ein Kinderspiel, die Professorin gefangen zu nehmen. Ich musste mich nicht einmal in etwas Schreckliches verwandeln, um sie zum Aufgeben zu zwingen.«

Sie lehnte sich an eine Konsole und nahm Pog in ihre Arme. Sie streichelte sein Fell, was ihn dazu verleitete, ein leises Schnurren von sich zu geben. »Der letzte Daxianer hat erst aufgehört zu kämpfen, als ich mich in einen Gorvon verwandelt habe.«

»Kannst du mir nochmal erklären, was ein Gorvon ist?«, fragte Holly.

»Eine besonders grauenhafte Kreatur aus der Heimatwelt der Daxianer.« Bexli grinste. »Sie haben jede Menge Klauen und Reißzähne.«

Caro lachte, während sie ihren Pferdeschwanz neu band. »Das erklärt, wieso er in seine Zelle gemacht hat.«

»Wenigstens hat er uns einen Monat lang mit Brennstoff und Rationen versorgt«, sagte Danica und warf Tori einen vielsagenden Blick zu. »Und du hast ihm ein paar Narben zugefügt, wenn ich mich recht erinnere.«

Tori grinste. »Ein Souvenir von den *Bounty Hunter Babes*.«

»Du weißt, wie ich diesen Spitznamen hasse.« Danica verschränkte ihre Arme vor ihrer Brust.

»*Babes* ist besser als der andere Name, den sie uns gegeben haben, der ebenfalls mit einem *B* beginnt.« Holly lehnte sich an eine der Konsolen und überkreuzte ihre langen Beine an den Knöcheln.

»Mir macht der Name nicht so viel aus«, sagte Caro. »Wenigstens reden sie über uns.«

Danica stieß einen langen Atemzug aus. »Sie sollten über uns reden, weil wir im vergangenen Astro-Jahr die zwei höchsten Kopfgelder eingebracht haben, nicht weil wir alle Frauen sind.«

Holly klopfte ihr ermunternd auf die Schulter. »Es ist nur, weil wir die erste und bisher einzige rein weibliche Kopfgeldjäger-Crew sind. Wenn der Reiz des Neuen nachlässt oder eine andere Crew auftaucht, werden die Leute sich über etwas anderes das Maul zerreißen.«

Danica wusste, dass an Hollys Worten etwas Wahres dran war, aber sie hasste die Tatsache, dass die anderen Kopfgeldjäger sie immer noch nicht respektierten, obwohl sie zwei der am schwersten zu fassenden Schurken dieser Galaxie gefangen hatten. Sie war sich darüber im Klaren gewesen, dass es nicht einfach sein würde, in einem Bereich zu arbeiten, der für seine Männervorherrschaft bekannt war. Aber sie dachte, dass ihre unorthodoxen Methoden und ihre unkonventionelle Crew den

Respekt der anderen Kopfgeldjäger gewinnen würden. Bislang hatten sie nur Spitznamen dazugewonnen.

»Ich sage, wir stehen dazu«, sagte Tori energisch, nahm eines der spitzen Essstäbchen aus ihrem Haar und drückte die nadelartige Spitze in eine Fingerkuppe. »Wir wissen, dass wir jeden Job hundertmal besser erledigen können als die Jungs. Und sobald wir diese berühmte Professorin abgeliefert und die Kohle kassiert haben, haben wir genug Knete, um dieses Schiff so auszustatten, dass wir jeden vom Himmel pusten können. Dann haben wir uns den Namen *Babes* voll und ganz verdient.«

»Ähm, Leute.« Caros Finger flogen über den Bildschirm vor ihr. »Wir sollten uns vielleicht noch nicht in Sicherheit wiegen.«

Danica ließ ihren Blick ebenfalls zu dem Bildschirm schnellen und stütze sich angespannt mit den Händen auf der Konsole vor Caro ab. Sie sah, wie das Schiff ihres größten Rivalen direkt auf sie zusteuerte. »Ich dachte, wir hätten genug Vorsprung, um sie abzuschütteln.«

»Sie sind viel schneller, als ich vermutet hatte. Ein so großes Schiff ist normalerweise viel langsamer«, sagte Caro und manövrierte das Schiff in ein Ausweichmanöver, welches es nach links abtauchen ließ.

Holly fiel zu Boden und kam mit einem lauten Knall auf. »Es wäre schön, wenn du uns nächstes Mal vorwarnen könntest.«

»Verzeihung!«, rief Caro schrill, um über die Schüsse hinweg gehört zu werden. »Ihr solltet euch wahrscheinlich darauf vorbereiten, dass sie versuchen werden uns zu entern.«

Eine Explosion erschütterte das Schiff und die roten Warnleuchten der Angriffsalarme wurden ausgelöst.

»War das ein Torpedo?«, fragte Danica und schüttelte ungläubig den Kopf. Versuchte ihr Rivale wirklich, ihr Schiff in die Luft zu jagen?

»Mist.« Holly kletterte wieder auf die Füße und nutzte die nächstgelegene Konsole, um sich Halt zu verschaffen. Sie stolperte zur Tür und sagte, »Ich kehre besser mal in den Maschinenraum zurück. Wenn wir den verlieren, sind wir erledigt.«

»Ich gehe nachsehen, ob es der Gefangenen gut geht«, sagte Bexli und folgte Holly mit Pog unter einen Arm geklemmt.

Eine Erschütterung durchfuhr das Schiff und Danica vernahm das Knirschen von Metall, dass auf Metall traf. Ein kalter Schauer lief ihr über den Rücken. »Sie haben angedockt.«

Toris Gesicht war grimmig. »Sie entern uns.«

»Vielleicht schnappen sie sich nur die Professorin und verschwinden wieder«, sagte Caro mit zitternder Stimme. Danica war sich bewusst, dass ihre Pilotin mehr als einmal gefangen genommen worden war. Sie war Pilotin für eine Widerstandsbewegung gewesen und ihre Gefangenschaften waren nicht immer angenehm gewesen.

Danica ballte ihre Hände zu Fäusten. »Sie werden weder unsere Gefangene noch uns in die Finger bekommen.« Dann wandte sie sich an Tori. »Halte sie auf, solange du kannst, aber lass dich nicht umbringen. Ich habe einen Plan.«

Tori nahm das andere Stäbchen aus ihrem Haar und steckte es zusammen mit dem anderen in ihren Kettengürtel. »Alles klar, Captain.«

Danica rannte von der Brücke einen schwach beleuchteten Korridor hinunter, bis sie die Stahltür erreichte, vor der Bexli Wache hielt. »Ich kümmere mich um die Professorin. Kannst du dir Pog schnappen und versuchen Mourads Soldaten so lange wie möglich aufzuhalten?«

Bexli nickte, während sich ihre schlanke Gestalt zu einem massigen Biest transformierte, dessen verfilztes Fell nur einen Hauch von ihrem lavendelfarbenen Haar widerspiegelte. Pog bellte schroff und wurde zu einer grünen Eidechse von der Größe eines ausgewachsenen Mannes, mit kurzen Beinen, die flink über den Boden krabbelten. Beide Kreaturen eilten dem Tumult entgegen, den die feindlichen Kopfgeldjäger veranstalteten, als sie ihr Schiff enterten.

Danica wandte sich der nun unbewachten Stahltür zu und gab den Zugangscode ein. Die Tür glitt mit einem Zischen auf und sie erhaschte einen Blick auf die zierliche Gestalt mit kurzen, schokoladenbraunen Haaren, die auf der Kante einer Pritsche saß.

»Professor Dryden«, sagte Danica keuchend. »Einige ziemlich fiese Kopfgeldjäger versuchen gerade mein Schiff zu entern, um Sie mitzunehmen. Ich kann Ihnen versprechen, dass sie nicht so barmherzig sein werden wie wir, aber ich habe einen Plan, der uns alle retten könnte.«

Die Frau auf der Liege blinzelte ein paar Mal mit ihren großen, blauen Augen, bevor sie antwortete. »Nennen Sie mich Max.«

KAPITEL ZWEI

Danica vernahm die donnernden Schritte, die in dem Korridor des Schiffs widerhallten, als die Besatzung des rivalisierenden Schiffes an Bord kam. »Wir haben nur ein paar Minuten Zeit, um dich wie eine von uns aussehen zu lassen, Max.«

Max stand auf. »Was meinst du mit 'eine von uns'? Wer bist du?«

Danica gelang ein halbherziges Lächeln. »Ich bin die Kommandantin des einzigen weiblichen Kopfgeldjäger-Teams der Galaxie.«

»Du bist also der Grund, warum ich gegen meinen Willen festgehalten werde?«, fragte Max.

Danica schüttelte den Kopf. »Du konzentrierst dich auf das Falsche. Wenn du nicht von diesem Schiff geschleppt und in eine Zelle geworfen werden willst, die viel unbequemer ist als diese, müssen wir den bösartigsten Kopfgeldjäger der Galaxie davon überzeugen, dass du zu meiner Crew gehörst.« Danica zog ihre eigene schwarze Weste aus und warf sie der Professorin zu. »Zieh dein Hemd aus und das hier an.«

Max musterte die Weste mit den ausgefransten Rändern. »Nur das?«

Danica warf einen Blick auf die braune Hose, die die Frau trug und war froh, dass sie schmutzig geworden war, als sie und Bexli die Professorin festgenommen und zum Schiff geschliffen hatten. Würde sie zu ordentlich aussehen, würde der Plan nie funktionieren.

»Würdest du jemals nur eine Weste tragen?«, fragte Danica, während sie ihre Hosentaschen durchsuchte und einen schwarzen Fettschmierstift fand, den sie vor Kurzem als Teil ihrer Tarnung bei einer Mission benutzt hatte.

»Nicht in einer Million Astro-Jahren.«

»Perfekt.« Danica ging zu ihr hinüber. »Das Letzte, was wir wollen, ist, dass du so aussiehst wie du selbst.«

Schritte hallten von den metallenen Korridoren wider und brachten Max' Hände zum Zittern, als sie sich das weiße Hemd auszog und die Weste über ihren Kopf stülpte. Gebrüll und Schreie folgten auf das Laser-Feuern, welches beide Frauen zusammenzucken ließ.

»Waren das deine Besatzungsmitglieder?«, fragte Max.

Danica schüttelte kurz den Kopf. »Es geht ihnen gut. Sie lenken Mourads Crew nur ab, damit wir mehr Zeit haben.« Sie packte Max am Hinterkopf. »Halt still.« Dann zeichnete sie dicke, schwarze Linien unter die blauen Augen der Professorin und verlängerte sie, um einen *Cateye*-Effekt zu erzielen. »So, das lässt dich weniger verklemmt aussehen.«

Max spuckte in ihre Handflächen und fuhr sich mit den Händen durch ihr ordentlich gescheiteltes Haar, wodurch es ihr zu Berge stand. »Was hältst du davon?«

Danica grinste. »Du fängst an, wie ein Mitglied meiner Crew auszusehen.« Sie drückte den Arm der Frau, um ihr zu versichern, dass alles gut werden würde. »Denk daran, wütend auszusehen, aber nicht ängstlich. Du gehörst zu einer knallharten, weiblichen Kopfgeldjäger-Crew. Du bist keine Wissenschaftlerin.«

»Um ehrlich zu sein, bin ich auch stinksauer. Warum hast du mich auf dieses Schiff gezerrt und warum sollte ich deinen Plan unterstützen, indem ich so tue, als ob ich zu deiner Crew gehören würde?«

Danica seufzte. Dafür hatte sie jetzt keine Zeit. »Ich habe dich auf dieses Schiff gebracht, weil ein hohes Kopfgeld auf dich ausgesetzt ist. Es ist nichts Persönliches.«

Max klappte die Kinnlade herunter. »Auf meinen Kopf ist ein Kopfgeld ausgesetzt? Das ist unmöglich. Ich bin eine Wissenschaftlerin.«

»Ja, ich weiß.« Danica steckte den Fettstift wieder in ihre Tasche. »Aber den Jungs, die in diesem Moment mein Schiff entern, ist das völlig egal. Vertrau mir, wenn ich dir sage, dass du nicht von ihnen gefangen gehalten werden willst.«

Max beobachtete sie einen Moment lang, bevor sie nickte. »Okay, gut. Und dein Name ist …?«

»Danica.« Als sie die Tür öffnete und in den Korridor trat, zückte Danica ihren Blaster und hielt ihn selbstsicher in beiden Händen.

»Brauche ich auch so einen?«, fragte Max und blieb hinter ihr stehen.

»Kannst du denn einen benutzen, ohne mir den Kopf wegzupusten?«

»Wahrscheinlich nicht«, gab Max zu.

»Dann sollten wir damit noch eine Weile warten.« Hämmernde Schritte ließen den Boden des Schiffs erzittern und Danica hob die Hand, um die Professorin zum Schweigen zu bringen.

Die beiden Frauen rührten sich nicht von ihrer Position im Korridor, als drei riesige Kreaturen um die Ecke kamen, welche Waffen in den Händen hielten, die fast genauso lang waren wie ihre Arme. Sie waren in schwarze Hosen und Hemden gekleidet, die Danica einen guten Blick auf ihre muskulösen Bizepse ermöglichte. Waffen und Munition waren an die Gürtel über deren Brustkörbe geschnallt. Einer hatte unebene, violette Haut, aber sie vermutete, dass die beiden anderen Menschen waren.

»Lasst die Waffen fallen!«, sagte der Mann, der die Gruppe anführte, als er Danicas Blaster sah. Er hatte ein Tattoo am Hals und seine blonden Haare waren extrem kurz geschnitten.

Danica erkannte schnell, dass sie waffenmäßig unterlegen war und ließ ihren Blaster auf den Boden fallen. »Könnte mir bitte mal einer erklären, wieso ihr mein Schiff geentert habt? Das ist eine Verletzung der galaktischen …«

Ihr wurde das Wort abgeschnitten, als der Mann ihr eine Ohrfeige verpasste, die sie ins Stolpern brachte. Sie prallte gegen die Korridorwand und Max schrie auf. Ängstlich trat die Frau einen Schritt zurück, bis sie sich daran erinnerte, als wen sie sich ausgab.

»Für wen zum Teufel haltet ihr euch eigentlich? Ihr könnt meinen Captain nicht so behandeln«, schrie sie und half Danica dabei, sich aufzurichten.

»Sieht aus, als müsstest du auch lernen, wann du deinen Mund zu halten hast.« Der Mann hob seine Hand, um ihr ebenfalls eine Ohrfeige zu verpassen, als eine tiefe Stimme ihn erstarren ließ. »Genug.«

»Sie können nicht sprechen, wenn du ihnen die Zähne ausschlägst.«

Danica blickte auf, um den Besitzer der tiefen Stimme anzusehen und hatte zum zweiten Mal an diesem Tag den metallischen Geschmack von Blut in ihrem Mund. »Mourad.«

Der große, breitschultrige Mann mit Glatze, gelblicher Haut und völlig schwarzen Augen grinste sie an. Er war ein Gorglik. Er hatte keine Körperbehaarung und sprach eine Sprache, welche schrilles Klicken zum Kommunizieren nutzte und Danica an ein Insekt erinnerte. Die Tatsache, dass er außerdem nicht blinzelte, vertiefte diesen Eindruck. »Du scheinst nicht froh darüber zu sein, mich zu sehen«, sagte er.

Dank des Universalübersetzer-Implantats, das sie und ihre gesamte Crew hatten, konnte sie ihn verstehen, obwohl sie sich wünschte, sie könnte es nicht. »Was willst du?«, fragte Danica erzürnt. Ihre Frage verließ ihren Mund zusammen mit einem Schwall Blut.

Mourad legte ihr eine fette Hand auf die Schulter. »Gib mir mein rechtmäßiges Eigentum und wir werden dich und deine traurige, kleine Crew in Ruhe lassen.«

»Dein rechtmäßiges Eigentum. Du meinst meinen Gefangenen?« Danica versuchte zu lachen, aber ihr Mund schmerzte. »Wie kommst du denn auf so einen Schwachsinn?«

»Wir haben Wochen gebraucht, um dich durch die Galaxie zu verfolgen.« Mourad schüttelte den Kopf. »Und ich bin nicht gut darin, geduldig zu sein.«

»Dein Plan ist also, uns zu verfolgen und uns unseren Gefangenen abzuknöpfen?«, fragte Danica.

Mourad zuckte mit den Schultern. »Wenn du es nicht schaffst, auf deine Gefangenen achtzugeben, ist das nicht meine Schuld.« Sein Lächeln erlosch. »Also, wo ist der Professor?«

»Siehst du hier irgendwo einen Professor?« Danica breitete ihre Arme weit aus. »Wir haben ihn nicht gefunden, Mourad. Er war nicht auf dem Planeten.«

Der Kopfgeldjäger lehnte sich zu ihr vor und verengte seine Augen zu Schlitzen, als er Danica anstarrte. »Ich glaube dir nicht.«

Danica wandte ihr Gesicht von ihm ab, um seinem fauligem Atem zu entkommen. »Du kannst gern mein Schiff durchsuchen, aber du wirst keine Spur von Dr. Max Dryden finden. Falls er je auf diesem Planeten war, ist er vor unserer Ankunft verschwunden.«

»Warum hast du dann versucht, uns zu entkommen?«, fragte Mourad.

»Meine Güte!« Danica tat so, als müsste sie über seine Frage nachdenken und klopfte sich dabei mit dem Finger gegen ihr Kinn. »Vielleicht, weil wir keine Lust hatten, von dir und deinen Schlägertypen belästigt zu werden.«

Mourad richtete sich auf und berührte die Kommunikationswanze in seinem Ohr. »Hat jemand den Gefangenen gefunden?« Er runzelte die Stirn, als er der Antwort seiner Crew lauschte und sich dann an seine Männer wandte. »Durchsucht jede Ecke des Schiffs. Wenn sie den Gefangenen irgendwo verstecken, werden wir ihn finden und dann werden sie alle für unsere Mühe bezahlen.«

Die drei Männer teilten sich auf und rannten in zwei verschiedene Richtungen den Korridor hinunter, während Mourad die

Arme vor seiner breiten Brust verschränkte und Danica und Max anstarrte.

»Du verschwendest deine Zeit«, sagte Danica. »Von einem Kopfgeldjäger zum anderen sage ich dir, dass wir ihn nicht haben.«

Mourads Lippen verzogen sich zu einem höhnischen Grinsen. »Du bist keine Kopfgeldjägerin. Du bist ein kleines Mädchen, das vorgibt, eine Kopfgeldjägerin zu sein.«

Danica kämpfte gegen den Drang an, ihn an die zwei großen Belohnungen zu erinnern, die sie nach erfolgreicher Ausführung ihrer letzten paar Missionen erhalten hatte. Es brachte ihr nichts, einen schlafenden Bären zu wecken, oder in diesem Fall, einen Gorglik.

»Was ist mit dir?«, fragte Mourad und richtete seine Aufmerksamkeit auf Max. »Du bist so still.«

»Ich habe kein Problem damit, meiner Kommandantin das Wort zu überlassen«, Max hielt ihre Stimme ruhig.

»Sie ist eine meiner Ingenieurinnen«, sagte Danica. »Sie ist noch in der Ausbildung.«

Mourad ließ seinen Blick über die zierliche Frau schweifen. »Lass mich dir einen Rat erteilen. Such dir einen anderen Job.« Er ließ seinen Blick zu dem tiefen Ausschnitt ihrer Weste wandern und trat näher auf sie zu. »Oder noch besser … Such dir einen wahren Krieger, der sich um dich kümmern kann.«

Max' Wangen wurden rot. Mourad fasste es als Ermutigung seiner Annäherungsversuche auf, aber die stampfenden Schritte, die sich ihnen näherten, lenkten seine Aufmerksamkeit auf die Männer, die um die Ecke kamen. »Nichts, Sir«, sagte der mit dem Halstattoo. »Wir haben alles durchsucht und wir können nichts finden. Es ist kein sehr großes Schiff.«

Mourad knurrte.

»Ich habe es dir gesagt«, sagte Danica. »Der Planet war eine Sackgasse.«

Mourads Augen ruhten auf Danica. »Ich habe dich aus Respekt für deinen Vater die ganze Zeit in Frieden gelassen.«

»Das nennst du ›mich in Frieden lassen‹?«, schnaubte Danica ungläubig. »Du hast uns durch die Galaxie gejagt, bist ohne Einladung an Bord meines Schiffes gekommen, einer deiner Männer hat mich geohrfeigt und du versuchst, meinen Gefangenen zu stehlen!«

Mourad baute sich bestimmend vor ihr auf. »Du und deine Crew solltet euch einen anderen Job zulegen. Ihr habt in diesem Geschäft nichts verloren.«

Danica stützte eine Hand auf ihre Hüfte. »Nun, das ist nicht wirklich deine Entscheidung, oder?«

Mourad wandte sich zum Gehen und befahl seinen Schlägertypen, »Nehmt sie gefangen.«

Halstattoo nahm Danica am Arm und ein anderer Kopfgeldjäger mit Armen so dick wie Baumstämme packte Max.

»Du kannst uns nicht einfach so mitnehmen«, schrie Danica, als sie mitgeschleift wurde. »Was hast du mit uns vor? Willst du uns für den Rest unseres Lebens auf deinem Schiff gefangen halten?« Als sie ihre größte Angst laut äußerte, verkrampfte sich ihr Magen und sie hoffte, dass das nicht sein Plan war.

»Nein«, sagte Mourad, ohne sich umzudrehen. »Ich werde dich und deine Crew auf einem unbewohnten Planeten aussetzen. Es sollte dich lange genug aufhalten, damit ich diesen Professor schnappen und die halbe Million Scheine einfordern kann. Oder ihr werdet einfach dort sterben.« Er warf Danica einen Blick über seine Schulter zu und schenkte ihr ein Lächeln, das seine gelben Zähne zum Vorschein brachte. »Egal wie, ihr geht mir nicht mehr auf die Nerven.«

»Captain«, sagte Halstattoo mit einem Grinsen, das so böse war wie das von Mourad. »Wir sind in der Nähe des Sandplaneten Zandureen. Da gibt es eine primitive Lebensform, die nicht zum Weltraumflug fähig ist.« Seine Augen wanderten zu Danica und Max und er kicherte. »Die letzte Person, die Kontakt mit ihnen hatte, berichtet, dass ihre menschenähnliche Spezies schnell schwindet, weil sie nur wenige Weibchen haben.«

Mourad warf den Kopf in den Nacken und lachte, während das kratzige Geräusch von den Stahlwänden widerhallte. »Sieht so aus, als ob du und deine Crew bald sehr gefragt sein werdet.«

Danica schluckte mühsam und versuchte, sich ihre steigende Panik nicht ansehen zu lassen. Es half, ihre Gedanken auf eine Sache zu konzentrieren, der sie sich ganz sicher war. Eines Tages würde sie Mourad töten.

KAPITEL DREI

K'alvek blickte auf den Treibsand vor sich. Er hatte die schwache Bewegung von der Anhöhe der letzten Düne, die er erklommen hatte, ausmachen können und nun ragte er über der Fläche auf, während sein langer, dunkler Flechtzopf über seine Schulter wehte und sich in seinem ominösen Schatten widerspiegelte. Er bemerkte, wie sich der goldene Sand erneut bewegte und stieß die lange Klinge seines Messers in dessen Tiefen. Er fühlte, wie seine Klinge mit etwas in Kontakt kam und bohrte sie noch tiefer. Die Kreatur, welche er aufgespießt hatte, wandte sich für einen Augenblick um ihr Leben, doch K'alvek verstärkte seinen entschlossenen Griff um die Klinge.

Als alle Bewegungen zum Erliegen kamen, zog er die aufgespießte Kreatur aus dem Sand und erkannte, dass es eine Sandschlange war, die fast so lang und breit wie sein Arm war. Er ergriff die hellbraune Kreatur mit der Hand und das sich windende Tier erstarrte augenblicklich, beruhigt durch die Energieimpulse, die sein Volk zu so geschickten Jägern machten. Schweigend dankte er der Kreatur für ihr Opfer und hob mit der anderen Hand sein Messer, um sie mit einem einzigen Hieb seiner Klinge zu enthaupten. Er bewunderte ihre Größe, bevor er die Schlange in den Sack fallen ließ, den er auf seinem nackten Rücken trug. Gleichzeitig steckte er seine Klinge in den Lederriemen, den er um seine muskulösen Unterarme gewickelt hatte. Ein Tropfen Blut rieselte auf seine Hand und er verschmierte es über den dunklen Stammestätowierungen, die eine Seite seiner Brust bedeckten.

Als er sein Gesicht den Strahlen der zwei Sonnen seines Planeten entgegenstreckte, fühlte er sich äußerst zufrieden. Nun konnte er den Anschein wahren, dass er auf einem Jagdausflug gewesen war, so wie er es behauptet hatte. Es war nicht ganz richtig zu behaupten, dass ihm die Jagd auf die Sandbewohner keinen Spaß machte. Er war mit der Tätigkeit aufgewachsen, was ihn zu einem der besten Jäger seines Stammes machte. Aber die Jagd erfüllte ihn nicht mehr mit der gleichen Genugtuung wie es die Rache am Mörder seines Vaters tun würde.

Er begann, sich auf die Felsformation zuzubewegen, die aus dem Sand aufragte und eine natürliche, unausgesprochene Grenze zwischen seinem Volk und ihrem Feind bildete. Seit Stunden hatte er außer der Sandschlange keine andere Kreatur mehr gesehen. Nur wenigen gefiel die Einsamkeit des Sandes so gut wie ihm, aber es war der perfekte Ort, um seinen Geist zur Ruhe zu zwingen. Ein beruhigender Zufluchtsort, den er im Moment mehr denn je brauchte.

Er ballte seine Hände zu Fäusten, als er darüber nachdachte, warum er die Oase verlassen hatte, um allein auf die Jagd zu gehen. Seit dem Tod seines Vaters vor fast einer vollen Sonnenumdrehung hatte er an nichts anderes denken können.

»Du bist besessen«, hatte sein Cousin und bester Freund Kush gesagt, als er ihm von seinem Plan erzählt hatte.

»Hältst du es für falsch, dass ein Sohn den Tod seines Vaters rächt?«, fragte er Kush und starrte ihn verärgert an. »Ich bin ein Krieger, so wie er es war.«

Kush hatte seinen verärgerten Blick erwidert und sich geweigert, sich von seinem größeren und für gewöhnlich aggressiveren Verwandten einschüchtern zu lassen. »Er war ein großer Krieger, der in der Schlacht den Tod eines Kriegers starb.«

»In der Schlacht? Er wurde von unserem Feind in einen Hinterhalt gelockt und mit einem Blaster erschossen. Feiglinge, die nicht einmal mehr wissen, wie man ohne technologische Waffen kämpft.«

Kush hatte geseufzt. »Die Cresteks zu töten wird ihn nicht zurückbringen, aber es wird den Waffenstillstand gefährden.«

Der Waffenstillstand. K'alvek konnte nicht daran denken, ohne dass sich seine Miene verdüsterte und seine Antwort knurrend hervorkam. Seine Stammesmitglieder waren Krieger, keine Hüter des Friedens. Schon gar nicht, was Kreaturen wie die Cresteks betraf. Er hasste es, dass der Nachfolger seines Vaters einem Waffenstillstand zugestimmt hatte. Egal, was der neue Dothvek-Anführer versprochen hatte, er würde ihm niemals verzeihen.

»Wenn ich nicht kämpfen kann, dann gehe ich lieber im Sand jagen«, hatte er Kush geantwortet, während er seine Messer in die Lederriemen die über seine Brust gespannt waren, schob und seine Wasserhäute füllte, um sich auf seine Expedition vorzubereiten.

Kush hatte ihn mit einer dunklen, hochgezogenen Augenbraue beobachtet. »Jagen oder die Cresteks ausspionieren?«

K'alvek hatte mit den Schultern gezuckt und dann eine starke Hand auf die Schulter seines Cousins gelegt. »Vorerst werde ich nichts anderes tun als beobachten und planen.«

»Das ist es, was mich beunruhigt«, hatte Kush geantwortet.

Selbst jetzt noch schlug K'alveks Herz höher, als er daran dachte, sich an denen zu rächen, die seinen Vater getötet hatten. Er hatte nicht die Absicht, sein Leben mit den Gedanken an eine Rache zu vergeuden, die er nie erlangen würde. Er beschleunigte sein Tempo, um die Felsen zu erreichen, bevor die Sonne unterging. Er würde seine Rache noch früh genug bekommen.

KAPITEL VIER

Danica berührte die schmerzende Stelle an ihrem Hinterkopf und brauchte einen Augenblick, um zu realisieren, dass es sich bei der klebrigen Subtanz an ihren Fingern um ihr eigenes Blut handelte. Sie stieß sich vom metallenen Boden ihres Schiffes ab und lehnte sich an die Wand, sodass ihre Augen sich fokussieren konnten.

Sie befand sich auf der Brücke ihres Schiffes. Zumindest war das eine gute Nachricht. Das Letzte, woran sie sich erinnern konnte, war Mourads Drohung, sie und ihre Besatzung auf einem verlassenen Planeten auszusetzen, bevor sie einen Schlag auf den Kopf bekam und alles schwarz wurde. Ihre Crew! Für einen kurzen Moment wurde sie von einer Panik gepackt, bevor sie Caro, Tori und Holly neben sich auf dem Boden liegen sah. Sogar ihre Gefangene, Dr. Max Dryden, die sie verkleidet hatte, um sie in ihre Crew zu integrieren, lag neben ihr. Bexli und Pog, beide wieder in ihrer ursprünglichen Gestalt, lagen bewusstlos in der Nähe der Tür. Sie kroch zu jedem einzelnen Mitglied ihrer Crew und tastete nach ihren Pulsschlägen. Alle waren am Leben und scheinbar nur von Mourad und seinen Gorillas bewusstlos geschlagen worden, genau wie sie.

»Dieses Arschloch«, murmelte sie gedankenverloren.

Wenigstens hat er nicht bekommen, weswegen er gekommen ist, dachte Danica, als sie auf Max hinunterblickte. Der große Proll hatte angenommen, dass Dr. Max Dryden ein Mann sei und hatte keinen Gedanken daran verschwendet, dass der Professor eine zierliche Brünette mit dickem Eyeliner und stacheligen Haaren sein könnte. Trotz der schmerzenden Beule an ihrem Hinterkopf war Danica darüber erleichtert.

Sie schloss die Augen und atmete tief durch, doch ihre Augen flogen schlagartig wieder auf, als sie Rauch roch und die Schiffsalarmglocken zu plärren begannen. Stand ihr Schiff in Flammen?

Danica sprang auf die Beine und lehnte sich an eine nahegelegene Konsole. Von dem harten Schlag auf den Hinterkopf war ihr noch immer schwindelig und ihre Sicht war verschwommen, als sie versuchte einen Blick auf die blinkenden, roten Lichter am Bildschirm zu erhaschen.

»Was geht hier vor?« Tori setzte sich auf ihre Knie, während ihr dickes Haar ihr frei übers Gesicht fiel, da es nicht von den spitzen, metallenen Stäbchen zusammengehalten wurde. »Das Letzte, woran ich mich erinnere, ist, dass ich einem von Mourads Leuten in die Eier getreten habe.«

»Wenigstens hast du einen Treffer gelandet«, sagte Danica. Dann deutete sie auf die roten Lichter, die auf dem Bildschirm des Schiffes blinkten. »Es sieht so aus, als wären sie weg, aber es brennt im Maschinenraum.«

»Haben sie unser Schiff sabotiert?« Tori stützte ihre Hände auf ihre Oberschenkel und legte ihr Kinn auf ihre Brust, als sie versuchte, aufzustehen. »Ich wusste, ich hätte dem Kerl die Eier abreißen sollen.«

»Ich werde mir den Schaden mal ansehen gehen«, sagte Danica.

»Willst du, dass ich mitkomme?«

Danica schüttelte behutsam den Kopf. »Probier mal, die anderen aufzuwecken. Wir werden sie brauchen.«

Sie verließ die Brücke, ging den Korridor hinunter und zog ihr Hemd über ihren Mund und ihre Nase, um den beißenden Rauch aus ihren Atemwegen fernzuhalten. Er wurde dicker und schwärzer, je näher sie dem Maschinenraum kam, sodass sie auf dem Boden weiterkriechen musste, um dort die weniger giftige Luft einzuatmen. Als sie die Tür zum Maschinenraum erreichte, drückte sie den Knopf, um sie zu öffnen, entfernte sich aber schnell davon, als die Flammen aus der Türöffnung in den Korridor traten. Sie war kaum in der Lage, in den Raum zu sehen, aber der aufsteigende Rauch und die intensive Hitze sagten ihr alles, was sie wissen musste. Das Feuer war außer Kontrolle geraten.

Als sie die Tür schloss und zur Brücke zurückstolperte, verfluchte sich Danica, dass sie der Reparatur der Sprinkleranlage keine höhere Priorität eingeräumt hatte. Aber bei einem so alten Schiff wie diesem war es immer das Beste gewesen, das Leck zu flicken und zu hoffen, dass es hielt.

»Wir müssen das Schiff vom Maschinenraum abtrennen«, sagte sie, als sie die Brücke erreichte.

Holly und Caro waren beide bei Bewusstsein und saßen auf Stühlen, während Tori Max wach schüttelte, die verwirrt dreinblickte, als sie Toris wilde Locken anstarrte. Pog leckte Bexlis Gesicht. Seine ungewöhnlich lange, feuchte, grüne Zunge fuhr über ihre Wange und brachte sie hustend zu Bewusstsein.

»Was?«, fragte Holly ungläubig. »Willst du mich verdammt noch mal verarschen? Das machen wir nur in absoluten Notfällen. Wir haben das Verfahren noch nie getestet.«

»Vertrau mir.« Danica machte sich auf den Weg zu einer Konsole. »Das Triebwerk wird gleich explodieren. Uns gehen die Alternativen aus.«

Caros Gesicht wurde noch blasser, als sie sich der Navigationskonsole zuwandte. »Mourads Gorillas haben die Steuerung beschädigt und uns auf Kollisionskurs mit einem Planeten gebracht. Die Dämpfer sind ausgeschaltet. Die Triebwerke sind beschädigt. Wenn wir das Schiff teilen, kann ich versuchen, unseren Sinkflug zu steuern und uns ein wenig zu verlangsamen, aber das war's dann auch schon.«

»Ich schätze, Mourad hat keine Witze gemacht, als er sagte, dass er uns auf einem verlassenen Planeten absetzen würde«, sagte Danica und tippte mit den Fingern auf den Bildschirm, als sie ihren Autorisierungscode eingab, um den Brückenabschnitt vom Rest des Schiffes zu trennen.

»Wenn wir lebend aus diesem Schlamassel herauskommen, werde ich ihn aufspüren und töten.« Toris Stimme klang fast wie ein Knurren.

»Und ich werde dir dabei helfen«, sagte Bexli, während Pog ihr kläffend zustimmte.

Falls wir aus diesem Schlamassel lebend herauskommen, dachte Danica. Sie war schon in einigen brenzligen Situationen gewesen, aber noch nie in einer wie dieser. Um ehrlich zu sein, räumte sie sich und ihrer Crew keine großen Überlebenschancen ein. Es wäre ein wahres Wunder, wenn sie den Brückenabschnitt vom Rest des Schiffes abtrennen und es bis zur Oberfläche des Planeten schaffen würden, ohne bei dem Versuch zu sterben. Selbst wenn sie überleben sollten, säßen sie auf einem verlassenen Planeten ohne ein funktionierendes Schiff fest. Im besten Fall würde eine Hälfte ihres Schiffes verglühen und die andere Hälfte würde während des Landeanflugs zerschellen. Sie versuchte, nicht zu viel über die Folgen ihrer nächsten Handlung nachzudenken, während sie den Rest ihres Zugangscodes in den Bildschirm eingab. Würde sie zu sehr darüber nachdenken, dass sie im Begriff war, das Schiff ihres Vaters – das Einzige, was ihr von ihm noch geblieben war und ihr Zuhause – in zwei Teile zu zertrennen, würde sie wahrscheinlich der Mut verlassen.

»Schnallt euch an, Ladys«, sagte sie und blickte schnell in die verängstigten Gesichter ihrer Crew, als sie alle das Geräusch von ächzendem Metall vernahmen, während sich die Brücke vom Rest des Schiffes löste.

Tori half Max, sich in einen Stuhl zu setzen und anzuschnallen, bevor sie selbst Platz nahm, während Caro mit der einen Hand ihren Sicherheitsgurt befestigte und mit der anderen Hand das Schiff steuerte. Bexli ließ sich in einen Sitz fallen und schnallte sich einen sich wehrenden Pog auf die Brust.

Holly taumelte zu einem Stuhl in der Nähe einer Arbeitskonsole, zog sich eine Handvoll ihrer roten Haare über die Nase und atmete tief durch. Sie blickte in Richtung der klappernden Stahltür, als ein dumpfer Knall ertönte. »Wenn alles im Maschinenraum explodiert, bevor wir weit genug weg sind, sind wir erledigt.«

Danica schluckte mühsam und schmeckte Ruß. Sie wusste nicht, ob Explodieren schlimmer war als Verbrennen, aber weder das eine noch das andere standen auf ihrer Wunschliste. Das Schiff neigte sich zu einer Seite, als sich die Brücke löste und Danica rutsche an die Kante ihres Sitzes, wobei die ausgefransten Sicherheitsgurte sie davor bewahrten, unsanft auf dem Boden aufzuschlagen.

»Ich bin mir nicht sicher, ob ich dir noch glaube«, schrie Max, um sich über die aufeinanderfolgenden Explosionen aus dem Maschinenraum Gehör zu verschaffen.

Danica blickte zu der Frau hinüber, der ihre Fettstiftmalerei vor Schweiß in schwarzen Streifen übers Gesicht lief. »Wovon redest du?«

»Ich glaube, das Schiff des anderen Kopfgeldjägers wäre im Vergleich zu diesem gar nicht so schlecht gewesen«, sagte Max, während sie ihre Arme gegen eine Konsole stemmte.

Wäre ihre Lage nicht so ernst gewesen, hätte Danica vielleicht gelacht.

Mit einem letzten Krachen riss das Schiff auseinander und die Brücke ruckte vorwärts, frei von der restlichen Masse des Schiffs. Alle sahen zu den Monitoren und dem darauf abgebildeten dunstigen, roten Planeten, auf den sie zurasten. Eine massive Explosion hinter ihnen ließ den Rumpf der Brücke erzittern, welche sich daraufhin zu einer Seite neigte.

Holly blickte mit gequälter Miene über ihre Schulter. »Himmel, ich werde diese Maschine vermissen.«

Danica weigerte sich, daran zu denken, wie sehr sie ihr Schiff vermissen würde. Es hatte keinen Sinn, einem Haufen Metall nachzutrauern, wenn sie innerhalb der nächsten fünf Minuten sterben würde. Sie betrachtete die Oberfläche des Planeten, dem sie sich rasant näherten und ihr einziger Gedanke war, wie trostlos es dort aussah. Keine Städte, keine Gebäude, keine Anzeichen von Leben. Nicht einmal Wälder oder Wasser konnte sie erkennen. Nur endlose Wüste. Sie wollte nicht verdursten. Es war eine weitere grausame Art zu sterben, die sie vorzugsweise gerne vermeiden wollte.

»Festhalten!«, schrie Caro, als sie immer schneller auf den Planeten vor ihnen zurasten.

Danica schloss ihre Augen, während sie darauf wartete, dass sie auf dem unbekannten Planeten aufprallten.

KAPITEL FÜNF

Sie strich ihm mit den Händen über seine muskulöse Brust und seine breiten Schultern. Dann kratzte sie ihn mit ihren Fingernägeln, aber er schien unberührt. Es war, als würde ihn eine glatte, aber warme Schutzschicht bedecken, die unzerstörbar war.

Langsam öffneten sich ihre Augen und sie betrachtete die schwarzen Symbole, die sich über seinen kräftigen Brust- und Schultermuskeln ausdehnten. Mit einem Finger fuhr sie über die Muskelstränge seines Arms und erschauderte, als sie auf ihre zarten Berührungen reagierten.

Seine Tätowierungen waren tiefschwarz und bildeten einen krassen Kontrast zu seiner schimmernden, goldenen Haut. Ein dunkles, mattes Gold, das nicht wie Metall glänzte, sondern von innen zu schimmern schien, als ihre Finger dagegen drückten. Er war kein Mensch, aber er war auch keine Spezies, die sie jemals zuvor gesehen hatte.

Sie schloss erneut die Augen, als er seinen Kopf senkte und mit seinen Lippen über ihr Ohr strich, während sein langes Haar um ihr Gesicht fiel. Sie leckte mit ihrer Zunge seinen Hals hinauf und an seinem Ohr entlang bis zu deren spitzen Enden, sodass sie den leicht salzigen Geschmack seiner Haut schmecken konnte. Er knurrte und das tiefe Grollen ließ sie erregt erschaudern. Sie wölbte sich ihm entgegen, drückte sich gegen seine feste Brust, kratzte ihm mit ihren Fingernägeln über den Rücken und spürte die kräftigen Muskeln, die sich unter seiner Haut bewegten.

Danica fühlte, wie er sich zu seiner vollen Größe aufrichtete und seinen Kopf in den Nacken warf, als er ein primitives Stöhnen ausstieß. Feuer loderte in ihren Adern, als sie ihre Hüften gegen seine presste und ihre Beine um seine schlanke Taille schlang. Ihre Finger erkundeten seine Bauchmuskeln und wanderten immer weiter nach unten.

Sie konnte sein Verlangen spüren, als sich ihre Finger dem V-förmigen Tal näherten, welches sie an ihr Ziel leiten würde. Sie konnte sein Begehren fast in sich selbst spüren, als wäre es ein Teil von ihr. Es war allumfassend, als ob es ihre Gedanken und Emotionen beherrschen könnte. Auf einmal schob er ihre Hände zur Seite und presste seinen Körper gegen ihren. Er neigte seine Hüften und ließ sie die Furchen in seiner Brust, die sie gerade erkundet hatte, auf ihrer nackten Haut spüren. Eine Welle der Lust überkam sie und sie stöhnte, als ihr Körper pulsierend nach mehr verlangte.

Er *wollte*, dass sie vor Verlangen zitterte. Danica spürte, wie die wirren Gedanken, die ihm durch den Kopf schossen, sich mit ihren verbanden, als könnte sie seine Gedanken lesen. Er wollte sie verführen, sie besitzen, sie zu der Seinen machen. *Ja*, dachte sie. *Ich gehöre dir.*

Danica wachte benommen auf. Ihr Traum war so echt gewesen, dass es einen Moment dauerte, bis sie begriff, dass sie nicht mit einem tätowierten Adonis im Bett lag. Und waren seine Ohren tatsächlich spitz gewesen? Sie schüttelte ihren Kopf, um den Nebel darin zu lichten. Als sie sich an ihren Traum erinnerte, liefen ihre Wangen rot an.

Was hatte das zu bedeuten? Es konnte keine Erinnerung sein, denn die meisten ihrer Begegnungen mit dem männlichen Geschlecht waren halbherzige, ungeschickte Ereignisse in wahllosen Außenposten gewesen, als sie zu viel getrunken hatte. Nichts daran war heiß oder leidenschaftlich gewesen. Nein, ihr Traum war gänzlich unerwartet gewesen, die ultimative erotische Fantasie. Wer hätte gedacht, dass sie auf durchtrainierte Alien-Männer mit goldener Haut stand?

Ihr Herz raste, als sie sich an die Kreatur erinnerte. Während die Bilder in ihrem Kopf verblassten, stieg ihr der Duft von Rauch in die Nase und das Pochen in ihrem Kopf wurde stärker. Als sie das Bewusstsein vollständig wiedererlangte, nahm sie das schrille Tönen des Alarms wahr und versuchte sich blinzelnd zu konzentrieren. Sie lag definitiv *nicht* mit einem heißen Adonis im Bett. Stattdessen war sie auf ihrem Schiff, dass vor Kurzem auf einem unbekannten Planeten abgestürzt war.

Danica griff sich träge mit einer Hand an den Kopf, während sie sich mit der anderen aus ihrem Sicherheitsgurt befreite. Ihre Finger berührten eine klebrige, durch Haare verfilzte Stelle, was sie zusammenzucken ließ. Sie war sich nicht sicher, ob die Verletzung vom Absturz stammte oder ob Mourads Gorillas sie ihr zugefügt hatten. Eigentlich spielte es auch keine Rolle. Sie würde später noch genug Zeit haben, ihre Wunden und Blutergüsse zu untersuchen. In diesem Moment war es wichtiger, sich aufzurappeln und sicherzustellen, dass die restlichen Mitglieder ihrer Crew am Leben waren.

Sie ließ ihren Blick über das schummrige, rauchige Innere der Schiffsbrücke gleiten, welches von rot glühenden Notleuchten erhellt wurde. Sie erspähte weitere Gestalten, die sich langsam zu bewegen begannen. »Könnt ihr mich hören?«, rief sie, in der Hoffnung, dass ihre Stimme das schrille Geräusch des Alarms übertönte.

Tori war die Erste, die ihr antwortete. »Anwesend.«

»Wenn dies das Jenseits ist, sieht es genauso beschissen aus wie das wirkliche Leben«, sagte Caro und auf ihre Worte folgte ein heftiger Hustenanfall. »Das Gute an unserer Situation ist, dass wir nicht in Mourads Schiffsgefängnis sitzen.«

Bexli schnallte sich los und Pog hüpfte von ihrem Schoß. Er prallte vom Boden ab und verwandelte sich in einen blassgrünen, durchsichtigen Ball, der über den Boden rollte.

Danica hatte sich nie ganz daran gewöhnt, wie schnell Bexli und Pog ihre Gestalt verändern konnten, aber sie hatte gelernt, sich nicht jedes Mal zu Tode zu erschrecken. Als Pog an die hintere Wand prallte, verwandelte er sich wieder in seine flauschige Form und hüpfte zurück zu Bexli.

»Können wir diesen schrecklichen Alarm abschalten?«, fragte Bexli, kroch zu einer Konsole und begann, willkürlich Knöpfe zu drücken.

Der schrille Ton des Alarms hallte in ihrem hämmernden Kopf wider und half ihr nicht gerade dabei, sich zu konzentrieren.

Als Danica sich zu Max umdrehte, sah sie, wie die Professorin nach vorn gekippt in ihren Sicherheitsgurten hing. Bei ihrem Anblick verkrampfte sich Danicas Magen. In Gedanken wiederholte sie immer wieder das gleiche Mantra. *Bitte sei nicht tot, bitte sei nicht tot.* Sie rüttelte an der Schulter der Frau und atmete tief durch, als Max ihren Kopf hob und sie anblinzelte. Die schwarzen Fettflecken, die Danica der Professorin unter die Augen gemalt hatte, um sie vor Mourad zu schützen, waren verwischt und ähnelten nun dunklen Tränen, die ihr über die Wangen zu strömen schienen.

»Wo bin ich?«, fragte Max.

»Wir haben eine Bruchlandung auf einem unbekannten Planeten gemacht, erinnerst du dich?« Die Professorin schien keine größeren Verletzungen davongetragen zu haben. Danica atmete tief durch und merkte, wie sich ihre Schultern entspannten, als plötzlich der schrille Alarm verstummte.

»Ähm, Captain«, hallte Toris alarmierte Stimme von der anderen Seite der Brücke. »Du solltest dir das hier besser mal ansehen.«

Danica lief auf wackeligen Beinen über den verkrümmten Boden hinüber zu Tori und Caro, die sich gedrängt über Holly beugten. Die Ingenieurin war immer noch in ihrem Sitz festgeschnallt, aber ein gezacktes Stück Metall ragte nun aus ihrer Schulter. Blut sickerte in den hellrosa Stoff ihres Tops und bildete einen starken Kontrast.

Danicas Mund wurde trocken. »Ist sie …?«

Tori nahm ihre Finger von Hollys Hals. »Sie lebt und ihr Herzschlag ist regelmäßig.«

»Holly, Süße.« Caro tätschelte sanft ihre Wange. »Kannst du deine Augen für mich öffnen?«

Hollys Augenlider flatterten, bis sich ihr Blick auf das Stück Metall richtete, das aus ihrer Schulter ragte. »Mist!«

»Mach dir keine Sorgen«, sagte Danica. »Wir holen es raus. Dann bist du so gut wie neu.«

»Ich wette, jetzt ist der Zeitpunkt, an dem du dir wünschst, wir hätten eine Sanitäterin an Bord«, flüsterte Tori.

Danica schüttelte den Kopf. Bislang hatte sie sich immer auf den medizinischen Grundkurs berufen können, den ihr Vater ihr gegeben hatte. Außerdem gab es immer ein Crewmitglied, das wusste, wie man kleinere Verletzungen flickte. Nun hatte sie zum ersten Mal eine richtige Frau Doktor an Bord. »Kein Bedarf. Wir haben Max.«

»Ich dachte, sie sei Wissenschaftlerin«, sagte Caro. »Hat sie auch eine medizinische Ausbildung?«

»Ach, das passt schon«, sagte Danica mit mehr Zuversicht, als sie tatsächlich verspürte. »Auf jeden Fall weiß sie mehr darüber als der Rest von uns.«

Danica wusste genug, um Erste Hilfe zu leisten, aber Holly brauchte mehr als das. Sie durchquerte das Schiff, das schief im Sand zu stecken schien. An Max' Seite angekommen löste sie den Sicherheitsgurt, der die Wissenschaftlerin in ihrem Sitz zu halten schien. Sie fiel nach vorn über, aber Danica fing sie auf. »Bist du bereit, deinen Lebensunterhalt zu verdienen?«

»Welchen Lebensunterhalt?«, fragte sie. »Ich war vielleicht dreißig Minuten an Bord dieses Schiffes, bis dieser unheimliche Typ das Schiff geentert hat.«

»Okay«, seufzte Danica. »Vergiss, was ich eben gesagt habe. Wir brauchen deine Hilfe.« Sie führte Max hinüber zu Holly. »Ein Mitglied meiner Crew ist verletzt.«

Max blinzelte Holly ein paar Mal an, dann sah sie Danica an. »Und was soll *ich* da unternehmen?«

Tori verschränkte ihre nackten Arme vor ihrer Brust. »Du hast doch einen Doktortitel, oder nicht?«

Max deutete mit ihrer Hand auf Holly. »Nicht *diese* Art von Doktor. Ich bin eine Wissenschaftlerin. Ich erforsche Minerali-en.« Sie rümpfte die Nase. »Außerdem kann ich kein Blut sehen.«

»Toll«, murmelte Tori. »Eine Frau Doktor, die keine richtige Ärztin ist. Dieser Tag wird immer besser.«

Max starrte Tori entrüstet an. Die schwarzen Streifen in ihrem Gesicht ließen sie streng aussehen. »Ich kann dir dank meines gesunden Menschenverstandes sagen, dass du das Metall entfernen, die Wunde säubern und verschließen solltest.«

»Ja«, sagte Danica. »So viel wissen wir auch.«

Caro richtete sich auf und wischte sich die Hände an der Vorderseite ihrer Hose ab.

»Ich habe schon Schlimmeres erlebt, als ich mit dem Valox-Widerstand zu tun hatte. Ich hole mal den Erste-Hilfe-Kasten.«

Danica grinste. Bislang hatten sie noch nichts erlebt, was schlimmer war als das, womit Caro als Widerstandskämpferin zu tun gehabt hatte. Das war nur ein weiterer Grund, weshalb sie ihre buntgemischte Crew so liebte.

Holly gelang ein schwaches Lächeln, als sie sich vorsichtig auf ihrem Stuhl aufsetzte. »Hat jemand eine Ahnung über den Zustand des Schiffes, oder wo wir gelandet sind?«

Danica tauschte einen kurzen, besorgten Blick mit Tori aus. »Noch nicht. Wir waren darauf konzentriert, sicherzustellen, dass es allen an Bord gut geht.«

»Jetzt, da wir wissen, dass ich überlebe ...«, sagte Holly. »Sollten wir herausfinden, womit wir es zu tun haben. Gibt es eine Möglichkeit, mit der Außenwelt zu kommunizieren?«

Tori kroch zu einer Konsole hinüber und senkte ihr Gesicht, um die Anzeigen im roten Schein der Lichter erkennen zu können. »Sieht nicht so aus. Wir laufen mit Notstrom.«

Danica stöhnte. Es gab keine Möglichkeit, einen Notruf abzusenden, wenn die Kommunikationssysteme offline waren. Vermutlich sollte sie dankbar sein, dass das Notstromaggregat funktionierte und sie nicht im Dunkeln saßen.

»Ich kann am Kommunikationssystem arbeiten, sobald ich wieder zusammengeflickt bin«, sagte Holly. »Weiß jemand, was sich draußen befindet?«

Danica trat zu Tori an die Konsole und drückte ein paar Knöpfe. »Wir erhalten Umweltmesswerte. Die Atemluft wird kein Problem darstellen, auch wenn sie etwas dünn für unsere Verhältnisse ist. Und es ist heiß.«

»Verstanden.« Bexli hielt einen weißen Erste-Hilfe-Kasten über ihren Kopf, als sie sich auf den Weg zu Holly machte.

Caro nahm ihn in Empfang und öffnete ihn. »Jetzt müssen wir nur noch das Stück Metall aus deiner Schulter entfernen, die Wunde reinigen und sie dann schließen.«

»Ich kann dir behilflich sein«, sagte Max, nachdem Caro ein paar Päckchen Antiseptikum geöffnet hatte.

»Danke.« Caro lächelte sie an und reichte ihr eine Taschenlampe. »Wenn du die Lampe hältst, erledige ich den Rest.«

Bexli drehte ihre Handflächen nach außen und ihre Hände sandten einen leuchtenden Strahl aus, der die Hälfte des gesamten Cockpits in helles Licht tauchte.

Max blinzelte überrascht, schaltete die schwache Taschenlampe ab. »Ich denke, die hier ist überflüssig, da eins deiner Besatzungsmitglieder leuchtende Hände hat.«

»Sie ist eine lycithianische Gestaltwandlerin«, erklärte Caro und ihr Mund verzog sich zu einem Schmunzeln. »Das ist sehr nützlich.«

Bexli zuckte mit den Schultern. »Ich kann Teile meines Körpers verändern, sollte es nötig sein. Nerimbianer können Licht durch ihre Hände abgeben, also habe ich einfach die Zusammensetzung meiner Hände nach ihrem Vorbild verändert.«

Max ließ ihren Blick zu Danica wandern. »Hut ab, das ist die interessanteste Crew, die ich seit Langem gesehen habe.«

»Danke.« Da die anderen Hollys Verletzung unter Kontrolle hatten, wandte sich Danica an Tori. »Willst du mit mir kommen, um den Planeten zu erkunden?«

Tori richtete sich zu ihrer vollen Größe auf und strich sich die wilde Masse dunkler Locken aus dem Gesicht. »Davon kannst du ausgehen.«

Danica kroch um die Sitze und Konsolen, die wild auf der Brücke verstreut lagen und musste sich die letzten paar Meter bis zum Ausgang hinaufziehen, da diese am steilsten waren.

»Wir haben einen Sturzflug hingelegt«, sagte Tori und ließ ihren Blick auf der steilen Neigung der Brücke und dem zerknitterten Stahl der Schiffsnase ruhen.

»Aber der Boden kann nicht zu hart gewesen sein«, sagte Danica. »Sonst wäre das Schiff auseinandergerissen worden.«

Danica hielt inne, bevor sie ihre Hand auf den Sensor hielt, um die Tür zu öffnen. Sie war begierig darauf herauszufinden, auf was für einem Planeten Mourad sie ausgesetzt hatte. Kurz vor dem Aufprall hatte sie gesehen, dass es keine Städte oder gar Dörfer zu geben schien. Danica hoffte, dass sie deshalb keine Begrüßungsparty wütender Eingeborener auf der anderen Seite dieser Tür zu erwarten hatten.

Tori nahm Danicas Hand in die ihre und hielt sie an den Türsensor. »Bringen wir es hinter uns.«

Die Tür glitt auf und Danica trat über die Schwelle. Sie betrachtete ihre Umgebung und stellte fest, dass die Luke zum Schiff mehrere Meter über den Boden ragte. Sie hob ihren Blick und betrachtete die Sanddünen, die sich vor ihr erstreckten und wie goldene Wellen bis zum Rande des Horizonts auf- und abstiegen. Zwei Sonnen, eine orangefarbene und eine weiße, glühten am farblosen Himmel. Die drückende Hitze schien vom Sand reflektiert zu werden … Nichts außer Sand. Zum Glück gab es keine Eingeborenen, aber es gab auch keine Vegetation oder offensichtliche Trinkwasserquellen.

Danica schloss die Tür schnell wieder und atmete die kühle Luft ein, die im Inneren des Schiffs verblieben war. »Okay, das ist nicht optimal.«

KAPITEL SECHS

K'alvek blickte gen Himmel. Der feurige Komet, der durch den Himmel geschossen war, war nun verschwunden, aber er konnte in der Ferne Rauch aufsteigen sehen. Was auch immer es gewesen war, es war etwa ungefähr fünf Tetrons vor ihm eingeschlagen.

Er konnte nicht der Einzige gewesen sein, der es bemerkt hatte, dessen war er sich sicher. Ein Absturz wie dieser würde Aufmerksamkeit erregen, selbst hier draußen in den Sanddünen. Er hatte keine Möglichkeit herauszufinden, wie viele es gesehen hatten. Er ließ seinen Blick über die grenzenlose Weite der glitzernden Dünen schweifen, die sich zu beiden Seiten von ihm ausstreckten. Wäre der Absturz von seinem Feind gesichtet worden, würde es noch eine Weile dauern, bevor Kundschafter den Ort des Geschehnisses erreichen würden. Die Stadt des Feindes war hinter der Felswand verborgen und die Reise zu den Dünen würde eine Weile dauern.

Dies war nicht das erste Schiff, das auf ihrem Planeten gelandet war, aber außerirdische Schiffe schlugen für gewöhnlich nicht in einem Tornado aus Flammen ein. Der Anblick des Schiffes, das über den Himmel raste, hatte den Strom seiner Gedanken unterbrochen und ihn auf seiner Wanderung innehalten lassen. Es hatte ihn aus der Fassung gebracht und seinen Geist mit Bildern gefüllt, die er sich nicht erklären konnte. Er richtete den Lederriemen, der sich über seine breite Brust spannte, sodass die darin befestigten Klingen klirrten.

Es gefiel ihm nicht, dass sein Verstand mit Eindrücken bombardiert wurde, die keinen Sinn ergaben. Er war es gewohnt, die Emotionen anderer zu lesen. Alle Dothveks konnten das. Durch diese Fähigkeit konnten sie miteinander kommunizieren, aber es trieb K'alvek dazu, in den leeren Dünen nach Ruhe und Frieden zu suchen. Allerdings hatte er *so etwas* noch nie zuvor erlebt.

Er musste einen klaren Kopf bewahren, also unterdrückte er die Sehnsucht, die unerwartet in ihm aufgekommen war und verbannte die Bilder, die ihn seit dem Absturz zu überwältigen drohten, aus seinen Gedanken. Bilder, die so real und eigenartig waren, dass er nicht umhin konnte, sie mit der Ankunft des Schiffes in Verbindung zu bringen. Wer war die zerbrechliche Kreatur, die in seine Gedanken eingedrungen war? Er kannte sie nicht, hatte nie zuvor ein so winziges und hilfloses Wesen gesehen. Zerbrechlich und bleich, mit einer Haut, die so zart war, dass der Gedanke sie zu berühren, ihm den Atem raubte und seinen Schwanz hart werden ließ. Die Enge in seiner Beinbekleidung war unangenehm und er atmete tief durch. Er war wütend auf sich selbst. Das weibliche Wesen, welches er vor seinem inneren Auge sehen konnte, war nicht wie eines der Dothvek. Sie hatte keine Furchen oder unnachgiebige Haut, die sie vor der Hitze zweier Sonnen schützen würde. Wieso fand er sie also so anziehend?

Er schwor sich, keinem zerbrechlichen Weibchen nachzujagen. Es war das Letzte, was er jetzt tun sollte. Seine Priorität war es, seinen Vater zu rächen, nicht, irgendjemanden zu retten. Herauszufinden, wieso das Schiff abgestürzt war und ob es Überlebende gab, gehörte nicht zu seinem Plan. Er starrte auf den sich windenden, schwarzen Rauch, der aus dem Wrack aufstieg und fluchte.

Er verachtete sich selbst für sein Bedürfnis, zu dem Schiff zu gehen und herauszufinden, ob sich das sonderbare Wesen darin befand. Ein Krieger sollte keine Schwäche zeigen, aber er sorgte sich um das Weibchen, das er in seiner Vision gesehen hatte. Selbst wenn sie keine Dothvek war, war sie eindeutig weiblich. Er konnte sie nicht ignorieren, selbst wenn er wollte. Selbst wenn er sich einredete, dass seine Vergeltung an erster Stelle stand.

Er hatte die Göttinnen, die seinen Planeten erschaffen hatten, sein ganzes Leben lang angebetet. Außerdem hatte er die Priesterinnen, die ihre Prophezeiungen interpretierten, immer verehrt und nun verspürte er den heftigen Drang, die Kreatur aus seiner Vision zu schützen. Er hatte noch nie von einer Dothvek-Priesterin fantasiert und allein der Gedanke daran erfüllte ihn mit Scham. Die Frau aus seiner Vision war mit hoher Wahrscheinlichkeit keine Priesterin. Ein weiterer Grund, sie zu finden und zu beschützen. Nicht jede Spezies auf diesem Planeten glaubte, dass die Weibchen geschützt werden sollten. Er atmete tief durch und die heiße Luft liebkoste seine Lungen wie ein erfrischender Schluck Wasser. Wenn er in diesem Augenblick losrennen würde, könnte er die Absturzstelle vor allen anderen erreichen. Er konnte sich nicht sicher sein, dass er der Einzige war, der die seltsame Anziehungskraft verspürte, aber er wusste, dass er das Weibchen finden musste, bevor die Aasfresser es taten. Oder noch schlimmer, die Cresteks.

K'alvek begann, über den Sand zu rennen, wobei seine breiten Füße auf der pulvrigen Oberfläche leichten Halt fanden. Es war ein gutes Gefühl zu rennen und etwas von der überschüssigen Energie abzubauen, die sich in ihm aufgestaut hatte, weil es keine Schlachten zu schlagen gab. Er zwang sich, schneller zu rennen und seine ledernen Hosen rutschten tiefer, bis die V-förmigen Muskeln seiner gefurchten Taille zum Vorschein kamen. Wenn er seine Augen schloss, konnte er ihre Finger auf seiner Haut spüren. Wie sie fedrig sanft über die Furchen strichen, die seine Haut vor der Sonne schützten. Wie ebendiese Finger deren Pfad folgten, um ihn intimer zu berühren.

K'alvek schüttelte den Kopf und öffnete seine Augen. Ein so zerbrechliches Geschöpf, wie das aus seiner Vision, sollte angesehen, aber nicht berührt werden. Doch seine Neugierde war geweckt. Wieso überwältigte ihn der Drang sie zu beschützen, sie für sich zu beanspruchen? Er schüttelte diesen Gedanken ab und erinnerte sich daran, dass sie wahrscheinlich keine Dothvek war. Sie würden sich nicht paaren können.

Wie üblich für Dothveks würde es auch für ihn immer nur ein Weibchen geben, an das er sich binden und mit dem er sich fortpflanzen konnte. Mit dem er eine mentale und geistige Bindung eingehen würde. *Falls* er überhaupt das Glück haben würde, eine Partnerin zu finden. Seit eine rätselhafte Krankheit seinen Stamm befallen hatte, gab es kaum noch Weibchen, mit denen man sich paaren konnte. Soweit er wusste, paarten sich die Dothveks nicht mit anderen Spezies. Zumindest hatte er noch nie zuvor davon gehört. Weshalb verspürte er also den nahezu unwiderstehlichen Drang, diese sonderbare Kreatur aufzuspüren? Wieso konnte er seine Erregung kaum unter Kontrolle bringen, wenn er an sie dachte?

Ein Knurren brach tief aus K'alveks Kehle. Das konnte nicht wahr sein. In seinem Leben war kein Platz für jemanden, der seine Aufmerksamkeit von seinem Drang ablenkte, Rache an dem Mörder seines Vaters zu nehmen. Nicht einmal für ein Weibchen, mit dem er eine körperliche und geistige Verbindung eingehen konnte. Oder vielleicht doch?

KAPITEL SIEBEN

»Was machen wir jetzt?«, fragte Caro, als sie sich Tori und Danica näherte. Max verknotete die Fäden in Hollys Schulter und verband ihre Wunde. Sie hatte sich als bessere Ärztin erwiesen als gedacht und Holly lachte tatsächlich über etwas, was Max gesagt hatte. Bexli hielt Hollys Hand, während Pog um sie herumlief, als wäre überhaupt nichts Ungewöhnliches passiert.

»Das hängt davon ab …«, sagte Danica nachdenklich. »Wie schnell sich Holly wieder an die Arbeit machen kann.«

Caro warf einen Blick über ihre Schulter. »Sie ist immer noch geschwächt durch den Blutverlust. Ich denke, dass wir in Anbetracht der Umstände ziemlich gute Arbeit geleistet haben, aber ihr Arm wird für eine Weile außer Betrieb sein. Glücklicherweise scheint es so, als wären keine Nervenenden beschädigt worden. Einmal, als ich das Schiff für eine Mission aus Klaron Alpha geflogen habe, wurde unser Erster Offizier …«

»Ähm, Caro«, sagte Tori und unterbrach sie.

»Tut mir leid.« Caro schüttelte den Kopf. »Du weißt, ich plappere, wenn ich nervös bin.«

»Ist schon gut«, sagte Danica und legte eine Hand auf den Arm ihrer Pilotin. »Wir sind alle nervös. Aber wir müssen ein Notsignal aussenden, damit wir gerettet werden können. Und das bedeutet, dass wir Hollys Fachwissen brauchen.«

Tori stampfte mit dem Fuß auf den Boden und das Geräusch hallte auf der gesamten Brücke wider. »Danica hat recht. Wir haben keine Zeit zu verlieren. Es gibt einen guten Grund, warum diesen Planeten noch niemand kolonisiert hat. Es ist eine brennend heiße Sandgrube.«

Sie wollte Caro nicht noch mehr verunsichern, aber Danica stimmte ihrer Sicherheitsoffizierin zu. Sie waren auf einem verdammt heißen Planeten gelandet, der einzig und allein von Sand bedeckt zu sein schien. »Je eher wir das Kommunikationssystem zum Laufen bringen, desto schneller können wir von hier verschwinden.«

Caro nickte. »Ich besorge Holly etwas Wasser und erkläre ihr die Lage.«

Danica legte eine Hand auf Caros Arm, um sie aufzuhalten. »Nicht zu viel. Alle unsere Vorräte waren auf dem Hauptteil des Schiffes.«

Caros braune Augen wurden groß. »Stimmt. Verdammt. Also haben wir nur das, was …?«

Tori zeigte auf einen verschlossenen Schrank, der in die Rückwand der Brücke eingebaut war, in dem sie einen kleinen Vorrat an Essen und Wasser aufbewahrten. »Da drin ist.«

Als Caro zu Holly und Max zurückgekehrt war, griff Danica nach Toris Arm. »Wir werden mit den Vorräten nicht sehr lange durchhalten. Besonders jetzt, da wir eine zusätzliche Person an Bord haben.«

Tori blickte zu Max. »Gut, dass sie eine Menge wert ist.«

Danica erkannte, dass Tori immer noch glaubte, sie würden den Planeten verlassen und ihr Kopfgeld einfordern. Sie glaubte also, dass sie nicht kampflos untergehen würden und Danica hatte gelernt, dass es immer gut war, Tori an ihrer Seite zu haben. »Genau. Und wenn wir sie ausliefern, werden wir uns ein Schiff besorgen, das viel besser ist als das letzte.«

Tori grinste. »Natürlich! Ja, das machen wir.«

Danica blickte zur Tür, die zur Außenwelt führte und sagte, »Ich werde auf eine kleine Erkundungsmission gehen, um herauszufinden, was es da draußen so gibt.«

»Machst du Witze?« Tori starrte sie an. »Du willst da hinausgehen? Da gibt es nichts außer Sand.«

»Das wissen wir nicht sicher, da unsere Systeme uns nicht viel sagen können.« Danica warf einen Blick auf die flackernden Lichter der Konsolen. »Mourad hat gesagt, dass es hier Eingeborene gibt, richtig?«

»Eingeborene, denen die Frauen knapp werden«, murrte Tori.

»Wahrscheinlich hat er das nur gesagt, weil er ein Arschloch sein wollte«, sagte Danica und verzog angewidert das Gesicht, als sie an den ehrlosen Kopfgeldjäger dachte, der sie hier ausgesetzt hatte. »Aber ich habe gehört, es soll Wüsten geben, die eine Oase mit Bäumen und Wasser haben.«

Ihr Vater hatte ihr alte Abenteuergeschichten von exotischen Wüstenzelten, Sultanen und Pyramiden auf der Erde erzählt. Sie wusste, dass es nur Geschichten waren, aber laut ihrem Vater gab es dort früher weite Flächen unbewohnten Landes, sodass Oasen vielleicht tatsächlich existieren konnten. Und vielleicht gab es sie auf diesem Planeten.

Tori runzelte die Stirn. »Gibt es Oasen auf allen Sandplaneten?«

Danica zuckte mit den Schultern. »Ich weiß es nicht, aber wir werden es wohl herausfinden müssen.« Sie hielt dem Blick ihrer Sicherheitsoffizierin stand. »Bist du dabei?«

»Auf jeden Fall«, grinste Tori.

Zumindest konnte sie sich immer darauf verlassen, dass Tori niemals vor einer Herausforderung zurückschreckte. »Dann lass uns etwas Wasser einpacken und loslegen.«

»Habt ihr euch dazu entschlossen, da raus zu gehen?«, fragte Caro, als sie hinter ihnen auftauchte und sie mit zusammengekniffenen Augen musterte.

Danica und Tori tauschten einen Blick aus, als sie beide jeweils einen Blaster an ihren Gürteln befestigten.

»Schon gut«, sagte Caro beschwichtigend. »Wir kommen hier schon zurecht. Holly wird sich an den Computern an die Arbeit machen und Max wird ihr dabei helfen. Sie ist zwar keine Ingenieurin, aber sie und Holly scheinen sich gut zu verstehen. Bexli und Pog können als Sicherheitspersonal fungieren, bis ihr beide zurück seid. Die meisten Kreaturen sehen davon ab, uns anzugreifen, wenn die beiden sich in Monster verwandeln.«

Danica blickte über Caros Schulter zu den drei Frauen, die sie im Schiff zurücklassen würde. Eine sah fast knabenhaft aus, mit kurzem, dunklem Haar und elfenhaften Zügen. Die andere hatte üppige Kurven mit wildem, rotem Haar und ebenso greller Kleidung, während die letzte eine Gestaltwandlerin mit lavendelfarbenem Haar war. Auf den ersten Blick schienen sie nicht zusammenzupassen, aber Danicas gesamte Crew war eine bunt durcheinandergewürfelte Gruppe aus Frauen, die nirgendwo sonst dazugehörten.

Tori legte Caro die Hand auf die Schulter. »Pass auf, dass sie nichts in die Luft sprengen, bevor wir zurückkommen.«

Caro salutierte spöttisch, aber Danica konnte an der gerunzelten Falte zwischen Caros mandelförmigen Augen erkennen, dass sie sich Sorgen machte.

»Uns wird nichts passieren«, sagte sie mit gesenkter Stimme, als Tori sich einen grauen Rucksack schnappte und zum Schrank ging, um Wasser zu holen. »Wir werden uns nicht weit vom Schiff entfernen.«

»Und wenn ihr zurückkommt, sollten wir gute Nachrichten haben«, sagte Caro mit gekünstelt positiver Stimme. »Bis dahin solltet ihr diese immer mit euch tragen.« Sie streckte ihre Hand aus und öffnete sie, womit sie ihnen einen Blick auf ein paar kleine, bumerangförmige Geräte ermöglichte.

»Unsere akustischen Übersetzer?« Danica musterte die Geräte, die hinter dem Ohr befestigt werden mussten. »Glaubst du wirklich, dass wir da draußen auf Außerirdische stoßen werden?«

Caro zuckte mit den Schultern. »Man kann nie wissen, aber falls ihr auf welche stoßt, müsst ihr eine Möglichkeit haben, mit ihnen zu kommunizieren, um ihnen zu erklären, dass ihr in Frieden kommt.« Ihr Blick huschte zu Tori. »Zumal du mit einer Zevrianerin reist, die gerne erst schießt und später Fragen stellt. Außerdem haben wir viele davon im Schrank herumliegen, da wir damit bezahlt wurden, als wir den Gefangenen aus Cathago II abgeliefert haben.«

»Du musst zugeben, dass sie uns bei der Kommunikation mit Gefangenen, die keine eigenen Implantate hatten, sehr nützlich waren.« Danica nahm die Geräte und steckte sie in ihre Hosentaschen.

Caro verdrehte ihre Augen und Danica wusste genau, was sie davon hielt, ihre Dienste im Austausch für technische Geräte anzubieten. »Ja, ja. Hoffen wir, dass sie sich diesmal *nicht* als nützlich erweisen müssen.«

Danica klopfte ihrer Pilotin ermutigend auf die Schulter, ging die Schräge zum Ausgang hinauf und band sich die Haare zu einem Pferdeschwanz zusammen, während sie darauf wartete, dass Tori sich zu ihr gesellte.

»Los geht's«, sagte Tori, als sie neben Danica trat.

Danica hielt ihre Hand an den Türsensor und atmete schockiert ein, als die erdrückende Hitze auf ihre empfindliche Haut traf. Tori zögerte nicht, sich die zehn Meter in den Sand unter der Außenluke fallen zu lassen. Danica sah, wie sie auf dem sandigen Boden aufkam und beobachtete die goldene Wolke, die um sie herum aufstieg. Dann sprang sie selbst und versank sofort fast knietief im Boden.

Sie griff nach einer Handvoll der Substanz, die den gesamten Planeten zu bedecken schien. Das Material fühlte sich anders an als Sand. Sie hatte Sand auf anderen Planeten berührt, aber dieser hier fühlte sich so fein und weich wie Puder an, als er durch ihre Finger glitt. Er war auch nicht braun, sondern sah fast golden aus und schillerte im Licht, als Sonnenstrahlen darauf trafen. Jetzt, da sie mehr erkennen konnte, musterte sie die Sanddünen, die sich zu ihrer Linken ausdehnten und den zerklüfteten Bergkamm zu ihrer Rechten, welcher in der gleichen Farbe wie der Sand erstrahlte.

Tori hustete und wedelte den Sandstaub aus ihrem Gesicht, als sie mühselig versuchte, durch die Sanddünen zu waten. Danica hob einen Fuß, um sich ebenfalls einen Weg durch den feinen Sand zu bahnen und machte ihren ersten Schritt auf dem neuen Planeten. Die Gummisohlen ihrer Stiefel waren der Substanz, die den Planeten bedeckte, nicht gewachsen. »Das wird ewig dauern.«

»Es muss einen Weg geben, um uns schneller durch den Sand zu bewegen«, sagte Tori.

Danica sah sich um und erblickte eine breite Metallplatte, die sich beim Absturz gelöst haben musste. Eine Seite war gezackt, aber wenn sie sich hauptsächlich in der Mitte aufhalten würden, sollten sie in der Lage sein, sich damit über den Sand zu bewegen.

»Wie Bodyboarding«, sagte Danica, als sie das Metall zu ihnen herüberzog. Sie setzte sich auf den vorderen Teil der Metallplatte und deutete hinter sich, um Tori zu zeigen, dass sie sich hinter sie setzten sollte.

Tori musterte das behelfsmäßige Bodyboard misstrauisch, aber kroch an Bord und hielt sich an Danicas Schultern fest.

Danica breitete ihre Arme weit aus und schaufelte sich durch den warmen Sand, doch sie bewegten sich nur wenige Zentimeter vorwärts. Okay, das war besser. Nicht großartig, aber besser. Sie bewegte ihre Arme schneller, fühlte, wie auch Toris Arme hinter ihr paddelten und wie die Metallplatte begann, über die glänzende Sandoberfläche zu gleiten. Sie zogen sich eine leichte Erhebung hinauf, aber erkannten erst, als sie oben ankamen, wie steil es auf der anderen Seite hinunterging.

Tori schrie, als sie die steile Düne hinunterglitten. Danica lehnte sich zurück, um nicht über die Spitze des behelfsmäßigen Surfbretts zu fallen. Sie sausten die Düne hinunter und eine kleinere wieder hinauf, bevor sie langsamer wurden. Sie griff sich mit der Hand an ihre Brust und spürte, wie ihr Herz wild darin klopfte. Tori lachte hinter ihr und das Geräusch hallte im gesamten Sandtal wider, während sie sich zu ihrer Freundin umdrehte und sie angrinste. Unter normalen Umständen war es furchterregend, wenn Tori ihre spitzen Zähne entblößte, aber nicht dieses Mal. Sie konnte nicht anders, als selbst zu lachen, obwohl ihr Puls immer noch raste. *Das war lustig,* dachte sie, zumal sie nach dieser Talfahrt immer noch am Leben waren.

Als Danica über Toris Schulter zurück zu ihrem Schiff blickte, sah sie schwarzen Rauch in die Luft aufsteigen. Es erregte Aufmerksamkeit und würde ihnen später helfen, zum Schiff zurückzukehren. Sie wusste, dass ihr Schiff sich auf der anderen Seite der Sanddüne befand, aber wie sollten sie es wiederfinden, sobald sich der schwarze Rauch lichtete? Sie musterte die schlangenartige Spur, die die Platte in der hohen Düne hinterlassen hatte und beobachtete, wie sie in Windeseile verschwand. In normalem Sand würden sie eine Spur hinterlassen, aber nicht in dieser butterweichen Version von Sand.

Sie schubste Tori leicht in die Schulter. »Wir hinterlassen keine Spur. Und der Rauch verblasst.«

Tori folgte ihrem Blick und hielt einen Scanner hoch. »Dachtest du, ich hätte das hier vergessen?«

Danica nickte zufrieden, wusste aber, dass ihre Scanner im besten Falle fehlerhaft waren und ersetzt werden mussten. »Okay, aber ich werde die Sanddünen trotzdem zählen. Das kann nicht allzu schwierig sein, wenn wir weiter in dieselbe Richtung gehen.«

Sie blickte zu den beiden Sonnen hinauf, um sich ihre Position einzuprägen, achtete aber darauf, nicht direkt in das grelle Licht zu starren, während deren Hitze auf ihr Gesicht niederbrannte. »Nur noch ein Stückchen weiter und dann kehren wir um.«

Sie paddelten eine weitere Düne hinauf und suchten den Horizont nach allem ab, was nicht wie Sand oder Berge aussah. Der goldene Sand schimmerte so grell, dass es fast unmöglich war, ihn direkt anzusehen. »Zwei«, sagte Danica, als sie hinunterrutschten.

Nachdem sie ein paar weitere Dünenzüge erklommen hatten, begannen ihre Arme zu schmerzen und sie wusste, dass sie bald Kopfschmerzen bekommen würde. Sie atmete tief ein und aus, hatte aber nie das Gefühl, genug Luft in ihre Lungen saugen zu können. Das war ein sicheres Anzeichen für die Tatsache, dass die Luft zu dünn war. Sie warf Tori einen Blick über ihre Schulter zu und bemerkte, dass ihr Schweißperlen über das errötete Gesicht liefen. »Zeit, umzukehren«, sagte sie.

Tori reichte ihr eine der grauen Wasserflaschen und öffnete eine weitere für sich selbst. Obwohl sich das Wasser darin schnell erwärmt hatte und sie das Metall der Flasche schmecken konnte, fühlte Danica sich besser, nachdem sie ein paar Schlucke getrunken hatte.

Als sie die Flasche zwischen ihre Knie klemmte und versuchte, das heiße Metall des Pseudo-Surfbretts nicht zu berühren, glaubte sie zwischen den Dünen einen blauen Blitz zu erkennen. Ihr Herz klopfte schneller. Hatten sie tatsächlich eine Oase gefunden?

Sie blinzelte, um einen besseren Blick auf den blauen Schimmer zu werfen. Ja. Da draußen war definitiv etwas.

»Siehst du das auch?« Sie schubste Tori an und streckte einen Finger gen Horizont. »Das Blau da drüben? Ich frage mich, ob es eine Oase ist.«

Tori blinzelte und wischte sich mit einer sandigen Hand über ihre verschwitzte Stirn. »Ich sehe definitiv etwas.« Sie reckte den Scanner in die ungefähre Richtung der vermeintlichen Oase. »Der Scanner zeigt nichts Außergewöhnliches an.«

»Typisch. Sehen wir es uns an.« Danica richtete das improvisierte Bodybord in Richtung der neu entdeckten Oase und schob es die Düne hinunter. Dann paddelten sie auf die Spitze der nächsten.

Wohin war das Blau verschwunden? Danica suchte nach der Stelle, an der sie die blaue Oase gesehen hatte, aber konnte nichts als endlosen, schimmernden, goldenen Sand entdecken. Frustriert schloss sie die Augen.

Tori legte ihr eine Hand auf den Rücken. »Wir sollten zurückgehen. Wir haben uns zu weit vom Schiff entfernt und die Richtung geändert.«

Danica nickte und drehte sich, um einen Blick auf die Düne hinter ihnen zu werfen. Alle Dünen schienen identisch zu sein. Sandig goldene Wellen so weit das Auge reichte. Sie unterdrückte die Panik, die in ihr aufzusteigen drohte. Sie konnte das Schiff nirgendwo entdecken, aber sie wusste, dass es irgendwo hinter ihnen liegen musste. Außerdem hatte sich der Rauch gelichtet. Hatten sie sechs oder sieben Dünen überquert? Hatte sie die letzte Düne mit einberechnet?

»Wir müssen die Metallplatte umdrehen«, sagte Tori.

Danica konzentrierte sich auf ihren Versuch, die schwere Metallplatte in die andere Richtung zu drehen. Die Platte kam ins Rutschen und Tori streckte einen Arm aus, um sie aufzuhalten. Sie verfing sich an der gezackten Kante und zischte vor Schmerz, als Blut an ihrem Handgelenk hinunterlief. Als Danica sich umdrehte, um ihrer Freundin zu helfen, verlor sie das Gleichgewicht und die Platte wippte auf dem Kamm der Düne, bevor sie nach hinten kippte und Danica mit sich die Sanddüne hinunterriss. Tori rollte sich flink aus dem Weg, während sie ihren Arm schützend an ihrer Seite hielt. Die Metallplatte überschlug sich mehrmals. Danica spürte, wie die scharfe Kante der Platte ihr Bein aufschlitze, als sie kopfüber die Düne hinunterstürzte.

Nach dem Aufprall am unteren Ende der Düne blieb Danica für einen Moment lang flach auf dem Rücken liegen, holte tief Luft und spuckte den Sand aus, den sie während ihres Sturzes geschluckt hatte. Dann setzte sie sich auf und blickte auf ihr Bein hinab. Die Wade ihres Hosenbeins war blutverschmiert und sie zuckte vor Schmerz zusammen, als sie es hochzog, um den Schaden in Augenschein zu nehmen. Die Wunde war lang und blutete stark, aber da sie sich im fleischigen Teil ihrer Wade befand, wusste sie, dass keine Arterie getroffen worden war.

Sie sah sich um. Tori sollte auf der anderen Seite der Düne sein, aber welche Düne war es? Und wo war ihre Wasserflasche geblieben? Mist. Und wo war ihr Blaster? Beide schienen während ihres Sturzes weggeflogen zu sein. Obwohl Danica den Gedanken nicht sonderlich mochte, ihr Wasser mitten in der Wüste unter zwei glühenden Sonnen zu verbrauchen, um ihre Wunde zu reinigen, hatte sie keine andere Wahl. Und natürlich auch Toris Wunde. Wo war ihre Freundin?

Danica rief ihren Namen, erhielt aber keine Antwort. Sie fragte sich, ob die hohen Dünen das Geräusch dämpften.

Ihre Wasserflasche war nirgendwo auf der schimmernden Sandoberfläche zu sehen. Mist. Sie musste im Sand versunken sein, als sie von der Platte geflogen war. Soviel dazu, ihre Wunde auszuwaschen oder genug zu trinken zu haben. Sie zuckte vor Schmerz zusammen, als sie ihre Hände gegen die Wunde drückte, um die Blutung zu stoppen und fühlte eine Welle der Panik in sich aufsteigen, als ihre Atmung flacher wurde. Die dünne Luft machte ihr zu schaffen und sie sah schwarz-weiße Flecken vor ihren Augen aufblitzen, als sie blinzelte.

»Du schaffst das«, sagte sie, um sich selbst Mut zu machen. Dank ihres Vaters wusste sie sich zu helfen, was Verletzungen anging. Mehr als einmal war sie es gewesen, die ihn nach einer Schlägerei auf einem Außenposten oder nach einer Verbrennung beim Reparieren des Motors zusammengeflickt hatte. Auch wenn die Erinnerung nicht unbedingt eine glückliche war, fühlte sie sich besser, wenn sie an ihren Vater dachte. Er hatte sie dazu erzogen, hart und unabhängig zu sein, nicht in Panik zu geraten oder sich selbst zu bemitleiden.

»Du schaffst das«, sagte Danica erneut und ihre Stimme hallte zwischen den Dünen wider.

Sie holte tief Luft und erlangte ihre Entschlossenheit zurück. Sie musste nur Tori finden und zum Schiff zurückkehren, also überlegte sie, was sie nutzen könnte, um einen Druckverband herzustellen. Der Stoff ihrer Klamotten war zu steif, um ihn zu zerreißen, also griff sie mit einer Hand unter ihr Oberteil und öffnete die Haken an ihrem BH. Glücklicherweise bevorzugte sie zweckmäßige BHs, die aus viel Elasthan und ohne Bügel gefertigt waren. Perfekt, um den Stoff zu einem Knoten zusammenzubinden. Sie manövrierte ihre Arme, bis sie es schaffte, den BH unter ihrem Oberteil herauszuholen und ihn fest um ihr Bein und auf die Wunde zu binden.

Sie lehnte sich zurück, schloss die Augen und ließ beide Hände hinter sich im Sand versinken. Um ihren Herzschlag etwas zu beruhigen und einen Hitzeschock zu vermeiden, atmete sie noch einige Male tief durch. Danica wusste, dass ein Hitzeschock genauso gefährlich sein konnte wie ihre Verletzung, also verlangsamte sie ihre Atmung und rief erneut nach Tori. Nichts. Konnte es sein, dass die Zevrianerin sie wirklich nicht hörte?

Sie musste wieder zu Kräften kommen, damit sie ihre Freundin finden und zum Schiff zurückbringen konnte. Vielleicht rief Tori genau in diesem Moment nach ihr und versuchte, auf die Sanddünen auf der anderen Seite des tiefen Tals zu klettern? Ohne die Metallplatte würde ihre Freundin es nicht weit schaffen. Danica nahm eine Handvoll des schillernden goldenen Sandes und beobachtete, wie er durch ihre Finger rann. Sie musste sich wieder auf das Pseudosurfbrett schwingen und nach Tori suchen, obwohl ihr Bein pulsierte.

Also gönnte sie sich noch eine Minute Pause, bevor sie versuchte, sich zu bewegen. Dann konzentrierte sie sich darauf, durch den Schmerz hindurch zu atmen, doch sie wurde von der Erinnerung an ihren Traum abgelenkt. Trotz ihrer pochenden Wunde schoss ihr das Bild des heißen Adonis durch den Kopf und ihre Nippel verhärteten sich. *Reiß dich zusammen,* ermahnte sie sich selbst. Dies war nicht der richtige Zeitpunkt für sexuelle Fantasien.

Als sie ihre Augen wieder öffnete, wurde ihr klar, dass sie wohl zu viel Blut verloren haben musste, denn sie hatte begonnen zu halluzinieren. Sie blinzelte ein paar Mal heftig, doch die Erscheinung vor ihr veränderte sich nicht.

Über ihr ragte eine massive Kreatur auf. Auf den ersten Blick sah es aus wie ein Mann, ein kräftiger Mann mit nacktem Oberkörper, massiven Muskeln und um die Unterarme geschlungenen Lederriemen sowie einem um die Brust gewickelten Riemen, an den mehrere Waffen gebunden waren. Doch als Danica eine Hand hob, um die Sonnenstrahlen abzuschirmen und einen besseren Blick auf ihn zu erhaschen, sah sie, dass seine Haut bronzefarben schimmerte und dicke schwarze Furchen seine massiven Brustmuskeln bedeckten. Sie blickte in sein Gesicht und die schwarz umrandeten, grünen Augen, die ihren Blick mit hochgezogenen Augenbrauen erwiderten. Er hatte lange, braune Haare, die nach hinten gebunden waren und ein Paar spitze Ohren enthüllten.

Spitz zulaufende Ohren. Ihr Herz begann wieder zu rasen, als ihr die Bilder ihres Traums durch den Kopf schossen. Sie erinnerte sich an die ledrige, goldene Haut, die stacheligen Furchen auf seinem Rücken, den salzigen Geschmack seiner Haut, den sie gekostet hatte, als sie ihm mit ihrer Zunge den Hals entlang geleckt hatte. Außerdem erinnerte sie sich an die Lust, die sie verspürt hatte.

Er hob eine Augenbraue, als er sich näher zu ihr herunterbeugte. Trotz der Angst, die über Danica hereinbrach, konnte sie nicht umhin, die riesige Wölbung in seinen ledernen Hosen zu bemerken, die ihm bis zu den Knien reichten. Es war nicht schwer zu erkennen, dass er gut bestückt und erregt war. Sie versuchte wegzukriechen und zog ihr verletztes Bein hinter sich her, während sie ein Gefühl von Verlegenheit und Panik durchschoss.

Dann verspürte sie eine Art Glücksgefühl, von dem sie instinktiv wusste, dass es nicht aus ihrem eigenen Gemüt entspringen konnte, denn sie empfand eigentlich das genaue Gegenteil. Plötzlich flackerten schwarze Flecken vor ihren Augen und die Welt um sie verschwamm. Wie war es möglich, dass sie die Gefühle eines anderen wahrnahm? Es war die einzige Frage, die ihr durch den Kopf ging, bevor sie ohnmächtig wurde und von den starken Armen der unbekannten Kreatur aufgefangen wurde.

KAPITEL ACHT

K'alvek erkannte die winzige Kreatur sofort aus seiner Vision, obwohl er nicht erwartet hatte, dass sie in solch glanzlose, fast maskuline Kleidung gehüllt war. Er hatte sie gerade noch rechtzeitig erreicht, um zu sehen, wie sie den Hügel hinunterfiel und Rufe ausstieß, bevor sie etwas unter ihrer Kleidung hervorgeholt und ihr verwundetes Bein verbunden hatte.

Er konnte ihren Schmerz, aber auch ihre Gelassenheit spüren. Sie plante, die Dünen trotz ihrer Verletzung zu überqueren. Obwohl sie klein und eindeutig nicht überlebensfähig war, musste er ihr lassen, dass sie tapfer war. Oder töricht, dachte K'alvek, als er den Kopf schüttelte. Der Sand könnte etwas so Zartes wie sie mit Leichtigkeit töten. Er war überrascht, dass sie nicht in schlechterer Verfassung war.

Sie hörte nicht, wie er sich ihr näherte, aber K'alvek war es gewohnt, sich unbemerkt anzuschleichen. Alle ihre Gedanken kreisten um ihr Bein und darum, tief einzuatmen, während er eine Düne hinunterrutschte, um sie zu erreichen.

Er bemerkte, dass ihr aschiges Haar nach hinten gebunden war, sich aber an ihren Schultern vorbei nach unten wellte, und er sah an dem dünnen Stoff ihrer Verhüllungen, dass sie keine Rillen hatte. Genau wie in seinen Erinnerungen sah ihre Haut glatt und bleich aus – keine gute Voraussetzung, wenn sie der Stärke zweier Sonnen ausgesetzt war. Obwohl es von Blut bedeckt war, konnte er erkennen, dass ihr entblößtes Bein im Vergleich zu ihren übrigen Körperteilen geschmeidig und lang war. Seine Gedanken kehrten zu der Vision zurück, in der sie ihre Beine um seine Taille geschlungen hatte. Er verspürte das Bedürfnis, den Rest ihrer Beine ohne Verhüllungen zu sehen, und stellte sich vor, wie er sie ihr auszog, ihre Beine entblößte und seine Hände ihre Haut entlang fuhren.

Sie lehnte sich mit geschlossenen Augen zurück und wölbte ihren Rücken, sodass ihre Kleidung sich straff über ihre Brüste spannte. Der dünne Stoff trug wenig dazu bei, die Form der weichen Hügel zu verdecken, die leicht wackelten, wenn sie sich bewegte. Er war fasziniert. Nichts an einer Dothvek-Frau war so weich. Es war fast so, als könne sie seine Aufmerksamkeit spüren, denn während er sie beobachtete, sah er, wie sich ihre Brustwarzen versteiften.

Als sie zu ihm aufblickte, konnte K'alvek ihre Überraschung, gefolgt von ihrer Erkenntnis, spüren. Sie hatte ihn also auch schon einmal gesehen? Und, was vielleicht noch überraschender war, sie begehrte ihn.

Als er sich hinkniete, um ihre Verletzung zu inspizieren, brauchte er ihre Gedanken nicht zu lesen, um zu bemerken, dass sich ihre Augen weiteten, während sie ihn musterte. Ihre Wimpern flatterten und ihre Augen rollten in ihren Kopf zurück. Dann fiel sie um und er fing ihren leichten Körper auf, bevor sie in den Sand kollabieren konnte.

K'alvek verfluchte sich und seine Neugierde. Jetzt konnte er sie nicht mehr zurücklassen, so viel war klar. Zum einen war sie verwundet und völlig ungeeignet, in diesen Bedingungen zu überleben. Aber noch wichtiger war, dass er eine starke Anziehungskraft zu ihr verspürte, die er sich nicht erklären konnte. Er hatte sich schon vorher nach Frauen gesehnt, aber es ergab für ihn keinen Sinn, einen Beschützerinstinkt für eine Frau zu hegen, die keine Dothvek war. Er bezweifelte, dass ein so kleines und zerbrechliches Weibchen sich physisch mit ihm paaren konnte, obwohl der Gedanke seinen Schwanz pulsieren ließ.

Er verfluchte sich erneut selbst. Dies würde seinen Plan, die Cresteks auszuspionieren, verzögern, selbst wenn er sie nur wiederbeleben und ihr Bein behandeln würde. Aber er wusste, dass er mehr als das tun würde; er musste sie in Sicherheit bringen. Es war nur eine Verzögerung, beteuerte er sich selbst. Die Rettung dieses Weibchens würde ihn nicht von seiner Mission abhalten, ganz gleich, wie hart sie seinen Schwanz machte.

K'alvek hob sie hoch und wiegte ihren schlaffen Körper in seinen Armen. Sie war nicht größer als ein weibliches Dothvek-Kind, obwohl ihr Körper aufgrund der Wölbung ihrer Brüste und der Kurven ihrer Hüften eindeutig ausgewachsen war. Er drückte eine seiner Hände an ihre Brust, um nach dem Pochen zu tasten, und die Spannweite seiner Finger bedeckte beide ihrer weichen Brüste. Die Schläge waren immer noch da und gleichmäßig, wenn auch schnell. Er stieß den angehaltenen Atemzug aus und nahm seine Hand weg, während er gegen den Drang ankämpfte, mehr von ihrer weichen Haut zu spüren.

Während er ihren schlaffen Körper in den Armen hielt, studierte er sie. Dunkle Wimpern umrahmten ihre Augen, aber ihre Augenbrauen waren geschwungen, anstatt der scharfen, abgewinkelten Linien, die seine kennzeichneten. Ein Bluterguss auf ihrer Wange färbte sich von rot zu blau und ihr Fleisch war leicht geschwollen.

Die zarten Strähnen ihres aschfarbenen Haares wanden sich um ihr Gesicht. Ihre rosa Lippen sahen ausgetrocknet aus, ihre Unterlippe war voller als die Oberlippe, und auch die Nase hatte eine rötliche Färbung. Er fragte sich, ob das Reaktionen auf die Sonne waren. Sie sah nicht kräftig genug aus, um der Hitze des heutigen Tages standzuhalten. Selbst ihre Kleider waren wenig hilfreich. Er musste sie irgendwo hinbringen, wo er sich um sie kümmern konnte. Der Sand war nicht sicher. Sie brauchte einen Unterschlupf. K'alvek warf einen Blick auf ihr Bein, aus dem noch immer Blut tropfte. Dann beäugte er den seltsamen Stoff, der um ihr Bein gebunden war. An der offenen Wunde klebten Sandkörner und die Haut sah zerrissen aus. Ihr Fleisch musste gereinigt werden.

Er blickte über die Dünen hinweg. Sein Dorf war einen halben Tagesmarsch entfernt. Zwar konnte er sie tragen, aber mit ihr wäre er nicht so schnell. Und sie würde den Sonnen während der ganzen Reise ausgesetzt sein.

Widerwillig warf er einen Blick auf die Berge hinter ihm. Sie waren näher, aber wollte er es wagen, sie in die Nähe der Cresteks zu bringen? Es war eine Sache, allein in die Felsen zu kriechen, um sie auszuspionieren. Es war ein Risiko, ein Weibchen in die Nähe ihres Territoriums zu bringen. Sie könnten bereits in diesem Moment auf die Wüste zusteuern. Er war sich sicher, dass die Cresteks den Absturz gesehen hatten, und obwohl diese Kreatur nicht mit einem Schiff unterwegs war, war klar, dass sie nicht von diesem Planeten stammte.

Er verspürte eine Welle jenen Beschützerinstinktes und zog die zarte Kreatur näher an sich heran. Er wusste, dass sie für die Cresteks von Wert sein würde, denn ihre Spezies litt wie die seine unter einem Mangel an Weibchen. Doch er wusste auch, dass die Cresteks die Göttinnen nicht mehr verehrten. Er schmeckte Galle, wenn er an die Gestalten dachte, die für den

Tod seines Vaters verantwortlich waren – kaltherzige Kreaturen, die von Wachstum und Waffen besessen waren, anstatt ihre Kultur zu wahren und den Planeten zu verehren. Ein leises Rumpeln entwich seiner Kehle. Er würde nicht zulassen, dass sie ihm jemals wieder etwas wegnahmen.

Auch wenn er es nicht zugeben wollte, verspürte er eine Verbindung zu dieser Kreatur. Ihre Emotionen flossen ebenso leicht in seinen Geist wie seine eigenen, auch wenn sie nicht zu seiner Art gehörte. Er wusste nicht, wie das möglich war oder was es bedeutete, aber eines wusste er mit Sicherheit: Es war nun seine Aufgabe, sie zu beschützen.

Er wandte sich wieder der Sandbank zu und begann zu laufen, als er etwas sah, das ihm den Atem verschlug. Die Sand-Wand, die ihnen am Horizont entgegen wirbelte, blockierte eine der Sonnen und verdunkelte den Himmel. Die Schwärze des Sandsturms, der sich in beide Richtungen über den Sand erstreckte, brauste auf sie zu.

Tori drehte sich um, rieb sich den Kopf und stöhnte. Hatte sie wieder einen Grendolian Whiskey zu viel getrunken? Als ihre Hand den Sand auf ihrer Stirn berührte, blinzelte sie ein paar Mal und hob dann eine Hand, um ihre Augen vor der Sonne zu schützen. Besser gesagt vor *den Sonnen*. Okay, sie war definitiv nicht in ihrer Koje auf dem Schiff.

Es dauerte ein paar Sekunden, bis sie sich erinnerte, wo sie war und was passiert war. Dann setzte sie sich kerzengerade auf und spuckte all den Sand aus, der ihre Zähne bedeckte. Wo war ihr Captain?

»Danica«, rief sie und hörte nichts als ihre eigene heisere Stimme widerhallen. Sie hatte so viel Sand geschluckt, dass sie kaum noch sprechen, geschweige denn schreien konnte.

Wage erinnerte sie sich, dass sie von der Spitze einer Sanddüne gefallen waren. Sie war in die eine Richtung gestürzt und Danica in die andere. Als sie sich aufrichten wollte, fühlte sie ein scharfes, schmerzhaftes Stechen in ihrem Arm und blickte auf den blutigen Schnitt hinab. Sie hatte schon Schlimmeres erlebt, dachte sie.

Sie musste Danica und sich selbst zurück zum Schiff bringen. Die Suche nach Wasser, einer Oase oder irgendeiner Art von intelligenter Lebensform in dieser sandigen Einöde war ein totaler Reinfall gewesen, und sie würde froh sein, wieder in das verhältnismäßig kühle Schiff zurückzukehren – oder was davon übrig geblieben war.

Als sie sich die vielen Sandgipfel um sie herum ansah, fragte sie sich, welchen von ihnen sie heruntergefallen waren. Sie waren alle ziemlich hoch, und ihr gefiel der Gedanke nicht, auf jeden einzelnen hinaufklettern zu müssen. Bevor sie sich für einen von ihnen entscheiden konnte, spürte sie eine Veränderung in der Luft. In der Ferne war ein schwaches Rumpeln zu hören.

Ihr Herz flatterte in ihrer Brust. Vielleicht hatte der Rest der Besatzung ein SOS-Signal abgegeben. Vielleicht war es ein Schiff, das sich näherte. Mourad könnte gelogen haben, was den Entwicklungsstand des Planeten betraf. Es war typisch für ihn, sie so zu verängstigen. Sie hatte schon immer den Verdacht gehabt, dass dieser Tyrann es genoss, Angst und Schrecken zu verbreiten.

Tori kletterte den Sandhang hinauf und rutschte mehrere Male aus, bevor sie den Gipfel erreichte. Als sie sich hochzog, um durch die Wüste zu spähen, schwand ihre Hoffnung auf ein

Rettungsschiff. Es war kein Schiff. Es war ein dunkler, wirbelnder Sturm, der schnell über die Dünen zog.

Sie sah zu, wie die Wand aus tosendem Sand auf sie zusteuerte. Verdammt. Es hatte keinen Sinn, davor wegzulaufen. Sie konnte sich kaum durch die staubigen Dünen bewegen, also musste sie es gar nicht erst versuchen, zu rennen. Als sie sich ins Sandtal hinabrollte, versuchte Tori, sich zu einer engen Kugel zusammenzurollen, wobei sie sich ihr Hemd über das Gesicht zog und ihren Kopf an die Brust legte.

Das Geräusch des Sturms war ohrenbetäubend, als der Wind über sie hinwegfegte und Sand auf ihre Haut prasselte. Sie kniff die Augen fest zusammen, obwohl sie von Schwärze umgeben war, und versuchte, nicht zu atmen. Trotzdem wehten die feinen Sandpartikel in ihre Nase und ihre Kehle hinunter.

Tori bekämpfte den Hustenreiz, denn wenn sie ihren Mund öffnete, würde sie am Sand ersticken, obwohl sie ohnehin schon das Gefühl hatte, keine Luft mehr zu bekommen. Ihre Lungen brannten. Sie musste atmen, sie musste frische Luft einsaugen, aber sie konnte es nicht. Egal, wie sehr das Bedürfnis an ihr nagte.

So wirst du nicht sterben, versicherte sie sich selbst. Eine zevrianische Kriegerin stirbt *nicht* daran, zu viel Sand zu schlucken.

Nach einer gefühlten Ewigkeit zog der Sturm über sie hinweg und Tori schnappte nach Luft, während sie gleichzeitig Unmengen von Sand ausspuckte und schließlich gelbe Galle erbrach, die sich auf der sandigen Oberfläche ansammelte, bevor sie versank. Sie rollte sich zur Seite und zitterte am ganzen Körper.

Was zum Teufel war das für ein Planet und wo war ihr Captain?

KAPITEL NEUN

Danica erwachte durch stoßartige Bewegungen, die sich anfühlten, als würde sie rennen. Schnell rennen. Es dauerte eine Minute, bis ihr klar wurde, dass sie nicht diejenige war, die rannte. Langsam öffnete sie die Augen und blinzelte gegen das helle Sonnenlicht. Jetzt konnte sie sehen, dass sie getragen wurde – in den Armen des Wesens, das sie gesehen hatte, bevor sie ohnmächtig geworden war.

Ihr Gesicht war gegen seine nackte Brust gepresst, und obwohl seine Haut hart war, war sie nicht rau. Danica blinzelte ein paar Mal, als die Welt klarer wurde, und sie ihre eigene Hand entdeckte, die gegen das polierte Gold seiner entblößten Haut gepresst bleich und klein aussah. Sie bewegte ihre Finger über die kräftigen, schwarzen Linien auf seinen gewaltigen Brustmuskeln. Sie verlagerte sich ein wenig in seinen Armen und sein Griff wurde fester. Nicht gut, dachte sie.

Danica blickte so langsam auf, wie sie konnte, und versuchte, seine Aufmerksamkeit nicht zu erregen. Sein Gesicht war so markant wie der Rest seines Körpers, mit einem kantigen Kiefer und hohen Wangenknochen. Seine dunklen Augenbrauen zogen sich schräg über seine Schläfen hinweg und schienen sich an der Richtung der schwarzen Linien auf seiner Brust zu orientieren. Die grünen Augen waren an der Unterseite schwarz umrandet. Sie fragte sich einen Moment lang, ob der Mann Eyeliner trug.

Seine Lippen waren voll und leicht zugespitzt, da er alle paar Sekunden scharf durch den Mund ausatmete. Danica machte ihm keine Vorwürfe. Er lief so schnell, dass sie hören konnte, wie der Sand hinter ihnen aufwirbelte. Da war auch noch ein anderes Geräusch. Wenn sie es nicht besser wüsste, würde sie annehmen, dass sie sich in der Nähe eines Windtunnels befanden.

Er blickte auf sie herab und ihre Blicke trafen sich. Sofort sah sie weg, doch vorher wurde sie von einem Gefühl der Sicherheit überflutet. Alles würde gut werden.

Warte mal. Konnte sie fühlen, was dieser Mann fühlte? Danica schüttelte den Kopf ein wenig, als müsste sie Wasser aus ihren Ohren entfernen. Diesmal musste sie wirklich halluziniert haben. Wie viel Blut hatte sie verloren?

Danica schloss ihre Augen, als ein Schwindelanfall sie durchfuhr. Ihr Bein pochte immer noch vor Schmerzen, aber sie versuchte, es zu ignorieren und sich auf die Tatsache zu konzentrieren, dass sie von einem riesigen Außerirdischen verschleppt wurde. Hätte sie noch etwas Kraft gehabt, würde sie sich winden und wehren, um wieder auf dem Boden abgesetzt zu werden, doch dank der drückenden Hitze und ihrer Verletzung war sie erschöpft.

Dann dämmerte ihr eine Erkenntnis. Tori war immer noch mit einem verletzten Arm in der Wüste unterwegs. Und der Rest ihrer Mannschaft steckte immer noch mit begrenzten Vorräten auf dem Schiff fest. Sie versuchte, sich umzusehen, konnte ihren Hals aber nicht um seine Masse herum recken. Jetzt wäre sie niemals in der Lage, ihre Schritte zum Schiff zurückzuverfolgen, zumal sie keine Ahnung hatte, wie lange er schon gerannt war und in welche Richtung.

»Stopp«, schrie Danica über das Geräusch des Windes hinweg. »Du musst mich runterlassen.«

Er grunzte, hörte jedoch nicht auf zu rennen. Wie konnte es sein, dass sie seine Gefühle zu spüren schien, er ihre offensichtliche Notlage aber nicht wahrnehmen konnte? Typisch Mann.

Sie drückte gegen seine Brust, aber es war, als würde sie versuchen, eine Stahlwand wegzustoßen. Ihre Gedanken wanderten zu Tori. Fragte sie sich, wohin Danica verschwunden war? Würde sie allein zum Schiff zurückkehren können? Was würde ihre Crew denken, was mit ihrer Vorgesetzten passiert war?

Sie schlug mit der Faust gegen seine Brust. »Du musst mich gehen lassen. Ich muss zurück zu meinem Schiff.«

Diesmal blickte er nicht nach unten und machte keinen Mucks. Stattdessen konnte Danica die Sorge spüren.

Ihr Magen verkrampfte sich, obwohl sie nicht genau wusste, warum. Sie wusste einfach, dass sie sich Sorgen machen sollte.

»Machst du das absichtlich?«, fragte sie.

Er antwortete nicht, aber sie spürte, wie seine Beine schneller vorwärts stürmten und seine Arme sich anspannten. Sie krümmte ihren Rücken, damit sie um seinen dicken Bizeps herum spähen konnte.

Nicht mehr als einhundert Meter entfernt rollte eine so dichte Sandwand auf sie zu, dass sie nicht einmal durch sie hindurchsehen konnte. Ihr Mund wurde noch trockener, als er bereits war. Kein Wunder, dass er so angestrengt rannte. Sie hatte den Drang, aus seinen Armen zu springen und selbst zu laufen, obwohl sie wusste, dass sie nicht einmal einen Bruchteil der

Strecke zurücklegen konnte, die er mit jedem langen Schritt hinter sich ließ.

Danica blickte wieder nach vorn und sah eine zerklüftete Felswand vor sich. Die Bergkette, die so weit von ihrem ramponierten Schiff entfernt gewesen war, lag nun direkt vor ihr. Sie war höher, als sie aus der Ferne ausgesehen hatte, und schien aus hervorstehendem Stein im gleichen Goldton des Sandes zu bestehen. Die Felsen schimmerten sogar wie der Sand, als wäre der Stein selbst von mikroskopisch kleinen Goldkörnern durchzogen.

Wenn sie diesen Bergen so nahe war, musste sie sehr weit von ihrem Schiff entfernt sein. Wie sollte sie es je wiederfinden? Dieser Gedanke wurde ihr durch das Tosen des herannahenden Sandsturms aus dem Kopf geschlagen, denn die Sandkörner, die sich unter ihren Füßen so weich angefühlt hatten, stachen nun in ihre Haut, während sie um sie herumwirbelten.

Sie erreichten die Stelle, an der der Sand in Stein überging, doch als er auf einen Felsvorsprung sprang, erreichte der Sturm sie, und die Gewalt des Windes stieß ihn um. Er fing den Sturz mit einer Hand ab, während die andere Hand Danica immer noch an seine Brust drückte, damit er ihren Körper mit dem seinem bedecken konnte, während der Sand tosend auf sie einprasselte. Dann wurde alles dunkel.

Der Sturm machte es unmöglich, etwas zu sehen und Danica schloss fest die Augen, als der Sand in ihr Fleisch biss und sich seinen Weg durch die schützende Bedeckung seines Körpers bahnte. Sie spürte den Sand in ihrem Mund und ihrer Nase, bevor sie die Hände über die Augen presste, um sie zu schützen. Außer dem Heulen des Windes konnte sie nichts hören, doch sie verspürte einen Strom seiner Emotionen. Sie drehten sich nicht um den Sand, der gegen seinen Rücken prallte, sondern um sie. Er beschützte sie.

Mit einer einzigen fließenden Bewegung hob er sie in seine Arme und beugte Danica so, dass ihr Gesicht an ihn gedrückt wurde. Er taumelte gegen den aufbrausenden Wind und machte ein paar ruckartige Schritte, während er versuchte, sein Gleichgewicht zu halten. Sie hielt den Atem an, um den Sand nicht einzuatmen, doch sie konnte ihn ihre Kehle entlangkratzen spüren.

Noch ein paar Schritte und das Getöse ließ nach. Danica spürte, wie er sich aufrichtete und wieder leichter gehen konnte, also öffnete sie die Augen.

Sie befanden sich in einer großen Höhle, die fast so dunkel war wie der Sandsturm draußen. Sie wurde von einer Öffnung in der Decke unterbrochen, durch die ein Lichtstrahl drang. Danica vermutete, dass der Berg als Barriere gegen den Sandsturm fungierte, und dass das andere Ende der Höhle nicht vom wirbelndem Sand umspült wurde. Der Höhleneingang hinter ihnen schien fast vollständig durch einen riesigen Felsbrocken blockiert zu sein, um den sie herumgegangen sein mussten.

Der riesige Außerirdische fiel auf die Knie und Danica rollte sich auf den Boden, hustete und spuckte Sand. Es fühlte sich an, als wären die feinen Körner überall hineingeraten – in ihre Nase, ihren Rachen, ihre Augen. Während sie würgte und nach Luft schnappte, konnte sie hören, wie er dasselbe tat.

Als sie eine halbe Wüste ausgehustet hatte, beobachtete sie ihn, wie er vor ihr kniete. Eine schillernde Schicht durchsichtigen Pulvers überzog sein dunkles Haar und haftete an seinen Augenbrauen. Seine Augen erkundeten Danica aufmerksam, während er Sand aus ihrem Gesicht strich. Seine großen Finger verweilten auf ihren Ohren und zeichneten die Rundungen nach.

»Tut mir leid, Kumpel. Ich habe keine Spock-Ohren.« Eine weitere Sache, die sie neben dem nunmehr zertrümmerten Schiff von ihrem Vater geerbt hatte, war die Liebe zu alten Fernsehsendungen, die auf der Erde beliebt gewesen waren.

Er hob eine Augenbraue, als verstünde er ihre Worte, wüsste aber nicht, was sie zu bedeuten hatten.

Danicas Augen huschten zu seinen Ohren, und sie versuchte, die Erinnerung zu verdrängen, in der sie sie mit ihrer Zunge berührt hatte. Sie fühlte, wie ihre Wangen erröteten, als sein Blick den ihren traf. Verdammt, er war attraktiv, wenn auch nicht gerade menschlich.

Sein Mundwinkel zuckte und er grinste, als hätte er sie verstanden, und ihre Wangen brannten. War sie verrückt geworden oder konnte er ihre Gedanken lesen?

Mit den Fingern berührte er ihren Wangenknochen, und sie zuckte zusammen, als sie sich daran erinnerte, dass einer von Mourads Männern ihr eine Ohrfeige verpasst und ihr offensichtlich ein Andenken hinterlassen hatte. Der Außerirdische knurrte und ließ Danica zusammenzucken.

»Schon in Ordnung«, sagte sie. »Nichts, womit ich nicht schon einmal zu tun hatte.«

Der Außerirdische erhob sich stirnrunzelnd, schüttelte den Sand aus seiner Hose und bürstete ihn von seiner Haut. In seiner vollen Größe stieß er sich fast den Kopf an der Decke der Höhle. Für einen Menschen war Danica zwar ziemlich groß, aber dieser Kerl überragte sie um einen halben Meter und war etwa dreimal so breit. Gott, er war riesig.

Er schüttelte den langen Zopf aus, der bis zu seiner Taille reichte, an mehreren Stellen der Länge nach zusammengebunden und am Ende wie ein Seil geflochten war. Sein Haar war vielleicht länger als ihres, aber der Außerirdische hatte nichts Weibliches an sich. Selbst die dicken, schwarzen Linien unter seinen Augen ließen ihn eher grimmig als feminin aussehen.

Als er die Hände hob, um sich das Gesicht abzuwischen, erhaschte Danica einen flüchtigen Blick auf die scharfen Rillen an seinem Rücken. Wenn ihr Traum realitätsgetreu gewesen war, entsprangen sie aus einer Erhebung, die seine Wirbelsäule entlang verlief. Ihr Blick fiel auf seinen Unterleib, wo die Hose tief genug heruntergerutscht war, um die Anfänge seiner V-förmigen Leistenmuskeln zu entblößen. Ihre Finger kribbelten, als sie sich daran erinnerte, wie sie diese harten Rillen in ihrer Fantasie berührt hatte.

Erregung durchströmte sie und sie riss ihren Blick von ihm los. Sie konnte spüren, wie er sie anstarrte, doch sie weigerte sich, aufzublicken. Sollte er ihr noch einmal ein so überhebliches Grinsen schenken, würde sie ihn umbringen, egal ob sie ein kaputtes Bein hatte oder nicht.

Danica holte tief Luft. Sie musste sich zusammenreißen. Dabei versuchte sie die Tatsache zu ignorieren, dass seine Berührung ihr Herz zum Rasen brachte und allein sein Anblick ihre Körpertemperatur zu erhöhen schien. Sie rief sich in Erinnerung, dass er genau genommen auch kein Mensch war. Er sah einem Mann zwar sehr ähnlich, und sie war sich ziemlich sicher, dass er alle entscheidenden Teile hatte, aber menschliche Männer hatten keine Rillen oder spitze Ohren. Und ganz sicher hatten sie auch keine goldene Haut, die zugleich als Panzerung diente.

Nachdem sie all das aus ihrem Verstand verdrängt hatte, richtete sie ihre Aufmerksamkeit auf ihr Bein und drehte es, um die verbundene Verletzung besser sehen zu können. Der Anblick ließ sie erschaudern. Ihre zerrissene Haut war mit Sand bedeckt, und an ihrer Wade strömte das Blut hinunter. Zumindest schien die Blutung sich verlangsamt zu haben, also löste Danica den Knoten ihres umfunktionierten BHs. Er war blutgetränkt und würde nun definitiv nicht mehr für seinen eigentlich Zweck verwendet werden. Sie warf den BH zur Seite.

Danica zuckte zusammen, als sie die Sandkruste von der Wunde wischte und die blutige Wunde darunter freilegte. Der Außerirdische kniete sich schneller neben ihr nieder, als sie reagieren konnte. Er zog ihre Hand weg und ruckte mit dem Kopf nach oben, während er ein klickendes Geräusch machte.

Irgendwie fühlte sie, wie er ihr befahl, damit aufzuhören. Es war kein Gedanke, sondern ein Gefühl. Vermittelte er ihr seine Gefühle? Sie erschauderte. Die Vorstellung, dass der Außerirdische in ihren Kopf eindrang, begeisterte sie nicht sonderlich. Das Letzte, was sie brauchte, war ein Mann, der ihr den Kopf verdrehte. Buchstäblich.

Obwohl sie wusste, dass es nicht ihre eigenen Gefühle waren, konnte sie nicht anders, als ihnen zu vertrauen. Sie wusste instinktiv, dass er versuchte, ihr zu helfen. Sie konnte es fühlen. Trotzdem gefiel es ihr nicht, wenn ein Mann ihr vorzuschreiben versuchte, was sie zu tun oder zu lassen hatte, also schüttelte sie den Kopf.

Der Außerirdische griff hinter seinen Rücken und löste etwas von dem breiten Riemen, der seinen Körper umschlang, – es handelte sich um eine Art Lederbeutel. Mit den Zähnen zog er einen Stöpsel aus einem Ende heraus, spuckte ihn neben sich auf den Boden und träufelte dann etwas Wasser über ihre Schnittwunde, ohne sie zu berühren.

Das Wasser brannte, als es den Sand wegspülte, doch Danica hielt still. Er mochte wie ein Barbar ausgesehen haben, aber er wusste eindeutig, wie man eine Schnittwunde behandelte. Als die Wunde an ihrer Wade sauber war, machte er den Beutel wieder zu.

Sie wünschte sich, sie hätte eine Möglichkeit, die Wunde zu nähen, oder sie zu verbinden. »Ich nehme an, du hast keinen Verband dabei?«

Er neigte erneut den Kopf, griff dann in einen weiteren kleineren Beutel an seiner Taille und holte ein Paar gelbe Blätter hervor, die er vorsichtig auf den Schnitt legte. Sie vermutete, dass dies seine Version eines Verbands war. Als seine große Hand ihr Fleisch drückte, breitete sich Wärme über ihr Bein aus und ihr Körper entspannte sich. Sie stöhnte beinahe, als sich eine Welle prickelnder Lust von ihrem Bein durch ihren ganzen Körper bewegte. Danica fragte sich, ob es die Blätter oder seine Körperwärme waren, die ihr den Schmerz aus dem Bein vertrieben und ihr das Gefühl vermittelten, sie hätte eine Glückspille geschluckt.

Pillen waren nichts für sie, obwohl sie wusste, dass sie auf den Schwarzmärkten, die in jedem Außenposten der Galaxie gediehen, eine große Rolle spielten. Pillen, die einen wach hielten, einschläferten, glücklich oder erregt machten. Sie selbst hatte nie eine genommen, aber sie war sich der Auswirkungen auf andere bewusst.

»Danke«, sagte Danica und kämpfte gegen den Drang an, dem Außerirdischen ein benommenes Grinsen zu schenken und ließ ihre Augen für einen Moment zu seinen wandern.

Er nickte einmal, als er die Hände wegnahm, stand auf, ging auf den Höhleneingang zu und lauschte an der kleinen Öffnung, die nicht von dem Felsbrocken bedeckt war. Der Wind hatte aufgehört zu heulen, und Licht drang vom Eingang aus ein. Danica registrierte, dass es nicht mehr so hell war wie vorhin, und sie fragte sich, ob die Sonne gerade unterging. *Die Sonnen.* Mehrzahl.

Der Wärmerausch verflüchtigte sich langsam aus ihrem Körper, zusammen mit dem euphorischen Gefühl in ihrem Gehirn, bis nur noch ihr Bein kribbelte. In Gedanken war sie wieder bei Tori und der Crew an Bord des Schiffes. Ruckartig setzte sie sich auf und schüttelte den Kopf, um die letzten Spinnweben der Glückseligkeit zu vertreiben. Sie musste ihre Konzentration behalten und zu ihnen zurückkehren. Ihre einzige Chance, den Sandplaneten zu verlassen, war ihr Schiff und sein Kommunikationssystem. Auf keinen Fall wollte sie auf einem Sandplaneten mit rasenden Stürmen festsitzen, selbst wenn sie zufällig auf einen verdammt heißen Außerirdischen gestoßen war.

Sie verspürte einen Anflug von Panik, als sie darüber nachdachte, wie weit sie vom Schiff entfernt war und fragte sich, wie sie wieder dorthin zurückfinden sollte. Sie wusste, dass sie nicht ohne sie abreisen würden, aber sie hatte keine Ahnung, wie lange sie es inmitten einer glühend heißen Wüste aushalten würden.

Während sie den Rücken des Außerirdischen beobachtete, fragte Danica sich, wie er reagieren würde, wenn sie versuchen würde zu entkommen. Sie räusperte sich. »Jetzt, da der Sturm vorbei ist, muss ich zurück zu meinem Schiff.«

Er drehte sich zu ihr um, die Augenbrauen zusammengekniffen. Er hielt es für gefährlich. Sie verstand ihn immer deutlicher.

»Jetzt nicht mehr. Der Sandsturm ist vorbei.« Sie zeigte auf ihre Ohren. »Ich kann hören, dass er weg ist.«

Mit einem Klicken riss er den Kopf erneut hoch und verschränkte die Arme vor der Brust.

Hatte er ihr gerade widersprochen? Danica fühlte, wie ihr Temperament anstieg. Wenn dieser Unmensch dachte, dass er sie in einer Höhle gefangen halten konnte, dann irrte er sich gewaltig. Sie hatte ihr eigenes Schicksal in der Hand. Sie kommandierte eine einzigartige Crew weiblicher Kopfgeldjägerinnen durch die Galaxie und ließ sich von niemandem etwas befehlen. Und ganz bestimmt war sie keine hilflose Jungfrau in Not.

Mit seinem Kopf deutete er auf ihr Bein.

»Das wird Tage dauern und so viel Zeit habe ich nicht.«

Er hob eine Augenbraue und seine Augen wanderten zu ihrem Bein.

Sie blickte auf ihre Wunde hinab, welche sie überhaupt nicht mehr spürte, und spähte unter die Blätter. Wenn sie sich zuvor nicht in der Größe der Wunde geirrt hatte, war der Schnitt deutlich kleiner als noch vor ein paar Minuten. Bevor sie ihn nach den Blättern fragen konnte, wirbelte der große Außerirdische mit einem wilden Gesichtsausdruck herum.

Seine Angst packte sie wie ein Schraubstock.

KAPITEL ZEHN

K'alvek verspürte ihren Wunsch, fortzugehen. Zu ihrem Schiff zurückzukehren. Obwohl ihre Sprache für ihn fremd klang, spürte er ihre Wünsche so deutlich wie er die seiner dothvekischen Landsleute spüren konnte. Er wusste nun, dass sie mit dem fremdartigen Flugobjekt angekommen war, das er am Himmel gesehen hatte. Er wusste auch, dass es noch mehr von ihrer Art gab. Mindestens eine weitere, an deren Namen sie dachte.

Aber sie war diejenige, die er in seiner Vision gesehen hatte. Er blickte über seine Schulter zu der Stelle, an der sie saß und ihr Bein inspizierte, während ihr Haar ihr in Wellen über das Gesicht fiel. Er hatte noch nie ein so zartes Geschöpf wie sie gesehen, aber er hatte sich auch noch nie so zu einer Frau hingezogen gefühlt. Er fragte sich, ob sie eine Göttin war, denn sie war eindeutig keine Dothvek, Crestek oder irgendeine andere Spezies, die es auf ihrem Planeten gab. Er war mit Geschichten von Göttinnen aufgewachsen, die aus dem Jenseits gekommen waren, um ihre Welt zu erschaffen. Nachdenklich verengte er die Augen und starrte sie an. Das würde ihre geistige Verbindung erklären.

Wenn dies eine Göttin war, hatte er sie sich sein ganzes Leben lang falsch vorgestellt. Er studierte ihre langen, dünnen Beine und Arme sowie ihre blasse Haut. Eigentlich hatte er erwartet, dass Göttinnen größer oder zumindest genauso groß wie er sein würden, doch sie war nur halb so groß wie er. Außerdem war er davon ausgegangen, dass jede Göttin eine Dothvek und eine Kriegerin sein würde, aber das war sie eindeutig nicht. Sogar die Dothvek-Frauen, die als Priesterinnen über ihre Gesellschaft herrschten, wurden anfangs zusammen mit den Männern als Kriegerinnen ausgebildet, und K'alvek hatte mit eigenen Augen gesehen, dass sie ebenso kämpferisch waren wie die Männer auch. Nicht, dass diese Frau keinen Kampfgeist hatte. Das war ihm bewusst geworden, als sie versucht hatte, sich gegen ihn zu wehren.

Sein Blick verweilte auf dem Bluterguss an ihrer Wange und Wut durchströmte ihn. Ohne dass sie etwas hatte sagen müssen, wusste er, dass ein Mann ihr das angetan hatte. Ein Mann, den er gern in den Sand stampfen würde. Was für ein Mann würde eine Frau schlagen? Wenn es so in jener anderen Welt zuging, war er froh, nichts damit zu tun zu haben, obgleich es ihm selbstverständlich war, dass er sie beschützen musste.

Als er sich räusperte, spuckte er einen Mund voll Sand auf den Boden und murmelte Dothvek-Flüche vor sich hin. Das Letzte, was er jetzt brauchte, war eine Frau, um die er sich kümmern musste. Vor allem, wenn diese Frau seine Fürsorge benötigte, da sie zu klein und zerbrechlich war, um selbst überleben zu können. Noch dazu war sie eigensinnig und stur, und angesichts der Rache, die er für seinen Vater verüben würde, war sie nichts weiter als eine Ablenkung.

K'alvek rückte näher an sie heran, als sie hustete und ihr kleiner Körper würgte, um noch mehr Sand loszuwerden. Obwohl er sich selbst zur Vernunft gebracht hatte, konnte er nicht leugnen, dass er sich zu ihr hingezogen fühlte. Wenn sie keine Göttin war, warum hatte sie dann die Fähigkeit, ihre Gedanken mit ihm zu teilen? Er weigerte sich zu glauben, dass sie seine Gedankengefährtin sein könnte.

Obwohl Dothveks einander Gefühle mitteilen konnten, hatte K'alvek noch nie davon gehört, dass dies mit einer anderen Spezies möglich war. Nicht einmal mit den Cresteks, dem Volk, mit dem sie den Planeten teilten. Sie hatten ihre Fähigkeiten aufgegeben, nachdem sie sich vor tausenden Rotationen von seinem Volk abgespalten hatten – ein weiterer Grund, aus dem K'alvek sie verachtete.

Seine Gedanken kehrten zu der Frau zurück, die er aus dem Sand gerettet hatte. Würde eine Göttin solch ein Durcheinander an besorgten Gedanken haben? Wäre sie so anfällig für körperliche Schäden? Nein, sie war eindeutig eine Außenweltlerin, aber keine Göttin. Er verdrängte ihre geistige Raserei und verfluchte sich selbst, weil er über etwas gestolpert war, das offensichtlich eine Beeinträchtigung darstellen würde. Jetzt würde er auf keinen Fall in der Lage sein, die Cresteks auszukundschaften. Nicht mit einer verwundeten Frau, deren einziger Wunsch es war, zu ihrem Schiff zurückzukehren. Ein wenig Dankbarkeit wäre angebracht, dachte K'alvek.

Er war so abgelenkt von ihren verwirrten Gefühlen, dass er die Gefahr erst wahrnahm, als es schon fast zu spät war. Er drehte sich um und scannte die Höhle, während die Angst ihn packte. Sie war nun aufgestanden und stützte sich auf ihr unverletztes Bein. An ihrem Gesichtsausdruck konnte er erkennen, dass sie ihn verstanden oder zumindest seine Panik gespürt hatte.

Cresteks. Zwei von ihnen. Er war vielleicht nicht gerade begeistert davon, die Frau am Hals zu haben, doch er würde nie zulassen, dass sie sie mitnahmen.

K'alvek eilte auf sie zu, fegte sie mit einem Arm hoch und erreichte die andere Seite der Höhle, wo sich ein Gang außerhalb der Sichtweite des Eingangs befand. Sie war zu erschrocken, um einen Laut von sich zu geben, obwohl sie sich wehrte, als er eine Hand über ihren Mund legte und den anderen Arm um sie schlang. Als sie so an seinen Körper gepresst und von ihm abgewandt war, bemerkte er zuerst nicht, dass eine seiner Handflächen fest über einer ihrer runden Brüste lag, als sie sich ihm entgegen wand.

Sie warf sich zurück, versuchte, ihn zu treten, und ihre Brustwarze drückte gegen seine Hand. Als Reaktion darauf verhärtete sich sein Schwanz und er fühlte ihre Panik, als sie es ebenfalls bemerkte.

Er wünschte, er könnte ihr befehlen, zu schweigen, aber erst als sie das Echo der Stimmen an den Höhlenwänden vernahm, erstarrte sie in seinen Armen. Er ließ seine Hand von ihrer Brust gleiten und beugte sich leicht nach unten, um seinen Arm um ihre Taille zu schlingen.

Gefährlich. Er konzentrierte sich auf das Wort in seinem Kopf und hoffte, dass sie es fühlen würde. Sie nickte und ihr Körper erbebte. Entweder hatte sie seine Botschaft verstanden, oder sie hatte entschieden, dass er nicht die größere Gefahr darstellte.

K'alvek hörte, wie sich die beiden Cresteks in der Höhle bewegten und miteinander sprachen. Obwohl die Dothveks die Luft nicht mit Geschwätz erfüllten, teilten sie dieselbe Sprache, weshalb er jedes Wort verstehen konnte.

Ein Ansturm von Hass auf die Wesen, die seinen Vater niedergestreckt hatten und deren Streben nach Fortschritt eine tödliche Krankheit bei den Frauen des Planeten ausgelöst hatte, durchzog ihn, doch er überzeugte sich selbst davon, dass jetzt nicht der richtige Zeitpunkt für seine Rache war. Er unterdrückte seine

Wut und lauschte. Aus ihrer Unterhaltung entnahm K'alvek, dass es sich um ein Team von Inspektoren handelte, die zur Kartierung der Berge entsandt worden waren. Er unterdrückte den Drang zu lachen. Natürlich mussten sie eine Landvermessung durchführen. Sie kannten die Berge und das Land nicht mehr so gut wie sein Volk. Es stimmte, was sein Vater gesagt hatte – nach all ihren Erfindungen wussten die Cresteks immer noch nichts. Er verlagerte sein Gewicht und atmete tief ein. Er war ihr so nahe, dass er den warmen, beinahe süßen Duft ihrer Haut inhalieren konnte. Als er ausatmete, erschauderte sie und legte ihren Kopf zurück an seine Brust. Ihre Erregung überraschte ihn und er ließ ein leises Knurren los, bevor er es sich verkneifen konnte.

Die Stimmen in der Höhle verstummten, während er seinen Mangel an Kontrolle verfluchte. Die Cresteks bewegten sich auf sie zu, also schob er sie hinter sich und schützte ihren Körper mit seinem eigenen. Er streckte beide Arme über den Kopf und griff nach den Messern, die an dem Riemen auf seinem Rücken befestigt waren. Das Blut rauschte in seinen Ohren, als er sich auf den Angriff vorbereitete. Dann stürzte er sich vorwärts um die Steinwand herum – die Klingen in den Händen – und brüllte, als ein Schmerz in seiner Brust explodierte. Er versuchte, sie mit seinen Gedanken zu erreichen, als die Dunkelheit über ihn hereinbrach.

Doch sie war verschwunden.

KAPITEL ELF

Danica konnte nicht anders als zu schreien, als die beiden Kreaturen den Außerirdischen, der sie beschützt hatte, mit einer Art Blaster erschossen und er zu Boden fiel. Es wäre wahrscheinlich klüger gewesen, im Verborgenen zu bleiben, aber ihre Reaktion war nahezu unfreiwillig gewesen. Er hatte eindeutig versucht, sie in Sicherheit zu bringen, und er war dafür erschossen worden.

Sie beugte sich über ihn und berührte die verbrannte Haut auf seiner Brust mit den Händen. Womit auch immer sie auf ihn geschossen hatten, die Haut war nicht durchbrochen worden. Es hatte ihn nicht getötet, denn seine Brust bewegte sich auf und ab, doch er war definitiv bewusstlos.

»Ihr schießt also immer zuerst und stellt später Fragen?«, schrie sie sie an und blickte schließlich auf.

Trotz der Tatsache, dass sie deutlich mehr Kleidung trugen, sahen die Schützen ein wenig aus wie der erste Außerirdische. Sie hatten die gleiche goldene Haut, spitze Ohren und hochgezogene Augenbrauen, jedoch ohne die schwarzen Ränder unter den

Augen oder die langen Haare. Beide Männer hatten kürzere, braune Haare, die im Nacken zusammengebunden waren, aber sie konnte nicht feststellen, ob sie die gleichen Rillen oder Tätowierungen hatten, da sie Mäntel trugen, die ihre Arme bedeckten und bis auf den Boden reichten. Nicht halb so heiß wie ihr Alien.

Danica wies sich selbst in Gedanken zurecht. Warum nannte sie die Kreatur auf dem Boden ihren Alien? Sie kannte den Kerl kaum. Augenblicklich hatte sie ein schlechtes Gewissen, da er sie vor dem Sandsturm gerettet und sich um ihre Schnittwunde gekümmert hatte.

Die beiden Männer tauschten Blicke aus und sagten etwas darüber, dass sie die Arbeit zu Ende bringen müssten. Nachdem sie in der Lage gewesen war, die Emotionen ihres Außerirdischen zu verstehen, fühlte es sich seltsam an, die ungleichmäßig übersetzten Worte ihres Implantats zu hören. Offensichtlich war dies keine gängige Sprache, denn die Formulierungen klangen merkwürdig.

Einer von ihnen bedeutete ihr, aufzustehen.

Danica schüttelte den Kopf. »Ich werde ihn nicht so zurücklassen. Er braucht Hilfe.« Sie hatte weder einen Verbandskasten noch irgendetwas anderes, womit sie ihm helfen konnte, doch sie drückte ihm vorsichtig zwei Finger an den Hals, um seinen Puls zu überprüfen. Zu ihrer Erleichterung schlug er immer noch gleichmäßig. Sie vermutete, dass sein Herz-Kreislaufsystem dem eines Menschen sehr ähnlich war.

Der andere Außerirdische fuchtelte mit seinem Blaster herum und bellte etwas, das ihr Implantat nicht entziffern konnte. Sie mochte zwar nicht in der Lage gewesen sein, seine Gedanken zu fühlen oder seine Sprache vollständig zu verstehen, doch sie wusste, dass dies eine Aufforderung zum Aufstehen war. Und sie war sich sicher, dass er ihr gleichzeitig drohte, sie zu erschießen. Sie drückte eine Hand auf die Brust des gefallenen Außerirdischen und wurde durch das gleichmäßige Auf und Ab seines Atems beruhigt, bevor sie aufstand. Immerhin war er nicht tot.

Einer der Aliens zog sie am Arm weg, doch sie riss ihn aus seinem Griff. Beide waren groß, aber sie waren eindeutig weniger massig. Selbst durch ihre Mäntel hindurch war leicht zu erkennen, dass ihre Muskeln nicht annähernd so ausgeprägt waren wie die des anderen Außerirdischen.

»Hände weg«, sagte sie und ging vor ihnen her.

Hinter ihr unterhielten sie sich rasch miteinander, und sie konnte ein paar Worte verstehen. *Gefangene* war eins davon. Danica konnte bereits ausmachen, dass sie diese Jungs viel weniger mochte. Ihr Alien hatte sie neugierig betrachtet, sie beäugten sie, als wäre sie ein Ausstellungsstück.

Sie warf einen letzten Blick über ihre Schulter und konnte nur noch die Spitze seines Kopfes und seinen langen Pferdeschwanz sehen, der über den Steinboden ausgebreitet war. Er war beim Versuch, sie zu beschützen, erschossen worden. Ein Kloß bildete sich in ihrer Kehle, als sie aus dem Höhleneingang gestoßen wurde und er aus dem Blickfeld verschwand.

Danica hielt inne, als sie um den Felsbrocken herumging, der den Höhleneingang versperrte. Die beiden Sonnen waren beinahe untergegangen und strahlten nur noch schwach an beiden Enden des Horizonts – eine feurig rot und eine hellgelb. Sie erhellten den Sand und ließen es so aussehen, als würden die Dünen brennen. Der Himmel schien sich in einem purpurnen und goldfarbenen Feuer zu entzünden, das sich über die Oberfläche des Planeten erstreckte. Sie glaubte nicht, jemals einen so spektakulären Sonnenuntergang gesehen zu haben – einen, der die gesamte Oberfläche zum Glühen brachte. Für einen Moment genoss sie den Anblick und hielt ihre Hand hoch, um ihre Augen vor den direkten Strahlen zu schützen.

Einer der Außerirdischen stieß ihr in den Rücken.

Danica drehte sich um und warf ihm einen wütenden Blick zu. »Ich gehe ja schon.«

Nun, da sie nicht mehr von wirbelndem Sand verschlungen wurde, konnte sie die hoch aufragende Felswand sehen, in der sich die Höhle befand. Sie ragte in unebenen Gipfeln aus der Wüste empor und die Reflexionen des Sonnenlichts ließen den Stein glitzern. Nachdenklich betrachtete sie die Wüste und versuchte zu beurteilen, wie wahrscheinlich es war, dass ihr eine spontane Flucht gelingen würde. So sehr sie es auch verabscheute, eine Gefangene zu sein, sie wusste, dass ihre Chancen nicht sonderlich gut standen. Sie könnte ihnen entkommen, aber sie würde es wahrscheinlich keine zehn Meter auf dem offenen Sand schaffen, bevor man sie erschießen würde. Danica wusste, dass sie abwarten musste, bis sie entkommen und zu ihrem Schiff zurückkehren konnte.

Ihr Magen verknotete sich, als sie nicht zurück in die Dünen wanderten, sondern auf einem Felsvorsprung entlanggingen, der sich durch die felsigen Klippen schlängelte und sie mit jedem Schritt weiter von ihrer Crew entfernte. Danica ging so langsam, wie sie konnte, wobei sie vorgab, vor Schmerzen ihrer Verletzung zu humpeln. Doch jedes Mal, wenn sie sich zu sehr verlangsamte, wurde sie mit einem Schlag in den Rücken motiviert.

In Wahrheit tat ihr Bein nicht mehr weh und als sie den Rand eines der gelben Blätter abschälte, stellte sie erschrocken fest, dass die Rötung verschwunden war und die Haut bereits begann, Schorf zu bilden. Sie drückte das Blatt zurück auf die frische Narbe. Dieser Außerirdische kannte sich wirklich mit magischen Blättern aus.

Erneut musste sie sich geistig wachrütteln, denn der Gedanke an ihn ließ sie grinsen wie ein liebeskrankes Dummchen. *Reiß dich zusammen, Danica. Du kanntest den Kerl kaum. Nur weil du seine Gefühle spüren konntest, bedeutet das noch lange nicht, dass du ihn kanntest.*

Aber was hatte es mit dieser mentalen Verbindung auf sich? Hatte der Absturz bewirkt, dass sie die Gefühle anderer wahrnehmen konnte? Nein, denn sie wusste nicht, was die Arschlöcher fühlten, die sie mitgenommen hatten. Es war nur mit ihm so gewesen. Mit einer Hand fasste sie sich an die Schläfe. Sie hoffte, dass sie keine Hirnverletzung hatte oder durch die Hitze und die dünne Luft den Verstand verlor.

Erneut versetzten sie ihr einen Schlag in den Rücken. Der erste Außerirdische war vielleicht ein wenig einschüchternd und eindringlich, aber er war besser als die beiden Fieslinge, mit denen sie jetzt umgehen musste. Sie fragte sich, wo sie sie hinbrachten.

Danica drehte sich um, um einen Blick auf die beiden großen Geschöpfe in ihren langen, flatternden Mänteln zu werfen. Es gefiel ihr nicht, wie ihre Augen über ihren Körper schweiften, bevor sie miteinander flüsterten, und sie wünschte sich, dass sie ihren BH noch immer tragen würde.

Der Außerirdische mit den helleren, braunen Haaren glotzte ihr auf die Brüste und sie wusste, dass ihr enganliegendes T-Shirt wenig verbarg. Seine Pupillen weiteten sich und seine Zunge befeuchtete seine Unterlippe, ehe er sich mit gedämpfter Stimme an seinen Freund wandte.

»Das perverse Flüstern könnt ihr euch sparen«, murmelte Danica und verschränkte die Arme vor ihrer Brust. »Mein Übersetzer versteht euch sowieso kaum.« So viel zum Thema »universelles« Hilfsmittel, dachte sie. Sie vermutete, dass dieser primitive Planet es nicht wert gewesen war, in ihr Übersetzungsgerät aufgenommen zu werden. Wahrscheinlich war er noch nicht einmal erforscht worden. Da er aus Felsen und Sand zu bestehen schien, verstand sie, warum.

Die beiden Außerirdischen plauderten weiter, als das Licht allmählich dahinschwand und die Temperatur zurückging. Danica hatte nicht viel Zeit in Wüsten verbracht, aber sie erinnerte sich, irgendwo gelesen zu haben, dass es nachts genauso kalt wurde wie tagsüber heiß. Sie spürte, wie sich an ihren Armen eine Gänsehaut bildete, und rieb sie sich, um sich aufzuwärmen.

Als sie einen Blick zurück warf, sah sie, dass die Außerirdischen sie beobachteten, doch keiner von ihnen bot ihr einen ihrer Mäntel an.

»Arschlöcher«, murmelte sie vor sich hin und drückte ihre Arme enger an ihren Körper.

Bald war es dunkel und Danica konnte den Weg vor sich kaum noch sehen. Einer der Widerlinge erhellte den Weg mit einem Licht, aber der wacklige, schmale Strahl half nicht gerade viel. Sie blieb stehen, als ihr Fuß von der Kante rutschte und die losen Kieselsteine weit den Abgrund hinunterpurzelten. Einer der Außerirdischen packte sie am Ellbogen.

»Heilige Scheiße.« Danica trat von der Kante zurück und presste sich flach gegen die Felswand. »Das ist doch verrückt. Ich kann überhaupt nichts sehen.«

Die Außerirdischen diskutierten eine Minute lang darüber, ob sie anhalten oder weitergehen sollten, während Danica schwer atmete und ihre Fluchtmöglichkeiten abwägte. Ohne das Licht oder irgendeine Kenntnis der Berge hatte sie keine Chance, ihnen in der Dunkelheit zu entkommen. Wenn sie jedoch weitergingen, würde sie wahrscheinlich von der Klippe stürzen.

Einer der Außerirdischen holte ein Metallgerät heraus und begann, den Berg zu scannen. Der andere nickte und gestikulierte, dass sie zwischen ihnen durch einen schmalen Riss in der Felswand ein paar Meter entfernt gehen sollte.

Danica vermutete, dass alles besser war, als draußen auf dem Felsvorsprung zu bleiben, also ging sie zwischen ihnen hindurch und zwängte sich seitwärts durch den engen Durchgang. Nach etwa zwanzig Metern weitete sich der Spalt zu einer offenen Höhle aus. Sie war nicht so hoch wie die andere Höhle, sodass sich die Außerirdischen ducken mussten, als sie sie betraten. Einer von ihnen zeigte auf die andere Seite, wo die Decke schräg nach unten zum Felsboden hin abfiel.

»Hier schlafen wir also?«, sagte Danica, mehr zu sich selbst als zu ihnen, bevor sie sich auf den Boden fallen ließ.

In der Höhle war es etwas wärmer, aber sie schlüpfte trotzdem mit den Armen in ihr kurzärmeliges Oberteil, um Körperwärme zu sparen. Einer der Außerirdischen beobachtete sie wieder und seine Augen wurden größer, als ihre Arme in ihrem Oberteil verschwanden.

Danica rollte mit den Augen. »Wenn du das beeindruckend findest, hättest du sehen sollen, wie ich meinen BH unter dem Hemd ausgezogen habe. Nicht, dass ich dir das vorführen würde.«

Einer der Außerirdischen setzte sich hin und zog drei Stangen aus dem Bündel auf seinem Rücken. Er drückte irgendetwas an ihnen herum und sie leuchteten auf. Dann lehnte er sie wie ein Tipi aneinander und innerhalb einer Minute begann sich die Höhle zu erwärmen.

»Okay, das ist ziemlich cool«, murmelte Danica fasziniert.

Der andere Außerirdische blieb stehen und schritt am Eingang der Höhle auf und ab. Obwohl sie seine Gedanken oder Gefühle nicht wahrnehmen konnte, brauchte es keinen Gedankenleser, um zu erkennen, dass er aufgebracht war. Er zeigte auf sie und am Tonfall seiner Stimme konnte Danica erahnen, dass er eine Frage stellte. Etwas über eine Invasion.

Sie schüttelte den Kopf. »Ich weiß nicht, was du sagst, aber ich bin nicht hier, um euren Planeten zu zerstören.«

Er starrte sie an und sein Gesicht verzerrte sich vor Wut. Sie wich vor ihm zurück und fragte sich, ob sie an den beiden Außerirdischen vorbei und in die Berge fliehen könnte, ohne erwischt zu werden oder in den Tod zu stürzen. Wahrscheinlich wäre das nicht gerade einfach, wenn auch vielleicht nicht schlimmer, als in der Nähe eines verärgerten Außerirdischen zu sein.

Der andere musterte sie, zuckte dann mit den Achseln und sah weg.

Danica war sich nicht sicher, was hier vor sich ging, aber es gefiel ihr definitiv nicht. Sie hätte alles dafür gegeben, ihren Blaster dabei zu haben. Und ihrer hätte nicht nur einen roten Fleck auf ihrer Brust hinterlassen; er hätte ihnen den Kopf weggepustet.

Der stehende Außerirdische öffnete seinen Umhang und ließ ihn auf den Boden fallen. Zuerst dachte Danica, er würde ihn ihr geben, aber er trat ihn hinter sich. Er war zwar nicht annähernd so kräftig wie der Außerirdische, der sie gerettet hatte, aber er hatte breite Schultern und wog mindestens dreißig Kilogramm mehr als sie. Unter seinem Umhang trug er etwas, das aussah wie eine weiße Leinen-Tunika, die er sich ebenfalls auszog, sodass nur seine tief sitzenden Stoffhosen übrig blieben. Seine Brust hatte keine Tätowierungen, aber durch das schummrige Licht der Heizstäbe konnte sie die Rillen auf seinem Rücken und unter seiner Taille erkennen.

Danicas Herz schlug schneller, und sie zog die Arme unter ihrem Hemd hervor. Was zum Teufel hatte dieser Mann vor?

Der andere Außerirdische sagte etwas von warten, doch der halbnackte Mann schnauzte ihn an und seine Worte bestanden aus einem wütenden Bellen, das den anderen zum Schweigen brachte.

Danicas Mund trocknete aus, als er sich ihr näherte, und sie ballte ihre Hände zu Fäusten. »Das kannst du vergessen.«

Ihr Vater hatte ihr die Grundlagen der Selbstverteidigung beigebracht, und diese hatte sie schon an einigen Außenposten gebraucht, um sich gegen aufdringliche Männer zu wehren. Doch keiner dieser Männer war so groß oder so nüchtern wie dieser gewesen. Außerdem hatte sie immer einen Blaster zur Hand und ein Crewmitglied in der Nähe gehabt. Der Gedanke an ihre Besatzung ließ sie Tori mehr denn je vermissen. Wenn ihre Sicherheitschefin ihr doch nur zur Seite stehen könnte, um dem wütenden Außerirdischen die Stirn zu bieten. Das wäre ein fairer Kampf, vor allem, wenn Tori ihre stählernen Haarnadeln bei sich hätte.

Danica funkelte den Außerirdischen an und nahm eine Kampfhaltung ein.

Der Typ sprang nach vorn, wich ihrem Tritt aus und griff nach einem ihrer Füße. Er riss ihn zu sich, und sie flog auf ihren Rücken, wobei der Aufprall auf den Felsboden ihr den Atem raubte. Während sie versuchte, wieder zu Atem zu kommen, schob er ihr Hemd nach oben und fuhr mit einer Hand grob über ihren Bauch. Das Gefühl seiner harten Haut riss sie aus ihrem Schockzustand. Sie trat ihn, doch der Aufprall ihres Fußes schien keinen Unterschied zu machen. Er zuckte kaum zusammen, sondern ergriff stattdessen ihre Knie und manövrierte sie so, dass ihre Beine seine Mitte umschlungen. Danica buckelte gegen ihn, als er ihr Oberteil mit einer Hand weiter hochzog und ihre Brüste entblößte. Er packte sie mit beiden Händen und knetete sie grob. Sie schrie vor Schmerz und krallte sich mit ihren Nägeln an seinen Händen fest, obgleich es sich anfühlte, als würde sie an Granit kratzen.

Der Außerirdische am anderen Ende der Höhle sagte etwas, was ihr Übersetzer nicht entziffern konnte und der Typ auf ihr antwortete mit einem Lachen, kniff ihre Brustwarzen fest zwischen seinen Fingern zusammen und drückte sein Becken gegen sie, damit sie seinen Ständer spüren konnte. Erneut wurde sie daran erinnert, dass die Anatomie dieser Außerirdischen viel mit der menschlichen gemeinsam hatte.

»Verdammte Scheiße!« Danica verspürte eine nahezu unkontrollierbare Wut und schlug auf seine Arme ein. Wenn sie nur einen Blaster hätte, würde sie ihm dieses abartige Grinsen aus dem Gesicht wischen.

Plötzlich hörte sie einen Schrei von der anderen Seite der Höhle, gefolgt von dem Knurren, das wie das eines wilden Tieres klang. Der Außerirdische auf ihr drehte sich um und wurde kurz darauf an einem Bein weggezerrt, in die Luft gehoben und durch die Höhle geschleudert. Sein Schädel schlug mit einem dumpfen Knall gegen den Fels und Danica sah zu, wie er die Höhlenwand hinunterrutschte und eine glitschige Blutspur hinterließ. Der andere Außerirdische lag in einem Häufchen auf dem Boden und sein Hals war in einem unnatürlichen Winkel geneigt, während seine Augen weit aufgerissen geradeaus starrten.

Ihre Hände zitterten, als sie sich aufrichtete und ihr Oberteil herunterzog, um sich der Bestie zu stellen, die gerade zwei viel größere und robustere Außerirdische getötet hatte.

KAPITEL ZWÖLF

Als K'alvek zu sich kam, war es stockfinster, und aus dem Loch im oberen Teil der Höhle drang kein Licht mehr herein. Seine Brust fühlte sich an, als stünde sie in Flammen, also berührte er seine verbrannte Haut mit einer Hand. Kein Blut.

Er stand auf und stützte sich an der Wand ab. Sein Kopf pochte an der Stelle, die auf den Felsboden aufgeprallt sein musste. Er ignorierte den Schmerz, ging ein paar Schritte auf den Höhleneingang zu und tastete sich an den rauen Wänden entlang, um sich zu orientieren.

In Gedanken suchte er nach ihr und bemühte sich, sich nicht auf die Mischung aus Wut und Panik zu konzentrieren, die er angesichts der Tatsache empfand, dass die Cresteks sie mitgenommen hatten. Er konnte an nichts anderes denken, als sie zurückzuholen. Sie konnten sie nicht haben. Nicht, wenn sie ihm bereits alles genommen hatten, was ihm etwas bedeutet hatte. Auch wenn es das Letzte war, was er wollte oder brauchte, konnte K'alvek den übermächtigen Wunsch, sie zu beschützen, nicht leugnen.

Er konnte ihren Geist spüren, wenn auch nur schwach. Sie war in Sicherheit. Mehr konnte er allerdings nicht wahrnehmen. Der Schuss hatte ihm seine Energie entzogen, und er verfluchte sich selbst, weil er so töricht gewesen war, sich anschießen zu lassen.

Als er den Höhleneingang erreichte, bewegte er sich um den Felsbrocken herum und sog tiefe Atemzüge der kalten Nachtluft ein. Die Luft belebte ihn und als er über die Dünenkämme hinausblickte, die im Licht der drei Monde fast weiß glühten, dehnte er seinen Geist noch einmal nach ihr aus.

K'alvek empfing den Augenblick ihres Entsetzens und konnte die Stelle, an der ihr Fuß ausgerutscht war, beinahe sehen. Sofort begann er, den felsigen Pfad entlang in ihre Richtung zu joggen. Dem blassblauen Licht am Horizont nach zu urteilen, waren sie ihm höchstens eine Stunde voraus, und er wusste, dass sie sich langsam fortbewegten.

Auch er konnte nicht so schnell laufen wie sonst. Angesichts des unebenen Pfades, der am Berghang entlangführte, und der Schwäche, die er nach dem Schuss verspürte, konnte er seine Beine nicht mehr so hoch anheben und auch seine Atmung war beeinträchtigt worden. Er ignorierte den Schmerz, der bei jedem Schritt durch seine Schulter schoss, und konzentrierte sich ausschließlich darauf, sie zu erreichen.

K'alvek versuchte, nicht an die Cresteks zu denken, oder warum sie sie mitgenommen hatten. Er wusste, dass sie keinen Grund brauchten. Sie nahmen, egal ob sie es brauchten oder nicht. Aber da die Cresteks ebenso wenige Weibchen hatten wie sein Volk, würden sie jede potenzielle Partnerin als kostbar erachten. Schon vor Generationen hatten sie die Fähigkeit verloren, geistige Verbindungen herzustellen, also spielte die Gedankenpaarung für sie keine Rolle. Die Vorstellung, dass ein Crestek sie für sich beanspruchen könnte, ließ ihn Galle schmecken. Er erhöhte sein Tempo. Sein Verstand sagte ihm zwar, dass er sie vergessen sollte und sie nichts als eine Ablenkung war, die er nicht gebrauchen konnte, aber er konnte den Drang nicht unterdrücken, jeden Crestek zu töten, der sie anrührte. Er war einfach froh, dass sein Cousin Kush nicht sehen konnte, wie er einer Frau hinterherjagte. Schließlich hatte er einen Ruf als herzloser Krieger zu wahren.

Er hob sein Gesicht zum dunkelblauen Nachthimmel und machte seinen Fortschritt an einer Linie heller Sterne fest. Während die Temperatur fiel, erinnerte er sich an ihre dünnen Kleider, die für die Härte des Sandes und der Felsen, die glühende Hitze und eisige Kälte seines Planeten so ungeeignet waren. Er fragte sich, woher sie kam und wie es an diesem Ort sein musste, dass solche fadenscheinigen Bedeckungen geeignet waren. Zumindest konnte er seiner Welt nicht ähneln, dachte er, als er seine Gedanken zu Planeten jenseits des Seinen wandern ließ. Erneut blickte er zu den Sternen auf. Wenn sie wirklich in dem Raumschiff angekommen war, hatte sie die Lichtpunkte am Nachthimmel dann schon einmal besucht?

Außerirdische waren schon vorher einmal hierhergekommen. Er hatte die Schiffe über ihm aufblitzen sehen, zusammen mit den Spuren, die sie über dem Himmel verstreut hatten. Sie waren jedoch nicht geblieben, weil ihnen die Witterung entweder zu ungemütlich oder die Einheimischen zu ängstlich gegenüber Fremden gewesen waren. Sein Klan hatte Außenweltler immer gemieden. Die Cresteks waren neugieriger und die Plünderer, die den Planeten ebenfalls bewohnten, würden mit jedem handeln oder ihn bestehlen. Aber wenn man mit einem Raumschiff zwischen den Sternen hin- und herfliegen konnte, warum sollte man dann auf einem Sandplaneten landen? Außerirdische wie die gebrechliche Frau mussten so viel gesehen haben, was er sich nicht einmal vorstellen konnte. Es war beinahe zu viel für seinen Verstand, also konzentrierte er sich auf das Gefühl des harten Gesteins unter seinen Füßen und die kühle Luft, die sein Gesicht traf, als er schneller lief.

Er stolperte und schrie beinahe auf, als ihn die Angst überkam. Ihre Angst. Sie war in der Nähe und sie wurde verletzt. Er konzentrierte all seine Gedanken auf sie, während er den Weg entlang und dann in eine enge Felsspalte hetzte. Er hörte die Stimmen, bevor sie in Sichtweite kamen.

»Du solltest warten, bis wir sie in die Stadt zurückgebracht haben. Wir wissen nicht, was sie ist, und die Ältesten werden sie befragen wollen.«

»Ich will sie mir nur etwas genauer ansehen. Vielleicht einen kleinen Vorgeschmack bekommen. Sehen, warum dieser Dothvek sie ganz für sich behalten wollte.« Der Crestek lachte. »Gib ihr einen Grund zum Schreien.«

Als er die Höhle erreichte, brauchte er nur eine Sekunde, um herauszufinden, was hier vor sich ging. Einer der Cresteks war vollständig bekleidet, kniete über einer Wärmequelle und beobachtete den anderen. Die Frau lag mit gespreizten Beinen auf dem Rücken, während der andere Crestek, der nichts als dünne Hosen trug, zwischen ihren Beinen kauerte und ihre entblößten Brüste betatschte. Er sah die verzerrte Wut in ihrem Gesicht und ihre Arme, die auf den Crestek einschlugen. Sie begehrte ihn nicht, aber ihre schwachen Schläge bewirkten nichts; der Crestek blickte nur auf sie hinab und lachte.

K'alveks Wut spornte seinen verwundeten Körper an, und noch bevor der erste Crestek überhaupt aufstehen konnte, hatte er ihm das Genick gebrochen und den leblosen Körper auf den Boden geworfen. Dann zog er den anderen Crestek an einem Bein hoch, schleuderte ihn mit dem Kopf voran gegen die Felswand und lauschte dem befriedigenden Knacken, das sein Schädel erzeugte, als er am Stein zertrümmerte.

Schwer atmend betrachtete er die leblosen Körper und die zitternde Frau, während sich ein Knoten in seinem Innersten bildete. Er hatte recht gehabt. Sie bedeutete nichts als Ärger. Eine Ablenkung, die er nicht gebrauchen konnte und die ihn von seiner Mission abhalten würde. Aber er wusste auch, dass er jeden töten würde, der ihr zu nahe kommen wollte.

KAPITEL DREIZEHN

Danica blickte auf und sah den Außerirdischen, der sie vor dem Sturm bewahrt hatte. Er stand einen Meter entfernt und atmete schwer. Sein Gesichtsausdruck zeugte von blanker Wut, und sie konnte spüren, wie sein Entsetzen samt des Zorns durch sie hindurchströmte. Der Brandfleck auf seiner Brust war verblasst, aber als er auf sie zukam, war sein Gang ruckartig und schwankend. Er starrte sie an, sein Blick intensiv und prüfend.

»Mir geht es gut«, sagte Danica und rappelte sich auf. »Danke.«

Sie fühlte seine Wut dahinschmelzen und in Besorgnis übergehen, als er nach ihren Händen griff und diese nach oben drehte. Sie blickte auf ihre Hände hinab und bemerkte die Kratzer, die wahrscheinlich entstanden waren, als der Widerling sie über den Felsboden geschleift hatte. Er berührte die Schnitte mit einem Finger und machte ein leises Geräusch in seiner Kehle. »Du bist verletzt.«

Seine Stimme war tief und kraftvoll. Es war eine Schande, dass er der starke und schweigsame Typ Mann zu sein schien, denn sie war unglaublich sexy.

»Ich habe schon Schlimmeres erlebt«, sagte sie und versuchte, es mit einem Lachen abzutun, bevor sie ihm zunickte. »Also redest du doch.«

Er lächelte und nickte, was sie zum Lachen brachte. Eine vertraute, prickelnde Wärme breitete sich über ihre Hände und in ihren Armen aus. Diesmal konnte sie es nicht auf die Blätter schieben. Der Außerirdische hatte eindeutig eine Wirkung auf sie.

Sie zog ihre Hände weg. Die wohlige Wärme ließ zusammen mit dem Adrenalin nach, und sie begann zu zittern, wobei sie gegen den Drang ankämpfte, sich auf den Boden vor ihr zu erbrechen. Die Hände auf die Knie gestützt krümmte sie sich, bis die Übelkeit nachließ und sie sich wieder aufrichten konnte.

»Dir ist kalt.« Er schnappte sich den Mantel, der auf den Boden geworfen worden war, und wickelte ihn um ihre Schultern. Er war nicht dick, aber er half.

Danica konnte sehen, dass das Adrenalin auch bei ihm nachließ. Seine Augenlider senkten sich und er wankte ein paar Schritte zurück. Sie fühlte, wie der Schmerz durch seine Brust schoss, als wäre es ihr eigener. Instinktiv hastete sie nach vorn, um ihn aufzufangen, und erinnerte sich dabei zu spät daran, dass er viel schwerer war als sie. Sie stürzten beide zu Boden, wobei sie unter seinem massiven Körper begraben wurde.

Sein Gewicht überwältigte sie, und es dauerte einige Sekunden, bis sie realisierte, dass er ohnmächtig geworden war. Einfach großartig, dachte Danica. Sie lag unter einem verdammt attraktiven Mann und er war bewusstlos. So etwas passierte auch nur ihr.

Glücklicherweise lag er nur auf einer Hälfte von ihr, also nutzte sie ihr freies Bein, um ihn vorsichtig von sich zu rollen, wobei sie seinen Kopf festhielt, damit er nicht auf dem Boden aufschlug.

Sie beugte sich vor und drückte ihr Ohr an seine Brust. Puh. Die Aliens des Sandplaneten hatten ein Herz, und seines schlug noch immer.

Danica ballte die weggeworfene Tunika des anderen Außerirdischen zusammen, schob sie ihm als Kissen unter den Kopf und sah sich dann in der Höhle um. Die beiden Toten lagen in der Nähe und ihr war nicht wirklich danach, die Nacht neben zwei Leichen zu verbringen, zumal eine von ihnen eine Blutlache hinterließ. Sie hielt sich eine Hand vor die Nase, um den säuerlichen Geruch abzuschirmen, während sie auf die schimmernde Lache herabblickte, die sich um den Kopf der Kreatur ausbreitete.

Es war nicht so, als wäre sie sonderlich empfindlich, doch wenn es darum ging, in der Nähe einer Leiche zu schlafen, war bei ihr die Grenze erreicht. Sie musste sie woanders hinbringen, also packte sie den halbnackten Kerl an den Beinen und lehnte sich mit ihrem ganzen Gewicht zurück. Er war schwer, aber nach und nach gelang es Danica, ihn aus der Höhle zu schleifen. Sie zerrte ihn bis zum Abgrund und rollte ihn über die Kante. Als sie hörte, wie sein Körper unten auf dem Boden aufschlug, zuckte sie zusammen und erinnerte sich daran, dass der Typ versucht hatte, sie zu missbrauchen. Gut, dass sie ihn los waren.

Nachdem sie auch den zweiten Außerirdischen beseitigt hatte, keuchte Danica vor Erschöpfung, obwohl sie sich viel besser fühlte, jetzt, da die Höhle nicht mit Toten übersät war. Der große Kerl hatte sich nicht bewegt, seit sie ihn von sich heruntergerollt hatte, aber seine Brust hob und senkte sich gleichmäßig, also setzte sie sich im Schneidersitz neben ihn, während der Umhang sie vor der kalten Nachtluft schützte.

Sie wusste, dass sie wahrscheinlich versuchen sollte, ihren Weg zurück zum Schiff zu finden, aber sie hatte nicht nur keine Ahnung, wo es sich zu diesem Zeitpunkt befand, sie hielt es noch dazu für unsolidarisch, den Außerirdischen zurückzulassen, nachdem er sie gerettet hatte. Zum zweiten Mal. Außerdem war es draußen eiskalt, und die glühenden Stäbe waren die einzige Wärmequelle, zusammen mit der Hitze, die von dem schlafenden Riesen ausging. Sie schob die Heizstäbe etwas näher heran und war fasziniert, dass sie sich nicht heiß anfühlten, obwohl sie Wärme abstrahlten. Für einen augenscheinlich primitiven Planeten hatten sie interessante technologische Hilfsmittel. Jedenfalls schien das bei den bösartigen Außerirdischen mit ihren Blastern und Hitzestäben der Fall zu sein. Ihr Alien wirkte primitiver. Abgesehen von der Geschichte mit der Verbindung, die sie immer noch nicht erklären konnte.

Alles an ihm sah barbarisch aus – die nackte Brust, die Tätowierungen, die Lederkleidung, die langen Haare – ganz zu schweigen von den Rillen. Aber sie hatte noch nie von einer primitiven Zivilisation gehört, die ihre Gefühle übertragen konnte. Keine dumme, primitive Spezies war zu so etwas in der Lage. Nach den flüchtigen Einblicken, die sie in seine Gefühle bekommen hatte, war er alles andere als hirnlos.

Was immer er war, er hatte ihr das Leben gerettet. Sie fühlte sich unbehaglich und wusste nicht, was sie davon halten sollte. Schließlich war sie schon so lange die Chefin, dass sie es nicht gewohnt war, gerettet zu werden. Besonders nicht von Männern. Der einzige Mann, auf den sie sich je hatte verlassen können, war ihr Vater, und der war schon seit Ewigkeiten weg. Sie war sich nicht sicher, ob ihr die Vorstellung gefiel, dass ein Mann sie gerettet hatte. Doch bei genauerer Betrachtung der Kratzer an ihren Handflächen wusste sie, dass es besser war als die Alternative.

Während er schlief, fuhr sie mit den Fingern über die breiten, schwarzen Markierungen auf seiner Brust und verfolgte sie über seine Schultern. Warum hatte er sie und die anderen Außerirdischen nicht? Es schien offensichtlich, dass sie der gleichen Spezies angehörten, obwohl es ihr irgendwie so vorkam, als wären ihre beiden Entführer eine Art abgeschwächte, minderwertigere Version von ihm.

Danica ließ ihren Blick zu seinem muskulösen Bauch schweifen und strich mit einem Finger über den Muskel, der aus seiner Hüfte entsprang und unter seiner Hose verschwand. Es war ihr Lieblingskörperteil eines Mannes, obwohl sie es noch nie zuvor so definiert gesehen hatte. Sie konnte nicht einmal mit Sicherheit sagen, dass einer der Männer, mit denen sie zusammen gewesen war, diese Muskeln überhaupt hatte. Und dieser Typ hatte eine Reihe v-förmiger Rillen, die ebenfalls unter seiner Hose verschwanden.

Er stöhnte im Schlaf, und sie zog ihre Hand ruckartig zurück, als hätte sie sich verbrannt. Das geschah ihr recht, wenn sie es sich erlaubte, jemanden zu befummeln, während er schlief. Wenn ein Kerl, den sie kaum kannte, ihr das Gleiche antäte, wäre Danica stinksauer. Wenn ein Typ das bei Tori versuchen würde, wäre er tot, dachte sie mit einem Lächeln.

Ihre Gedanken kreisten um Tori und ihre Crewmitglieder. Hatte Tori es zurück zum Schiff geschafft, oder war sie vom Sandsturm erwischt worden? Danica dachte an die Schwärze des wirbelnden Sandes und sein Stechen auf ihrer Haut zurück, obwohl der Außerirdische sie abgeschirmt hatte. Sie redete sich ein, dass Tori zäh sei und es wahrscheinlich überstanden hatte, aber der Gedanke, dass ihre Freundin allein in den Sanddünen war, machte sie krank.

Bei Tagesanbruch würde sie Tori suchen und sie zum Schiff zurückbringen. Falls sie nicht schon dort war, denn wenn jemand einfallsreich genug war, den Weg zurückzufinden, dann war es Tori. Die Zevrianerin hatte immer wieder bewiesen, dass sie ebenso klug wie mutig war.

Die Erschöpfung des Tages überkam sie und sie unterdrückte ein Gähnen. Es war erst vierundzwanzig Stunden her, dass sie und ihre Besatzung die Professorin gefangen genommen hatten, von Mourad und seinen Gorillas geentert wurden und auf einem Sandplaneten gestrandet waren. Das war noch nicht einmal der schlimmste Teil des Tages gewesen, dachte Danica mit einem leisen, grimmigen Lachen.

Morgen würde alles besser werden. Sie wusste, dass Holly daran gearbeitet hatte, das Kommunikationssystem zu reparieren, und vielleicht hatte sie den Notruf bereits ausgesendet. Sie musste nur zurück zum Schiff gehen und darauf warten, dass jemand die Frauen von diesem Wüstenplaneten abholte. Wütend presste sie die Lippen zusammen. Dann würden sie sich Mourad schnappen.

Danica gähnte erneut. Allerdings konnte sie nichts davon ohne Schlaf tun. Sie legte sich neben den schlafenden Außerirdischen, rollte sich gegen seinen warmen Körper und drapierte den Umhang über seine nackte Brust und ihre Schultern. Beim Einschlafen wanderten ihre Gedanken zu ihrer Crew und sie hoffte, dass sie nicht durchdrehten, weil sie nicht mehr da war. Sie hoffte auch, dass sie nicht ohne sie abreisen würden. Sie war nicht dafür geschaffen, auf einem glühend heißen, mit Sand bedeckten Planeten zu leben.

KAPITEL VIERZEHN

»Was meinst du damit, sie ist verschwunden?«, fragte Caro mit schriller Stimme. »Wo könnte sie denn hin sein? Da draußen gibt es nichts als Sand.«

Tori saß am Boden und lehnte sich mit dem Rücken an eine der Metallkonsolen. Die Lichter im Schiff waren schwach, obwohl ein paar Konsolen blinkten und leise summende Geräusche von sich gaben. Sie blinzelte und schwarze Punkte tanzten vor ihrem Blickfeld, als sie die angenehm kühle Luft einatmete, nachdem sie stundenlang nach Danica gesucht hatte.

Mit einer Fingerspitze berührte sie ihre Wangenknochen und zuckte zusammen. Trotz der Tatsache, dass sie mit ihrer braunen Haut keine Sonnenbrände bekam, wusste sie, dass ihr Gesicht von der Sonne förmlich verkohlt worden war und sich morgen früh höchstwahrscheinlich abschälen würde. Immerhin hatte ihr Arm aufgehört zu bluten, was teilweise daran lag, dass er mit pulvrigem Sand bedeckt war. »In der einen Sekunde war sie bei mir und in der nächsten ist sie auf der einen Seite einer Sanddüne runtergefallen, und ich auf der anderen. Durch den Sturz bin ich ohnmächtig geworden, und als ich wieder zu mir gekommen bin und es geschafft habe, über den Gipfel zu kriechen, um sie zu finden, ist ein Sandsturm auf mich zugekommen. Danach war sie weg.«

Holly reichte ihr mit dem Arm, der nicht in eine behelfsmäßige Schlinge gewickelt war, eine Metallflasche mit Wasser. »Du musst trinken. Du siehst furchtbar aus.«

»Danke.« Tori wollte über die unverblümte Einschätzung der Ingenieurin lachen, aber ihr war mehr danach, auf etwas einzuschlagen. Sie hatte so viel Sand geschluckt, dass sie dachte, sie würde nie aufhören, ihn auszuhusten. Sie hatte sogar etwas von ihrem kostbaren Wasser benutzen müssen, um ihre Sandverkrusteten Augen auszuwaschen, nur damit sie den Weg zurück zum Schiff finden konnte.

Caro kniete sich neben Tori hin und legte eine Hand auf ihre Schulter. »Ich bin erleichtert, dass du wieder da bist, aber was machen wir jetzt wegen Danica?«

»Pog und ich können rausgehen«, sagte Bexli. »Wir können uns in eine Art Sandkreatur verwandeln.«

Tori nahm einen Schluck Wasser, hustete und spuckte noch mehr nassen Sand auf den Boden. Sie strich sich mit der Hand über den Mund und schmeckte das Blut, das ihr den Arm heruntergelaufen und dort getrocknet war. »Dann gehe ich mit dir.«

»Das kannst du nicht«, sagte Max, die etwas abseits der Gruppe stand, und zum ersten Mal das Wort erhob. »Sieh dir an, was es mit dir gemacht hat, da rauszugehen.«

Tori hatte Spiegel noch nie besonders gern gemocht, und jetzt war sie froh, dass es auf der Kommandobrücke des Schiffes keine gab. Vergeblich versuchte sie mit der Hand durch ihre langen Locken zu fahren, musste jedoch feststellen, dass sie aus einer

Masse von Knoten bestanden, die mit Sand verfilzt waren. »Ich bin sicher, dass ich schon mal schlimmer ausgesehen habe.«

Hollys große Augen verrieten ihr, dass sie sich diesbezüglich irrte.

»Du verstehst das nicht.« Tori rappelte sich mühsam auf. »Ich bin die Einzige, die weiß, wo sie war.« Ihre Stimme blieb ihr in der Kehle stecken. »Sie hat kein Wasser.«

Alle Frauen starrten die leere Metallflasche an, mit der Tori zurückgekehrt war, und Holly legte eine Hand auf ihren Mund.

»Sie würde für jede von uns wieder da rausgehen«, sagte Tori.

»Wir werden alle gehen«, warf Holly ein.

Tori beäugte die verwundete Schulter der Rothaarigen. »Ja, mit einem einzigen brauchbaren Arm wärst du eine große Hilfe.«

»Es ist schon viel besser geworden«, argumentierte Holly und zeigte auf den Schnitt an Toris Unterarm. »Und dein Arm sieht auch nicht gerade super aus.«

»Sie hat recht.« Caro inspizierte ihre Wunde, nahm dann die Wasserflasche und goss etwas davon über die Wunde, um sie zu säubern, bevor sie Tori die Flasche zurückgab und aufstand.

»Ihr seid beide völlig durcheinander. Leider ist Tori die einzige Person, die weiß, wo sie Danica zuletzt gesehen hat«, sagte Bexli und nickte der Sicherheitschefin zu. »Aber Pog und ich kommen mit euch.«

Tori nickte. »Unsere Technikexperten sollten bleiben und das Schiff zum Laufen bringen.« Sie richtete ihre Aufmerksamkeit wieder auf Holly und rief sich in Erinnerung, dass das Senden eines Notrufs neben Danicas Rettung ihre höchste Priorität war. »Hattest du schon Erfolg?«

Holly tauschte ein zögerliches Lächeln mit Max. »Wir haben es noch nicht zum Laufen gebracht, aber wir konnten genug von den Systemen retten, um zu wissen, dass es möglich ist.«

Max nickte. »Es mag eine Weile dauern, aber wir können es schaffen.«

»Max zeigt mir, wie man die Drähte wie bei einer silikatischen Mineralstruktur verkabelt«, sagte Holly und ihre Augen wurden sogar noch größer, als sie es ohnehin schon waren.

Max zuckte die Achseln, aber ihre Wangen erröteten. »Es ist einfacher, wenn man mit weniger Drähten mehr erreicht. Und uns fehlt es im Moment an guten Kabeln.«

»Und ich sorge dafür, dass sie meine Kommandobrücke nicht kaputtmachen«, sagte Caro und durchstöberte einen Arzneikasten. »Aber sie brauchen mich hier nicht. Ich komme mit euch beiden mit.«

Tori runzelte die Stirn, aber Bexli nickte. »Na gut. Auf diese Weise können Pog und ich uns in etwas Schnelles verwandeln und vorangehen, ohne Tori allein zu lassen.«

Allein zu sein machte Tori keine Angst, aber sie protestierte nicht. Sie wusste, dass Caro sich mit ihrer ehemaligen Widerstandsgruppe aus so einigen Schwierigkeiten befreit hatte, auch wenn sie nicht gerade imposant wirkte. »Je mehr von uns nach Danica suchen, desto besser.«

»Ich verspreche dir, dass du etwas zum Fliegen haben wirst, wenn wir fertig sind«, sagte Holly und zwinkerte der Pilotin zu.

Tori verspürte einen Anflug von Hoffnung. Das war die beste Nachricht, die sie hörte, seitdem sie gedacht hatten, sie hätten das größte Kopfgeld des Astro-Jahres erbeutet. Ihr Blick richtete sich auf die Wissenschaftlerin – ihre wertvolle Beute – und sie fragte sich, ob sie jemals die Chance bekommen würden, es einzulösen, oder ob sie es nach all dem überhaupt noch wollen würden. Schließlich half Max ihnen, den Planeten zu verlassen. Sogar eine erfahrene Kopfgeldjägerin wie Tori fühlte sich schuldig, als sie daran dachte, sie nach allem, was passiert war, auszuliefern.

»Gute Arbeit.« Sie zwang sich zu lächeln. »Je schneller wir hier eine Rettungsmannschaft herbekommen, desto besser.«

»Keiner von euch sollte jetzt gehen«, sagte Max. »Es hat schon fast gedämmert, als Tori zurückgekommen ist. Inzwischen ist es Nacht geworden und Wüsten sind nachts bekanntlich sehr kalt.«

Tori wusste, dass die Professorin recht hatte, aber sie hasste den Gedanken, noch eine Sekunde länger zu warten, bis sie ihre Kommandantin suchen würden. »Woher weißt du so viel über Wüsten?«

»Ich musste einmal Mineralproben auf einem Sandplaneten sammeln.« Max erstrahlte. »Du würdest nicht glauben, was für Schätze sich unter all dem Sand befinden.«

»Aber wenn es draußen eiskalt ist, heißt das doch, dass Danica da draußen in der Kälte ist«, sagte Holly und kaute auf den Rand ihres rosa Daumennagels herum.

»Da ist eine Bergkette«, sagte Tori. »Wenn sie klug wäre – und das ist sie –, wäre sie dorthin gegangen.«

Caro warf Tori einen abgepackten Verband zu. »Ich bin sicher, dass sie dort ist und für die Nacht Unterschlupf gesucht hat.

Tori packte den Verband aus und drückte ihn an ihren Arm. »Wir sollten bei Tagesanbruch aufbrechen. Vielleicht zunächst dorthin gehen, wo wir getrennt wurden, und dann zu den Bergen aufbrechen.«

»Wir werden sie finden«, sagte Bexli und fuhr mit einer Hand durch ihren Bob. Sie ließ sich auf den Boden fallen und streckte sich flach auf dem Rücken aus, die Hände hinter dem Kopf verschränkt. »Aber wir sollten alle etwas Schlaf bekommen. Morgen wird ein langer Tag werden.«

Nicht so lang wie heute Nacht, dachte Tori, als sie in einen Stuhl sank und ihren Kopf nach hinten fallen ließ. Obwohl ihr Körper am Rande der Erschöpfung war, wusste sie nicht, wie sie schlafen sollte, wenn sie wusste, dass Danica allein auf einem fremden Planeten herumirrte.

Sie war die Einzige gewesen, die Tori angeheuert hatte, als sie verzweifelt nach einer Stelle auf einem Schiff gesucht hatte. Der einzige Captain, der die Zevrianerin nicht als eine Gefahrenquelle betrachtet hatte. Sie ballte ihre Hand zu einer Faust. Sie *musste* sie finden. Toris Augen blieben geöffnet, während sie dem leisen rhythmischen Atmen ihrer Crewmitglieder lauschte, als diese in den Schlaf drifteten.

KAPITEL FÜNFZEHN

In K'alveks Traum lag sie auf ihm, ihre Brüste gegen seine Brust gepresst. Er fühlte das Gewicht ihres Körpers auf seinem, aber sie war leicht und ihre Glieder lang und geschmeidig. Er atmete ein. Die Luft war immer noch kühl, aber er konnte die morgendlichen Sonnenstrahlen spüren, auch wenn er seine Augen noch nicht geöffnet hatte. Abgesehen von ihrem sanften Atem war kein Geräusch zu hören, und ihre Brust hob und senkte sich gegen seine.

Zufriedenheit durchströmte ihn. Er wusste, dass es nicht real war, aber er wollte so lange wie möglich in dem glückseligen Traum verweilen. Er hob seine Hände zu beiden Seiten ihrer Hüften und strich mit seinen Fingern über die weiche Haut ihrer Taille. Sie verlagerte sich und ihre Haut berührte die Rillen seines Unterleibes, sodass er von einem Gefühl der Leidenschaft durchdrungen wurde.

Seine Hände bewegten sich von ihrem glatten Rücken nach unten, ließen ihre dünnen Verhüllungen herabgleiten und ergriffen ihren festen Hintern. Daraufhin öffneten sich ihre

Beine leicht, und er ließ seine Finger zu ihren Innenschenkeln fahren, die mit einem feuchten Film bedeckt waren.

Sie stöhnte, rieb sich an ihm und presste ihre Hüften gegen seine. Sein Schwanz schwoll an und ließ seine Hose so eng werden, dass er dachte, sie könnte reißen. Mit einer schnellen Bewegung rollte K'alvek sie unter sich, wiegte ihren Körper mit einer Hand und befreite seinen pochenden Schwanz mit der anderen Hand aus seiner Kleidung. Sie schlang ihre Beine um seine Taille und stöhnte erneut. Als er seine unteren Rillen an ihrer feuchten Spalte rieb, spürte er ihr Zittern. Dieser Traum fühlte sich noch realer an als der erste, und K'alvek wollte nicht, dass er endete. Er wollte nie aufhören zu fühlen, wie ihre Erregung durch ihn hindurch pulsierte, als wäre es seine eigene und ihn vor Verlangen nahezu benommen machte.

Er knurrte, als er den süßen Duft ihrer Erregung einatmete und hörte dann ein Keuchen unter sich. K'alvek blinzelte ein paar Mal und die Welt rückte wieder in den Fokus. Plötzlich wurde ihm klar, dass es kein Traum gewesen war. Sie lag mit geöffneten Augen unter ihm und drückte beide Hände gegen seine Brust, als würde sie versuchen, ihn von ihr wegzustoßen.

Er fühlte ihre Panik und die Scham verzehrte ihn. Sofort sprang er auf seine Füße, zog seine Hüllen über seinen nach wie vor steifen Schwanz und wandte sich ab, um den Schrecken auf ihrem Gesicht nicht sehen zu müssen. Er hörte, wie sie hinter ihm herumkrabbelte und drehte sich erst um, als er sicher war, dass sie Zeit gehabt hatte, sich zu bedecken.

Was hatte er sich dabei gedacht? Er hatte nicht nachgedacht, so viel war klar. Als seine Erregung nachließ, kehrte der Schmerz in seiner Brust zusammen mit einem Pochen in seinem Kopf zurück. Das Letzte, woran er sich erinnerte, war, dass er die Cresteks getötet und sich vergewissert hatte, dass sie unverletzt war. Danach war seine Erinnerung leer. Jedenfalls bis er den, wie er dachte, besten Traum seines Lebens gehabt hatte.

Er verfluchte sich lautlos. Er hatte recht gehabt, was dieses weibliche Wesen betraf. Sie bedeutete nichts als Ärger und würde ihn von seiner Mission ablenken. Und nun hatte er sie beinahe für sich beansprucht und seinen Trieben die Kontrolle über seinen Verstand überlassen. Er schüttelte den Kopf. Selbst wenn er sich zu ihr hingezogen fühlte und sich gezwungen sah, sie zu beschützen, durfte das nicht noch einmal geschehen. Nicht, bis er herausgefunden hatte, was vor sich ging und warum er in der Lage zu sein schien, sich mit dem Verstand einer Außerirdischen zu verbinden.

Als er sich schließlich umdrehte, war sie vollständig bedeckt und stand mit steifen Schultern da. Ihr gewelltes, gelbes Haar fiel über ihr Gesicht, und sie wollte seinem Blick nicht begegnen, aber er konnte ihre Verlegenheit spüren.

Er wollte ihr sagen, dass es ihm leidtat, doch sein Verlangen wurde erneut stärker, als er sie ansah. Selbst vollständig bedeckt, konnte er die Erinnerung ihrer Beine um seine Taille nicht verdrängen. K'alvek war angewidert von sich selbst. Wie konnte ein erfahrener Krieger sich von einer winzigen Außenweltlerin beeinflussen lassen? Er grunzte und wandte sich ab. Das war das absolut Letzte, was er brauchte.

Was zum Teufel war das?

Danica sah ihm dabei zu, wie er aufsprang und sie versuchte, seinen riesigen, steifen Schwanz nicht anzustarren, als er sich umdrehte und ihn wieder in seine Hose schob. Heilige Scheiße. Abgesehen davon, dass er gewaltig war, war sie sich ziemlich sicher, dass sie erhabene Ringe entlang seiner Länge gesehen hatte. Hatte er diese Rillen allen Ernstes auch auf seinem Schwanz?

Sie griff nach ihrer Hose und zog sich an, während er ihr den Rücken zukehrte. Sie war so feucht, dass ihre Hose jetzt einen feuchten Fleck im Schritt hatte. Perfekt. Einfach perfekt.

Danica war sich nicht sicher, wie sie es geschafft hatte, sich im Schlaf auf ihn zu legen, aber als sie begriffen hatte, dass sie nicht nur den besten Sextraum ihres Lebens hatte, war er schon fast in ihr gewesen. Und sie hatte ihn in sich gewollt, so sehr, dass es fast schon an Verzweiflung grenzte. Sie hatte ihn genauso sehr gewollt wie er sie. Und er hatte sie unbedingt haben wollen. Sie brauchte keine Gedankenleserin zu sein, um das zu bemerken.

Ihre Wangen brannten vor Verlegenheit. Sie konnte nicht glauben, dass sie beinahe einen Außerirdischen gevögelt hätte. Und einen, dem sie erst am Tag zuvor begegnet war. Sie war zwar nicht prüde, aber One-Night-Stands waren normalerweise nicht ihr Ding. Obwohl Beziehungen auch nicht ihr Ding waren. In ihrem Beruf war es besser, sich an niemanden zu binden, da sie nie lange an einem Ort blieb. Ihr Vater hatte ihr das beigebracht. Er hatte ihr auch beigebracht, dass man Männern nicht trauen sollte. Mit Ausnahme von ihm natürlich. Ihre Erfahrung mit anderen Kopfgeldjägern und dem Abschaum, der in den Außenposten herumlungerte, hatte ihr bewiesen, dass das stimmte.

Und jetzt hatte sie sich praktisch auf einen Kerl gestürzt, mit dem sie noch nicht einmal ein richtiges Gespräch geführt hatte. *Er denkt wohl, dass ich ein unkompliziertes Erden-Mädchen bin,* dachte Danica. Obwohl sie wahrscheinlich der erste Erdling war, dem er begegnet war, also würde er es weniger mit ihrem Planeten in Verbindung bringen. *So macht man einen guten Eindruck, Danica.*

Zu ihrer Verteidigung musste man sagen, dass sie seit Monaten nicht mehr flachgelegt worden war. Oder war es schon länger her? So oder so war es offensichtlich, dass es viel zu lange her war. Das war der Grund für ihre Erregung. Trotzdem war sie Captain eines Schiffes, und sich mit außerirdischen Barbaren einzulassen gehörte nicht zu ihrem Plan. Ebenso hatte es nicht zu ihrem Plan gehört, auf einem Sandplaneten ausgesetzt zu werden, erinnerte sie sich selbst.

Als er sich umdrehte, stellte sie fest, dass sein Schwanz immer noch hart war und gegen seine enge Hose drückte, also wandte sie ihren Blick ab. Ihr Puls hatte sich noch nicht verlangsamt, und sie atmete schwer. Soviel zum Thema Gelassenheit. Sie hechelte regelrecht.

Sie konnte fühlen, wie sich die Schamesröte in ihrem Nacken ausbreitete und wenn sie nicht bald da herauskommen würde, dann würde sie nicht imstande sein, dem Kerl zu widerstehen. Sie musste Tori finden, zum Schiff zurückkehren und den Planeten verlassen. Das waren ihre Prioritäten. Nicht, sich mit großen, goldenen und gutaussehenden Typen einzulassen. Korrektur, sehr gutaussehend.

Sie konnte nicht anders, als einen Blick nach oben zu werfen und seine breiten Schultern und die dunklen Male auf seiner breiten Brust zu betrachten. Tätowierungen waren noch nie ihr Geschmack gewesen, aber an ihm sahen sie unglaublich sexy aus. Die breiten, schwarzen Streifen zogen sich um seine dicken Brustmuskeln und sie dachte daran zurück, wie sie sie mit ihren Fingern berührt hatte, als er eingeschlafen war. Er traf ihren Blick, grunzte und drehte sich um.

»Ich kann nicht gut mit Männern umgehen«, sagte sie. »Das ist einer der Gründe, warum ich nur mit Frauen zusammenarbeite. Vertrauensprobleme. Ich habe schlechte Erfahrungen mit Männern gemacht, die nur eine Sache wollten. Nicht, dass du so bist. Ich meine, vielleicht bist du so. Ich weiß es nicht. Ich kenne dich nicht. Ich schätze, das ist mein Punkt. Ich kenne dich nicht, und ich habe nicht vor, hierzubleiben, also wäre das, was gerade fast passiert wäre, eine schlechte Idee. Für uns beide.«

Sie holte tief Luft, nachdem die Worte aus ihr herausgeflossen waren, und blickte zu ihm auf. Sie wusste, dass er nichts von dem verstand, was sie gerade gesagt hatte. Auf keinen Fall hatte ein primitiver Außerirdischer ein Universalübersetzer-Implantat.

»Es liegt nicht an dir«, sagte Danica und kam sich unglaublich dämlich vor, als sie die Worte aus ihrem Mund hörte. »Es liegt an mir. Es ist mein Problem. Natürlich ist es mein Problem. Wer würde nicht mit dir schlafen wollen? Du bist ungefähr tausendmal heißer als jeder menschliche Mann, den ich je gesehen habe. Oder jeder Außerirdische, wenn ich so darüber nachdenke.«

Er starrte sie einen Moment lang an, bevor er ihr ein kurzes Nicken schenkte, sich auf den Boden setzte und im Schneidersitz vor den noch glühenden Hitzestäben saß. Er zog einen Beutel aus dem Riemen über seinem Rücken und reichte ihn ihr.

Sie erkannte ihn vom Vortag und stieß einen Seufzer aus. »Ich schätze, wir sind fertig mit dem unangenehmen Gespräch.«

Das war besser gelaufen als all die anderen Male, die sie versucht hatte, Männer abblitzen zu lassen. Sie nahm ihm den Wasserbeutel ab und nun war es ihr weniger peinlich, da er keine große Sache daraus zu machen schien. Sie zog den Stöpsel des Beutels mit den Zähnen heraus und ließ das Wasser in ihren Mund laufen. Sie hatte nicht bemerkt, wie durstig sie gewesen war. Bevor sie das ganze Teil austrank, hielt sie sich selbst zurück und gab es ihm wieder.

Er reichte ihr eine Art braunen Riegel. »Iss.«

Danica drehte den klebrigen Riegel in ihrer Hand herum. »Ich schätze, das ist deine Version eines Müsliriegels?«

Sie nahm einen Bissen. Etwas fad, aber nicht schlecht. Hauptsächlich war er klebrig und schwer zu kauen. Sie gab ihm den Riegel zurück und er reichte ihr im Gegenzug das Wasser. So ging es hin und her, bis der Riegel alle und der Wasserbeutel leer war.

»Vielleicht wäre jetzt ein guter Zeitpunkt, unsere Namen zu nennen«, sagte Danica, da sie ihn nicht ewig als »den großen Außerirdischen« bezeichnen konnte. Sie zeigte auf sich selbst. »Danica.«

Er hob eine seiner Augenbrauen. »Dan-eh-ca«. Das dunkle Schnurren seiner Stimme sandte ihr eine Gänsehaut über den Rücken.

Sie räusperte sich. Diese Sache mit der Kommunikation lief gar nicht so schlecht. »Das war gut. Wie ist dein Name?«

Er legte eine Hand auf sein Herz. »K'alvek.«

»K'alvek«, wiederholte sie. »Das ist ein ziemlich cooler Name. Er passt zu dir.«

»Ich bin Dothvek«, fügte er hinzu.

Dothvek? »Das ist der Name deines Volkes?«, fragte Danica und bemerkte das Stirnrunzeln, das sich zwischen seinen Augenbrauen geformt hatte. Sie deutete auf die getrocknete Blutpfütze. »Waren das Dothveks?«

Sein Gesichtsausdruck verdunkelte sich, und er zuckte den Kopf ruckartig nach oben. »Cresteks.«

Okay, er mochte sie definitiv nicht, und sie konnte seine Abneigung gegenüber ihrer Annahme, dass er einer von ihnen war, deutlich spüren. Danica wollte nicht auf die offensichtlichen körperlichen Ähnlichkeiten hinweisen. An seinem strengen Gesichtsausdruck konnte sie erkennen, dass er sie nicht ausstehen konnte.

Sie verlagerte ihr Gewicht und etwas in ihrer Hosentasche drückte gegen ihr Bein. »Autsch!« Sie lehnte sich zurück und steckte ein Hand in die Tasche, um es zu entfernen, und holte die Handvoll temporärer Übersetzer heraus, die Caro ihr aufgezwungen hatte, als sie das Schiff verlassen hatte. Bis zu diesem Moment hatte sie diese Dinger völlig vergessen.

Sie lachte laut auf. »Das ist großartig. Jetzt müssen wir nicht mehr alles erraten.« Sie hielt eines der gebogenen Metallgeräte hoch, und K'alveks Stirn runzelte sich. »Das wird dir helfen, mich zu verstehen.«

Sie gestikulierte zwischen ihnen hin und her und versuchte ihre Hand so zu bewegen, dass sie ›Sprechen‹ signalisierte. Scheinbar würde sie noch ein bisschen länger herumfuchteln müssen, um zu erklären, warum sie etwas an der Rückseite seines Ohrs befestigen wollte.

Er neigte verwirrt den Kopf und beäugte das Gerät. »Crestek.«

»Nein, es ist nicht Crestek. Es ist eigentlich ziemlich cool. Die meisten Leute, die im Weltraum reisen, haben permanente Implantate, aber diese funktionieren fast genauso gut. Sie rutschte näher an ihn heran. »Hier, ich werde es dir zeigen.«

Er lehnte sich von ihr weg, den Blick weiterhin auf das Gerät fixiert. »Kein Crestek.«

Sie seufzte. Was die Cresteks anging, schien dieser Kerl keine Kompromisse einzugehen und offensichtlich wollte er mit ihrer Technologie nichts zu tun haben. »Ich verspreche dir, dass das nichts mit den Cresteks zu tun hat. Diese Typen scheinen nicht schlau genug zu sein, um so etwas zu benutzen.« Sie tat so, als würde sie einen hinter ihr eigenes Ohr legen und er riss die Augen weit auf.

Erneut versuchte sie, auf ihn zuzugehen und ihm das Gerät anzubringen, doch er wich aus, sodass sie neben ihm auf dem Boden landete. Sie stemmte sich hoch und wischte sich den Dreck von ihren Ellbogen.

Okay, Schluss mit lustig, dachte Danica. Ich muss mit diesem Typen reden können und ihm von meinem Schiff und meiner Crew erzählen.

Sie ließ ihre Hand auf ihren Schoß sinken, rutschte hinüber und lehnte sich dicht an ihn heran. Sie musste ihm das Gerät anlegen. Ihr war klar, dass dies nicht fair war, aber in diesem Fall würden die Mittel den Zweck heiligen.

Sie ging auf die Knie und lehnte sich nach vorn, sodass ihr Mund sich seinem Ohr näherte. Als sie leicht daran knabberte, zuckte er ein wenig zusammen, wich jedoch nicht zurück. So weit, so gut. Sie holte tief Luft, nahm sein Ohrläppchen zwischen ihre Lippen und saugte leicht daran. Als er stöhnte und die Augen schloss, nutzte sie die Gelegenheit. Blitzschnell hob sie die Hand und drückte das Gerät hinter sein Ohr.

Augenblicklich flogen seine Augen auf, sein Arm schlang sich um ihre Taille, und sie wurde auf ihren Rücken gerollt, wobei er seinen Körper gegen ihren presste und seine harte Länge ihr beinahe in den Bauch stach. Sämtliche Luft strömte aus ihren Lungen, aber sie schaffte es, ihn zu treten, während er sich verlagerte, sodass seine Erektion zwischen ihre Beine drückte.

Heilige Scheiße. Für dieses Teil brauchte er einen Waffenschein. Es konnte ernsthaften Schaden anrichten.

»Lass mich los, du Bastard«, schrie sie und zappelte unter ihm.

Er erstarrte und blinzelte sie an. »Bastard?«

Danica stieß einen Atemzug aus. »Also habe ich ihn richtig angesetzt. Es funktioniert. Gut, jetzt sollten wir in der Lage sein, miteinander zu reden.«

Er lehnte sich zurück und starrte sie an. »Ich kann dich verstehen.«

Sie bemühte sich, nicht mit den Augen zu rollen. »Ja, das ist es, was ich versucht habe, dir zu erklären. Dieses kleine Ding wird meine Worte für dich übersetzen.«

Er berührte es mit einem Finger, riss es aber nicht ab, was insofern gut war, als dass sie keine Lust hatte, noch eine Runde mit dem riesigen Außerirdischen zu ringen.

»Und es hat nichts mit deinen Feinden zu tun. Diese Technologie ist hundertprozentig nicht Crestek.«

Er nickte langsam. »Okay, Dan-ee-ca. Ich werde es tragen. Aber nur, weil du nicht sehr gut darin bist, mit den Händen zu sprechen.«

Klugscheißer. Sie stand auf, griff sich die zusammengeknüllte weiße Tunika, die sie als Kissen unter K'alveks Kopf gelegt hatte, und zog sie über ihr schmutziges Hemd. »Ich bin froh, dass das geklärt ist.«

Er stand auf. »Wo gehst du hin?«

»Ich weiß es zu schätzen, dass du mich vor dem Sandsturm und vor den Angriffen dieser Arschlöcher gerettet hast, aber ich kann hier nicht bleiben.« Sie deutete in Richtung des Höhleneingangs und dachte an Tori. »Soweit ich weiß, ist meine Freundin in der Wüste verschollen. Selbst wenn sie es zurück zum Schiff geschafft hat, weiß ich, dass sie in Panik geraten wird, weil ich schon so lange verschwunden bin.«

Sie konnte seine Frustration spüren, doch dann sah sie eine Erkenntnis über sein Gesicht huschen. Er musterte sie, blickte zum Höhleneingang, bevor er eine finstere Miene aufsetzte und einen Seufzer ausstieß. »Ich werde helfen.«

Sie zögerte. Er schien nicht begeistert zu sein, aber er wirkte aufrichtig und sie konnte keine Täuschung von ihm spüren. Es war nicht so, als würde sie seine Anwesenheit stören und obwohl sie es nur ungern zugab, brauchte sie Hilfe. Jetzt musste sie nur noch dem Drang widerstehen, ihn wie ein Pony zu reiten. Oder in diesem Fall, wie ein Pferd. Ein großes Pferd.

»Okay.« Sie zeigte auf den Höhleneingang. »Geh du voran.«

KAPITEL SECHZEHN

K'alvek führte sie aus dem schmalen Spalt auf den Gebirgspfad. Er spähte über den steilen Abgrund und entdeckte die Leichen, die weit unten auf dem Felsvorsprung lagen. Dann warf er einen Blick zurück auf sie und war beeindruckt, dass jemand, der so klein war wie sie, es geschafft hatte, sie über den Vorsprung zu werfen. Vielleicht war sie stärker als sie aussah.

Sie zuckte mit den Achseln, als sie ihn die Körper betrachten sah. Er verstand das Wort nicht, das er aus ihrem Verstand zog, aber er spürte ihren Hass und vermutete, dass ein »Arschloch« keine gute Sache war. Er grinste zufrieden darüber, dass sie die gleiche Meinung über die Cresteks hatte wie er.

Die Sonnen standen noch nicht hoch am Himmel und das Blau der Nacht verblasste allmählich zu Gold, während das Licht die Luft erwärmte. Danica hatte die Tunika eines der toten Cresteks über ihre dünnen Verhüllungen angezogen, aber K'alvek bemerkte, dass sie ihre Arme rieb, um sie zu wärmen. Er wurde daran erinnert, dass sie nicht über dieselbe dicke Haut wie er verfügte, die ihn tagsüber vor der Sonne schützte und ihre Wärme für die kalten Nächte bewahrte. Er fragte sich wieder, von was für einem Planeten sie kam, wenn sie keinen Schutz vor den Elementen brauchte.

Er hielt inne, bevor er eine Richtung wählte, und dachte an seine Mission, die Cresteks auszuspionieren und die Schwächen in ihrer Verteidigung zu entdecken, damit er sie besser angreifen konnte. Wenn er Danica helfen wollte, würde das warten müssen. Er konnte sie nicht mitnehmen. Sie konnte sich nicht so schnell bewegen wie er, und er wollte sie nicht wieder in die Nähe seines Feindes bringen. Er würde zu der Dothvek-Siedlung zurückkehren müssen, um Nahrung und Wasser zu holen, bevor sie nach ihrem Schiff suchten. Seine Vorräte waren fast aufgebraucht, und er hatte nur genug für eine Person gepackt. Einerseits verspürte er einen Anflug von Verärgerung darüber, dass sich seine Mission verzögern würde, doch andererseits war ein Teil von ihm erleichtert, einen Vorwand zu haben, um bei ihr zu bleiben. Er würde seine Rache trotzdem bekommen, versicherte er sich, als er sich auf den Weg machte, der um den Berg herum führte.

Danica griff nach seinem Arm, schüttelte den Kopf und zeigte in die entgegengesetzte Richtung.

Es gab kein Wasser in der Richtung, aus der sie gekommen waren. Sie brauchten Wasser, sonst würden sie zugrunde gehen.

»Wasser«, sagte er. »Essen.«

Ein Strom von Worten sprudelte aus ihrem Mund und das Gerät, das sie ihm angelegt hatte, versuchte mühsam mitzuhalten. Sie wollte zu ihrem Schiff zurückkehren.

Er ruckte kurz mit dem Kopf. »Zu gefährlich.« Er zeigte auf die beiden Sonnen. »Zu heiß.«

Sie verengte die Augen und eine Falte erschien zwischen ihnen. Dann warf sie einen prüfenden Blick zurück in die Richtung des

Sandes, und er konnte ihren Widerspruch fühlen. Ihre Freundin und ihr Schiff waren dort hinten irgendwo, und sie machte sich Sorgen um sie. Er hielt inne, um ihre verzweifelten Gedanken zu erfassen. Mehr als nur eine Freundin. Eine Crew. Ihre Crew. Ihre weibliche Crew. Mehr Frauen wie sie, und sie waren allein irgendwo im Sand. Ein Flattern der Hoffnung blühte in seiner Brust. Sein Klan brauchte Frauen. War es möglich, dass sie vielleicht nicht die einzige Frau war, die sich mit dem Geist eines Dothvek verbinden konnte?

Sie sprach wieder und ihre Stimme brach. »Ich muss Tori und das Schiff finden.«

K'alvek versuchte, nicht genervt zu sein, aber sie verschwendeten Zeit mit Diskussionen. Verstand sie nicht, dass der Sand für eine so zarte Kreatur wie sie tödlich war? Er ruckte mit dem Kopf und erzeugte ein klickendes Geräusch mit seinem Mund. »Erst Wasser und Essen. Dann finden wir sie.«

Sie warf ihre Arme in die Luft. »Und wie lange wird das dauern?«

Sein Blick huschte zu dem Pfad, der über die Felsen zum äußersten Rand des Sandes führte. »Bis die Sonnen fallen.«

Danicas Mund klappte auf. Sie wollte nicht den ganzen Tag in die falsche Richtung laufen. Sie wollte ihr Glück versuchen und ihr Schiff finden. »Auf keinen Fall verschwende ich einen Tag damit, in die falsche Richtung zu laufen. Ich kann sie alleine finden.«

Sie war so starrköpfig wie ein Dothvek, dachte K'alvek, als sie sich umdrehte und losstampfte. Er hatte keine Zeit, mit ihr zu streiten, aber er konnte nicht zulassen, dass sie sich umbrachte, indem sie alleine loszog. Am sichersten war es, wenn er sie zurück in sein Dorf brachte und seine Vorräte für die Suche auffüllte. Alles andere würde den Tod für sie bedeuten.

Einen Moment lang überlegte er, sie gehen zu lassen und sich wieder seiner Mission zu widmen. Aber so schnell ihm der Gedanke in den Sinn kam, verwarf er ihn wieder. Er konnte sie nicht sterben lassen. Nicht, wenn er fühlte ... Was genau fühlte er? Er stieß einen frustrierten Luftzug aus, trat mit dem Zeh gegen einen kleinen Stein und ließ ihn über die Felskante fliegen. Unerträglich. Wenn diese Kreatur wirklich seine Geistesgefährtin war, steckte er in ernsthaften Schwierigkeiten.

K'alvek holte Danica in zwei langen Schritten ein und hob sie hoch. Er ignorierte ihr Quieken und ihre Proteste, als er sie über eine Schulter warf und sie mit dem Crestek-Umhang bedeckte, um sie vor den Sonnenstrahlen zu schützen. »Ich kann dich nicht im Sand sterben lassen.«

Sie kreischte aus Protest und er seufzte. Seine Mission hatte sie bereits ruiniert, aber sie würde nicht auch noch weglaufen und sterben. Also machte er sich auf den Weg, hielt ihre strampelnden Beine fest und ignorierte die schwachen Schläge, die sie auf seinem Rücken austeilte, ebenso wie ihre lautstarken Beschwerden.

Er gab ihr einen leichten Klaps auf das Hinterteil, genoss das Gefühl des weichen Fleisches unter seiner Hand und ihren empörten Schrei mehr als er erwartet hatte, und passte seinen Gang an, während sein Schwanz zuckte. Genau wie er es vorausgesagt hatte, machte diese Frau nur Ärger.

KAPITEL SIEBZEHN

Sie waren stundenlang durch die felsigen Klippen gelaufen. Na ja, er war gelaufen. Danica lag über seiner Schulter und bebte bei jedem seiner Schritte. Sie hatte den Kampf aufgegeben, aber er hatte sie nicht wieder hinuntergelassen. Bereits vor einer Weile hatte sie sich damit abgefunden, in sein Dorf zu gehen, aber offenbar ging er immer noch davon aus, dass sie bei der nächstbesten Gelegenheit die Flucht ergreifen würde. Sein leichter Schritt ließ sie vermuten, dass sie sich für ihn wie ein Fliegengewicht anfühlen musste. Er atmete nicht mal angestrengt, obwohl sie nicht einmal angehalten hatten.

Danica versuchte zu schlucken, aber in ihrer Kehle war keine Feuchtigkeit mehr übrig. Auch wenn die Berge nicht so ungeschützt waren wie die offene Wüste, brannte die Hitze der beiden Sonnen immer noch auf sie nieder. Sie fuhr mit einer Handfläche über K'alveks nackten Rücken und ihre Finger liefen an den Rillen entlang. Er fühlte sich nicht so heiß an, wie sie es erwartet hatte. Vielleicht reflektierte die goldene Farbe seiner Haut das Sonnenlicht. Oder die Härte absorbierte die Strahlen, denn in Anbetracht seines ganzen entblößten Fleisches wunderte sie sich, dass er noch nicht verbrannt war. Zwar war der Umhang des Außerirdischen erstickend, aber er hatte ihre Haut davor bewahrt, von den Sonnenstrahlen gebraten zu werden.

Ihre Finger verweilten auf der unebenen Erhöhung, die sich über die gesamte Länge seiner Wirbelsäule erstreckte, bevor die über die Rillen glitten, die von ihr ausgingen. Sie fühlten sich genau wie in ihren Träumen an – hart und scharf und irgendwie ziemlich sexy. Sie versuchte, den Gedanken loszuwerden, bevor er ihn spüren konnte.

Er drehte seinen Kopf, um sie anzusehen.

Mist. Soviel dazu. Sie begegnete seinem Blick und winkte ihm mit ihren Fingern zu. Er hob eine Augenbraue, ging jedoch weiter.

»Nicht weit«, sagte er.

»Du kannst mich jetzt runterlassen, weißt du. Ich werde nicht versuchen, wegzulaufen. Ich weiß inzwischen, dass ich dir nicht davonlaufen kann.«

Er schwang sie so schnell von seinem Rücken, dass sie krächzte. Sie hatte nicht erwartet, dass er tatsächlich auf sie hören würde. Er stellte sie auf dem Boden ab und trat einen Schritt zurück, die Hände fest in die Hüften gestemmt.

Ein Schwindelanfall ließ sie für einen Moment schwanken, als das Blut von ihrem Kopf zu ihren Füßen rauschte. »Danke.«

Er gab kaum mehr als ein Grunzen von sich, bevor er wieder weiterlief und sie musste ein paar Schritte joggen, um mit ihm Schritt zu halten. Nach ein paar Minuten hatte sie Schwierigkeiten, zu Atem zu kommen, und wenn sie blinzelte, tanzten Flecken vor ihrem Blickfeld. Es war nicht leicht, mit K'alveks langen Beinen mitzuhalten. Obwohl sie ihr Bestes tat, vollständig durchzuatmen, ließ die dünne Luft ihren Kopf pochen. Sie weigerte sich, sich zu beschweren, da sie so hartnäckig darauf bestanden hatte, heruntergelassen zu werden. Die Worte ihres Vaters hallten in ihrem Kopf wider. Bedenke gut, was du dir wünschst, Danica – denn es könnte in Erfüllung gehen.

Fast hätte sie laut losgelacht. Selbst nach so vielen Astro-Jahren blieb der Rat ihres Vaters bei ihr hängen. Er hätte sich gefreut, wenn er gewusst hätte, wie wertvoll sein Rat für sie geworden war. Besonders, weil sie sich die meiste Zeit gesträubt hatte, ihn anzunehmen, als er noch da gewesen war. Sie fragte sich, was er von ihrer gegenwärtigen Situation halten würde. Zweifellos würde er sie vor dem massigen Außerirdischen warnen und ihr sagen, dass sie ihm nicht trauen sollte. Ihr Vater war nicht gerade begeistert davon gewesen, anderen Spezies zu vertrauen. Vielleicht hatte er gute Gründe gehabt, aber das war einer der Punkte, bei denen sie sich nicht einig gewesen waren. Fremdenfeindlichkeit war ein Instinkt, gegen den sie sich wehrte. Nur weil eine Kreatur nicht so aussah wie sie, hieß das nicht, dass sie bösartig war. Sie hatte ziemlich schnell gelernt, dass jede Spezies über einen gewissen Anteil an Arschlöchern verfügte. Aber dafür gab es auch anständige Wesen.

Hätte sie sich nicht auf Tori eingelassen, hätte sie auf ein loyales Besatzungsmitglied und eine zuverlässige Freundin verzichtet. Es war ihr egal, dass Zevrianer als gewalttätig und untreu galten. Der gewalttätige Teil hatte sich bei mehr als einer Gelegenheit als nützlich erwiesen, und sie hatte nie Gelegenheit gehabt, Toris Treue anzuzweifeln. Dasselbe galt für Bexli. Lycithianische Gestaltwandler wurden selten für etwas anderes als Sexsklaven eingesetzt, aber als Danica die Frau gesehen hatte, die verzweifelt nach einer Mitfluggelegenheit von einem ziemlich zwielichtigen Außenposten suchte, hatte sie ihr eine Position in ihrer Crew angeboten. Sie bezweifelte, dass ihr Vater mit einer der beiden Frauen ein solches Risiko eingegangen wäre, aber er stammte schließlich aus einer anderen Generation. Und er war keine Frau gewesen, die ihr Leben lang versucht hatte, in einer von Männern dominierten Branche Erfolg zu haben.

Danica verdrängte die Gedanken an ihren Vater aus ihrem Kopf, während sie sich darauf konzentrierte, ihr Tempo an das von K'alvek anzupassen. Jeder Schritt entfernte sie weiter von ihrem Schiff und ihrem einzigen Ticket weg von diesem Planeten, doch auch darüber wollte sie nicht nachdenken. Trotz ihrer rationalen Instinkte – einschließlich eines wiederkehrenden Drangs, ihm in die Eier zu treten – vertraute sie ihm. Bis jetzt hatte er sie zweimal gerettet, ihr Essen und Wasser gegeben und ihr versprochen, ihr bei der Suche nach ihrem Schiff und ihrer Crew zu helfen. Das waren eindeutig Pluspunkte. Einen Minuspunkt würde es aber geben, weil er offensichtlich daran gewöhnt war, das Sagen zu haben und nicht viel Geduld aufwies, wenn er mit einer anderen Meinung konfrontiert wurde. Danica war ebenfalls zu festgefahren, um von ihrem Status als Captain abzulassen und sich von jemandem Befehle erteilen zu lassen.

Was die Gedankenverbindung betraf, war sie sich nicht sicher, ob es dafür einen Plus- oder einen Minuspunkt gab. Während ein Teil von ihr seine Emotionen als tröstlich empfand, war der rationalere Teil von ihr der Meinung, dass die ganze Erfahrung bizarr war. Sie war den Großteil ihres Lebens unabhängig gewesen und mochte die Vorstellung nicht, dass jemand ihre Gefühle durchschauen konnte. Es gab ihr ein verabscheuungswürdiges Gefühl von Schwäche. Und wenn ein Captain schwach war, konnte das für seine Crew den Tod bedeuten. War das nicht die Ansicht, die ihr Vater ihr eingetrichtert hatte? Sie seufzte und ließ einen heißen Atemzug durch ihre rissigen Lippen hinausströmen. Im Moment ging es ihr und ihrer Crew nicht allzu gut.

Der steinige Pfad neigte sich scharf nach unten und K'alvek drehte sich um, um sie zu tragen, bevor er weiterging.

Er wusste, ohne nachzufragen, dass sie müde war.

»Ich kann laufen«, protestierte sie.

»Hör auf zu reden«, sagte er.

Sie wollte empört sein, aber er hatte recht. Das Sprechen erschöpfte sie und ließ ihre Kehle noch trockener werden. »Bist du immer so befehlshaberisch?«

»Bist du immer so dickköpfig?«

Sie runzelte die Stirn. »Ziemlich oft.«

Er gab ein ruppiges, kehliges Geräusch von sich. »Ich bin nicht überrascht.«

Es war schwer, empört zu sein, wenn sie so müde war, aber sie konnte ihn nicht mit seinen höhnischen Kommentaren davonkommen lassen. »Ich schätze, du bist es gewohnt, Frauen über die Schulter zu werfen, aber ich bin nicht irgendeine Jungfrau in Not.«

Jetzt war er an der Reihe, sie finster anzusehen. »Du bist die Erste, die ich mir über die Schulter werfen musste.«

»Das kann ich nur schwer glauben«, murmelte sie.

»Die Weibchen auf meinem Planeten sind nicht so klein. Eine von ihnen zu tragen wäre schwierig. Und keine von ihnen würde versuchen, den Sand alleine zu überqueren.«

»Oh«, murmelte sie. Danica konnte nicht umhin, sich gezüchtigt zu fühlen. »Naja, solange du es dir nicht zur Gewohnheit machst, mich über die Schulter zu werfen und mir auf den Hintern zu klatschen.«

Seine Mundwinkel zuckten amüsiert, als er auf sie herabblickte und mit den Achseln zuckte. »Nur wenn du darauf bestehst stur zu sein.«

Sie wollte widersprechen, aber sie war zu erschöpft.

»Hör auf zu reden«, sagte er, doch sein Tonfall klang weniger schroff. »Ruh dich aus.«

»Nur für einen Moment«, sagte sie, schlang einen Arm um seinen Hals und lehnte sich an ihn, wobei ihre Wange an seiner festen Brust ruhte. Sie fühlte sich kühl an ihrer überhitzten Haut an, wie die Unterseite eines Kopfkissens. Sie schlang ihren anderen Arm um seinen Hals und drehte sich so, dass mehr von ihrem Körper mit seiner Haut in Berührung kam. Er zog sie näher an sich heran, und sie fühlte sich so sicher, wie sie sich noch nie in ihrem Leben gefühlt hatte. Nach ein paar weiteren Schritten begannen ihre Augenlider schwer zu werden, und sie erlag der Erschöpfung der Hitze.

Als Danica erwachte, hatte sich die Landschaft verändert. Statt der groben Felswand stapften sie durch hohe Gräser, die bis zu K'alveks Knien reichten. Sie blinzelte ein paar Mal, um sicherzustellen, dass sie sich das nicht eingebildet hatte. Vor ihr erstreckten sich hohe Baumgruppen, fast wie die Palmen, die es auf der Erde geben sollte, mit langen, kahlen Stämmen. Doch diese Bäume waren mit blassblauer Rinde bedeckt und von schillernden, grünen Wedeln gekrönt, die im Wind raschelten. Die Bäume umarmten die Ufer eines indigoblauen Sees und allein der Anblick ließ ihr das Wasser im Mund zusammenlaufen.

Sie drehte ihren Hals, um sich hinter ihr umzusehen, aber da waren nur die sanften Hügel aus Sand. Weit in der Ferne sah sie die Berge, die sie überquert hatten. Und noch weiter weg befand sich ihr abgestürztes Schiff und die einzigen anderen Menschen, die sie auf dem Planeten kannte.

Sie erinnerte sich daran, dass sie sich auf die Suche nach ihnen machen würde, sobald sie sich mit Nahrung und Wasser eingedeckt hatte. Als sie sich dem Wasser näherten, entdeckte Danica große Stoffzelte, die sich um das Wasser herum versammelten und deren Spitzen in den Himmel ragten. Sie waren groß genug, damit jemand, der so massiv wie K'alvek war, hineingehen konnte, ohne sich den Kopf zu stoßen. Bei einigen Zelten war ein kleiner Teil des Stoffs zurückgezogen, sodass sich ein Eingang eröffnete. Winzige Glöckchen waren an den Stoff gebunden, und sie klimperten leise, als eine warme Brise an ihnen vorbeizog.

Auf der einen Seite befand sich ein Gehege mit Tieren, die ein wenig an pelzige Pferde oder höckerlose Kamele erinnerten. Wenn sie gerade einmal kein Gras kauten, gaben sie laute, schreiende Geräusche von sich. Ein paar trugen dünne Sattel auf dem Rücken.

Im Gehege neben ihnen befanden sich kleine, kauernde Kreaturen. Sie hatten glatte, kürbisfarbene Haut und eine lange Schnauze, die wackelte, während sie umherliefen und den Boden nach Nahrung abschnüffelten. Sie hatten alle dicke Bäuche und berührten einander mit ihren langen, wedelnden Schwänzen mit einem Fellbüschel am Ende. Diese Wesen trugen keine Sattel, und sie hatte das Gefühl, dass es sich dabei nicht um Haustiere handelte.

Danica fühlte einen Nervenkitzel, als ihr klar wurde, dass es so etwas wie eine Oase in der Wüste gab. Und sie erlebte sie aus nächster Nähe. Sie atmete ein und konnte die Feuchtigkeit des Wassers und den Duft von gebratenem Fleisch riechen. Ihr Magen knurrte. Sie hatte seit mehr als einem Tag nichts Richtiges mehr gegessen.

Als sie näher kamen, entdeckte sie ein paar Gestalten, die wie K'alvek aussahen. Sie kamen aus den Zelten hervor und starten sie an. Diese Personen waren genau wie er mindestens zwei Meter groß und hatten die gleiche goldene Haut, Rillen auf ihren freiliegenden Rücken und spitze Ohren. Manche hatten ihr dunkles Haar wie K'alvek geflochten und manche trugen es offen um die Schultern.

Sie konnte ihre Neugierde auf sie wie ein fernes Echo in ihrem Kopf spüren. Nichts war so stark wie die Gefühle, die sie von K'alvek empfing, aber sie konnte die schwachen Empfindungen trotzdem wahrnehmen. Sie fragten sich, was für eine seltsame Kreatur Danica war und warum K'alvek sie trug. Sie fragten sich, ob sie ein verwundetes Tier oder vielleicht Beute war.

Danica verspürte einen Anflug von Entrüstung. Sie war keine Beute! K'alvek lachte leise und sie sah ihn an.

»Du würdest nicht lachen, wenn ein Haufen Männer sich fragen würden, ob sie dich fressen sollten«, murmelte sie.

»Sie werden dich nicht anfassen.« Sein Tonfall klang so ernst, dass sie ihm glaubte.

K'alveks Schritte wurden langsamer, als er zu einer Ansammlung von Steinkrügen vor dem nächsten Zelt anhielt und sie absetzte. Er hob einen der kleinsten Krüge an und bedeutete ihr, den Mund zu öffnen. Danica gehorchte und er goss ihr kühles Wasser in den Mund.

Das Wasser war so rein, dass es fast süßlich schmeckte und sie trank, bis es ihr über das Kinn lief. Dann trank K'alvek noch länger aus demselben Krug, wobei seine Lippen den Rand nicht berührten.

Sie waren so sehr auf das Trinken konzentriert, dass sie die Männer nicht bemerkten, die sich um sie herum versammelten. Sie konnte sie jetzt spüren, also wirbelte sie herum und bewegte sich einen Schritt näher an K'alvek heran.

Er deutete mit seinen Augen auf sie. »Dothveks. Freunde.«

»Wenn du das sagst.« Sie war sich da nicht so sicher.

Die primitiven Außerirdischen begannen mit tiefen, rauen Stimmen miteinander zu sprechen. Es brauchte keinen Gedankenleser, um zu wissen, dass sie ihm einen Haufen Fragen über sie stellten. Zwischen dem Geschnatter, von dem sie Bruchstücke verstehen konnte, sahen die Außerirdischen sie mit einer Mischung aus Misstrauen und Unglauben an, und als einer der Männer auf sie zukam und eine Hand ausstreckte, um ihr Gesicht zu berühren, knurrte K'alvek ihn an.

Eine Frau näherte sich durch die Menge der Männer und sie trug ein fließendes Gewand, das wie der Sand schimmerte. Tatsächlich war sie genauso groß wie die Männer, mit dunklem, hochgestecktem Haar und großen, grünen Augen, die schwarz gesäumt waren, sodass sie wie die einer Katze aussahen. Die Männer machten Platz, um sie durchzulassen.

Es gab also doch Frauen in diesem Dorf. Das war gut, dachte Danica. Vielleicht hatte Mourad sich geirrt, was den Mangel an Frauen auf diesem Planeten betraf. Sie begutachtete die majestätische Frau. Vielleicht waren dies doch keine Barbaren.

Die fremde Frau starrte sie aufmerksam an, bevor sie ihren Blick auf K'alvek richtete und ihn fragend ansah.

Er machte noch mehr tiefe Geräusche im hinteren Teil seiner Kehle, bevor er Danica in einer einzigen fließenden Bewegung hochhob. »Sie braucht Schlaf.«

Obwohl sie protestieren und ihm sagen wollte, dass er sie loslassen sollte, war sie immer noch benommen von dem Mangel an Nahrung und der langen Reise. *Ich werde meine Augen nur für einen Moment ausruhen,* dachte sie, als er sie in eines der riesigen Zelte brachte und die Öffnung hinter ihnen schloss.

KAPITEL ACHTZEHN

»Woher wissen wir, dass sie nicht gefährlich ist?« Zatvar, das Oberhaupt der Dothvek-Krieger, saß in der Nähe des Feuers in einem hohen, mit Schnitzereien verzierten Stuhl und trommelte mit den Fingern auf sein Bein. Sein dunkles Haar hing ihm ungeflochten über den Rücken, ein Zeichen dafür, dass er nicht länger als Jäger oder Wächter für den Klan dienen musste. Obwohl er nicht so groß war wie viele der anderen Männer, hatte er Arme wie Baumstämme und einen dicken Hals, der es aussehen ließ, als würde sein Kopf direkt aus seinen breiten Schultern ragen.

Neben ihm saß seine Gefährtin, eine Frau in wogenden, goldenen Gewändern, die im tanzenden Licht des knisternden Feuers schimmerte. Diejenige, die K'alvek begrüßt hatte, als er angekommen war.

K'alveks Mutter.

Der Rauch stieg im Zeremonienzelt auf und entwich aus den Öffnungen, die oben in das Zelt geschnitten waren, aber die Hitze der Flammen verblieb innerhalb der drapierten Zeltwände.

K'alvek saß auf der anderen Seite des Feuers auf dem Boden und schnaubte höhnisch. »Hast du gesehen, wie groß sie ist?«

Seine Mutter legte eine Hand auf den Arm ihres neuen Mannes. »Sie ist eindeutig harmlos.«

K'alvek zuckte zusammen, als er sah, wie seine Mutter Zatvar berührte, aber dieser neigte seinen Kopf leicht in ihre Richtung. Er war dankbar für die Unterstützung seiner Mutter, während der Rat seinen Vorschlag diskutierte, auch wenn er ihre Entscheidung, einen so unwürdigen Mann zu heiraten, niemals akzeptieren konnte.

»Warum sollten wir unsere Krieger für diese seltsame Frau riskieren?«, fragte Zatvar.

K'alvek fühlte seinen Zorn in ihm aufsteigen.

Zatvars Lippe neigte sich nach oben. Er erfreute sich sichtlich am Unbehagen seines Stiefsohnes. »Was bedeutet diese Frau dir?«

Die Hand seiner Mutter drückte Zatvars Arm mit ihren langen Fingern. »Wenn sie die Wahrheit sagt, und es noch andere weibliche Personen draußen auf dem Sand gibt, könnte das eine gute Sache für unseren Stamm sein.«

Nun war Zatvar an der Reihe, zu schnauben. »Wir wissen nicht einmal, ob diese Frauen sich mit Dothveks paaren können. Was sind das für Wesen? Ist es für sie überhaupt möglich, einen Geistesgefährten zu haben?« Er rümpfte die Nase wie vor Ekel. »Ich würde diese blasse Kreatur mit meinem Schwanz in zwei Hälften spalten.«

Es bedurfte K'alveks ganzer Selbstbeherrschung, sich nicht auf den arroganten Mann zu stürzen, der neben seiner Mutter saß. Sein Vater hätte so etwas niemals in ihrer Gegenwart gesagt. Er ballte seine Hände an seinen Seiten.

Zatvar hatte sich die Frau seines Vorgängers genommen, um seinen Anspruch als Anführer zu untermauern. Sie waren keine Geistesgefährten, und er wusste, dass seine Mutter den ungehobelten Dothvek nicht liebte. Sie hatte die Paarung nur akzeptiert, um den Frieden zu wahren und ihn zu beschützen. Zatvar würde ihren Sohn nicht töten, aber er könnte den Sohn des früheren Anführers als Bedrohung ansehen. K'alvek wurde übel, wenn er an das Opfer dachte, das seine Mutter für ihn gebracht hatte. Er beruhigte seinen Atem und erinnerte sich daran, dass Zatvar, so sehr er ihn auch verachtete, der Anführer des Klans war.

»Ich werde mit meinem Cousin losgehen, diese Frauen finden und sie zurückbringen. Dann können wir entscheiden.«

Die Stimme kam von hinter K'alvek, als sich eine dicke Hand auf seine Schulter legte. Er blickte auf und war erleichtert zu sehen, dass es Kush war. Er hätte wissen müssen, dass sein Verwandter und bester Freund ihm den Rücken freihalten würde, und dass er wissen würde, wenn K'alvek im Begriff war, eine Dummheit zu begehen. Seit sie noch klein gewesen waren, war Kush die Stimme der Vernunft zwischen den beiden.

Zatvar lehnte in seinem Stuhl nach vorn. »Dothveks interagieren nicht mit anderen Arten. Das ist nicht unsere Vorgehensweise. Die Cresteks sind diejenigen, die sich nach Kontakten außerhalb dieser Welt sehnen, nicht wir.«

K'alvek wollte den Herrscher daran erinnern, dass er an seinen Feinden hätte Rache nehmen sollen, als die Cresteks seinen Vorgänger niedergestreckt hatten, wenn er so viel Verachtung für sie empfand. Er öffnete seinen Mund, um zu sprechen, aber die Stimme seiner Mutter kam ihm zuvor.

»Vielleicht hat uns das nicht weitergeholfen. Wir wollten diese Frauen nicht, aber sollten wir sie wegschicken, wenn sie uns in den Schoß gefallen sind?«

Ein Raunen verbreitete sich unter den Anwesenden und einige wechselten skeptische Blicke. Sie brauchte nicht laut zu sagen, was jeder um das Feuer herum wusste. Ihr Klan konnte ohne weibliche Wesen nicht überleben, und in über zehn Rotationen war kein Weibchen geboren worden. Obwohl ihre Lebensspanne sich über Hunderte von Rotationen um die Sonnen erstreckte, lebten die Dothveks nicht ewig und würden schließlich aussterben, wenn sie keine Partner für ihre Männer finden würden.

Zatvar grunzte. »Meine Gefährtin ist so weise wie sie schön ist. Wer bin ich, meinen Stammesgenossen zu sagen, dass sie diese Frauen nicht haben können?« Er lachte schallend und tätschelte K'alveks Mutter am Bein. »Wer weiß? Vielleicht wird eine von ihnen mich am liebsten mögen, und ich werde zwei Partnerinnen in meinem Bett haben.«

Der Druck von Kushs Hand nahm auf K'alveks Schulter zu. Eine Warnung für ihn, die Ehre seiner Mutter nicht zu verteidigen, indem er seinen neuen Stiefvater herausforderte. K'alvek konnte die Gedanken seines Verwandten fast hören, obwohl Kush ihm keine schickte. Er brauchte sich keine Sorgen zu machen. K'alvek würde Zatvar nicht herausfordern, wenn er ihm gewährt hatte, was er sich wünschte.

»Ich werde bei Tagesanbruch einen Suchtrupp mitnehmen«, sagte K'alvek.

Viele im Zelt machten anerkennende Geräusche und teilten ihm mit, dass sie sich seinem Suchtrupp anschließen würden. Er nickte ihnen zu. »Ich danke euch, meine Brüder.«

Zatvar lehnte sich zurück, griff nach einem Kelch, richtete seine Aufmerksamkeit auf seinen Wein, und die anderen fassten das als Stichwort auf, um mit dem Trinken und Essen zu beginnen. Als sich das Zelt mit den Geräuschen von Tellern füllte, die herumgereicht wurden, und Kelchen, die aus Krügen gefüllt wurden, fühlte K'alvek die Gegenwart seiner Mutter. Seine Augen wanderten zu dem Stuhl neben Zatvar, aber er war leer.

Ein hölzerner Teller mit Fleisch wurde ihm gereicht, und er erkannte die zarte Hand, die ihn hielt. Er blickte auf und entdeckte seine Mutter neben sich an der Stelle, an der Kusch kurz zuvor gestanden hatte.

»Iss. Du bist noch geschwächt von deiner Verletzung.«

K'alvek führte eine Hand an die Stelle, wo der Crestek-Blaster ihn getroffen hatte. Er hatte es ihr nicht gesagt, aber er war nicht überrascht, dass sie es bemerkt hatte. Der Schmerz war fast verschwunden, aber seine Mutter hatte recht. Seine Lebenskraft war noch nicht vollständig zurückgekehrt. Er stellte den Teller auf seinem Bein ab und riss mit seinen Fingern ein Stück gebratenes Fleisch ab. Nach Tagen, in denen er nichts als getrocknete Rationsriegel gegessen hatte, wusste K'alvek den schmackhaften Bissen zu schätzen. Er schluckte und nahm einen weiteren Happen.

Seine Mutter ging noch nicht zurück zu Zatvar. Sie sah ihm eine Minute lang beim Essen zu. »Wie viel weiß sie über uns?«

K'alvek wischte sich das Fett von seinem Mund ab. »Ich habe ihr nichts erzählt.«

»Sie ist eine Außenweltlerin. Was weißt du über sie?«

K'alvek fühlte die Hitze des brennenden Feuers auf seinem Gesicht. Die kalte Luft der Nacht schlug ihm in den Rücken, als die Zeltklappen geöffnet und geschlossen wurden, doch seine Haut schützte ihn vor der Kälte. Seine Gedanken huschten zu Danica, die in seinem Zelt schlief, wo er sie gut zugedeckt zurückgelassen hatte. »Sie sind hier abgestürzt. Sie und ihre Crew.«

Die schrägen Augenbrauen seiner Mutter hoben sich. »Sie hat ihre eigene Crew? Ist sie eine Herrscherin?«

K'alvek zuckte kurz mit dem Kopf. »Sie nennt sich selbst Captain. Es war ihr Schiff, das abgestürzt ist.«

»Und du hast eine Verbindung zu ihr.« Das war keine Frage.

»Ich habe sie vor dem Sandsturm gerettet und ihre Wunde geheilt«, sagte er als Erklärung. »Sie hätte nicht überlebt.«

Seine Mutter neigte ihren Kopf zu ihm. »Ist sie stark genug für unsere Welt? Ist sie stark genug für dich?«

»Meinst du, dass mein Schwanz sie in zwei Teile spalten wird?« Er spuckte die Worte aus und warf einen Blick auf Zatvar.

Der Gesichtsausdruck seiner Mutter verdunkelte sich. »Es ist nicht klug, ihn herauszufordern.«

K'alvek zügelte sein Temperament. »Der Außenweltlerin fehlt es nicht an Geist oder Entschlossenheit, aber sie hat nicht die Absicht, in unserer Welt zu bleiben.«

Seine Mutter runzelte die Stirn in Furchen. »Ist deine Verbindung zu ihr tief?«

»Ist es überhaupt möglich, eine Geistesgefährtin zu nehmen, die nicht von unserer Welt ist?«

Sie schüttelte den Kopf. »Ich weiß es nicht, aber wenn ihre Art sich mit uns verbinden kann ...«

»Es könnte uns retten.«

Seine Mutter drückte seine Schulter. »Du wirst es ihr erklären. Gib ihr zu verstehen, dass die Verbindung der Geistesgefährten unzertrennlich ist.«

K'alvek steckte einen warmen Bissen Fleisch in seinen Mund. »Ich glaube nicht, dass ich dieses Weibchen dazu bringen könnte, etwas zu tun, was sie nicht tun will. Es sei denn, ich würde sie fesseln. Seit ich sie gefunden habe, hat sie mir nichts als Ärger gemacht.«

Die Mundwinkel seiner Mutter verzogen sich zu einem halben Lächeln. »Aber du fühlst dich trotzdem an sie gebunden.«

K'alvek zuckte mit den Achseln und wollte sich die Gefühle, die sie in ihm hervorrief, nicht eingestehen. »Wenn ihre Kameraden auch nur annähernd so sind wie sie, werden sie genauso viel Ärger machen. Je eher wir ihr helfen, unseren Planeten zu verlassen, desto besser.«

Seine Mutter nickte mit einem rätselhaften Lächeln. »Ja, natürlich.«

Sie ging weg und ihre Gewänder flatterten hinter ihr her. Er runzelte die Stirn. Was hatte sie damit gemeint? K'alvek holte Luft, als er darüber nachdachte, dass er Frauen nicht verstand, egal welcher Spezies sie angehörten. Er wollte noch einen Bissen nehmen, hielt aber inne, als er fühlte, wie sich Danicas Gedanken rührten.

KAPITEL NEUNZEHN

Als Danica erwachte, brauchte sie einen Moment, um sich zu erinnern, wo sie war. Anstatt die graue Metalldecke ihres Schiffes zu betrachten, lag sie im Inneren eines Zeltes. Beigefarbene Stoffwände ragten bis zu einem hohen Punkt über ihren Kopf und trafen sich dort, wo eine hohe Stange aus dem Boden ragte. Sie konnte erkennen, dass das Tageslicht verblasst und durch das tiefe Blau der Nacht ersetzt worden war, das durch die Nähte des Stoffes lugte.

Richtig, sie erinnerte sich. Sie war nicht auf ihrem Schiff. Sie war bei dem Außerirdischen mit der goldenen Haut. Er hatte sie in sein Dorf gebracht und, wie sie vermutete, in sein Zelt.

Danica setzte sich auf, schob sich die schwere, gewebte Decke vom Körper und sah sich im Zelt um. Über ihr pendelte eine Lampe, die den Raum mit weichem, goldenem Licht erleuchtete. Der Boden war mit grobgeflochtenen Matten bedeckt, die übereinander geschichtet waren, doch der Sand darunter machte die Oberfläche uneben. Er war so pulvrig, dass er sich mit jeder ihrer Bewegungen hob und senkte. Es fühlte sich ein bisschen so an, als würde sie auf Wasser liegen. Es schien, als wäre der Bereich, in dem sie lag, das Bett, da es mit weicheren Stoffen ausgelegt war.

Sie blickte auf sich herab. Puh. Sie war immer noch angezogen, obwohl ihre Kleidung wesentlich schmutziger war als am Tag zuvor. »Wenigstens bin ich nicht nackt, oder trage einen goldenen Bikini«, murmelte sie vor sich hin.

Ungefähr eine Armlänge entfernt stand eine flache Holzplatte, auf der ein Tonkrug und ein Teller mit Essen standen. Vom Geruch her konnte sie ahnen, dass es sich um eine Art gegrilltes Fleisch handelte. Sie kroch hinüber, während der Sand wogte, und zog die Holzplatte auf ihren Schoß, bevor sie ein Stück Fleisch von dem Knochen riss, der auf dem Teller lag.

Danica schloss ihre Augen und stöhnte fast vor Genuss, als sie den köstlichen Bissen kaute. Das Fleisch war noch warm und hatte mehr Geschmack als alles, was sie je gekostet hatte. Das konnte vielleicht auch daran liegen, dass sie in ihrem Leben mehr als genug gefriergetrocknete Rationen gegessen hatte. Das Leben auf einem Raumschiff brachte keine Speisekammer mit frischen Lebensmitteln mit sich. Sie nahm einen Schluck Wasser aus dem kleinen Krug und die Flüssigkeit war kühl und frisch. Sie brauchte nicht lange, um den Knochen abzunagen und den Krug bis auf den letzten Tropfen Wasser auszutrinken.

Sobald ihr Magen voll war, bemerkte sie, dass sie K'alvek nicht mehr fühlen konnte. Hatte er sie hier allein gelassen? Sie stand auf und ging zu den Zeltklappen hinüber, bevor sie sie beiseiteschob und in die Nacht hinaustrat. Bevor sie einen weiteren Schritt machen konnte, versperrte ihr ein dicker Arm den Weg.

»Ich habe dich gesucht«, begann sie, bevor sie sah, dass der große, breite Außerirdische nicht K'alvek war. Er war genauso groß, aber seine Schultern waren nicht so muskulös, und seine Augen verengten sich, als er sie ansah. »Du bist nicht K'alvek.«

Ihr Herz hämmerte, als sie sich rückwärts bewegte und er sich ihr näherte, sein Blick senkte sich, als würde er sie abschätzen. Statt Neugierde konnte Danica den Hunger in seinen Augen sehen, und das gefiel ihr kein bisschen. Sie richtete ihre Schultern auf und funkelte ihn an. »Denk nicht mal dran, Arschloch.«

Sein Mundwinkel neigte sich nach oben und er grunzte, offensichtlich nicht beeindruckt von ihrer Tapferkeit. Wenn sie nur einen Blaster hätte, dachte sie. Dann würde sie diesem Barbaren zeigen, wer hier das Sagen hatte.

Jemand bellte ein Kommando und ließ sowohl sie als auch den Außerirdischen zusammenzucken, als K'alvek aus der Dunkelheit auf sie zukam. Sein Gesichtsausdruck sah mörderisch aus, und der andere Außerirdische schreckte zurück und murmelte etwas vor sich hin, bevor er an der Zeltwand strammstand.

Danica war sowohl erleichtert, dass K'alvek aufgetaucht war, als auch irritiert, dass er jemanden vor dem Zelt postiert hatte. »Bewachst du mich? Bin ich jetzt deine Gefangene?«

Er runzelte die Stirn, zuckte den Kopf hoch und machte ein klickendes Geräusch, das sie nun als seine Version von Nein verstand. Sie war sich nicht sicher, ob sie ihm glaubte, aber sie erlaubte ihm, sie wieder ins Zelt zu führen. Schließlich war die Nachtluft kalt, und sie trug nur ein T-Shirt.

Sie rieb sich die Arme und sank auf den bedeckten Sand. »Danke für das Essen.«

Er warf einen Blick auf den blanken Knochen auf dem Teller, und seine Augenbraue zuckte hoch.

»Was?« Sie kroch zurück ins Bett und schob ihre Füße unter einen der Stoffe, um sich vor der kühlen Abendluft zu schützen. »Ich hatte Hunger.«

Nun, da sie ausgeruht und wohlgenährt war, konnte Danica nur noch an ihr gestrandetes Schiff und ihre Mannschaft denken. Es war fast zwei Tage her, dass sie und Tori in die Wüste aufgebrochen waren. In dieser Zeit hätte Tori an Wassermangel sterben können, aber Danica konnte sich nicht vorstellen, dass das jemandem passieren könnte, der so zäh und einfallsreich war wie ihre Sicherheitschefin. Außerdem konnten Zevrianer länger ohne Nahrung und Wasser auskommen als Menschen. Tori hatte schon viel schlimmere Schürfwunden erlitten und überlebt, also war Danica zuversichtlich, dass sie es zurück zum Schiff geschafft hatte. Ihre Gedanken drehten sich um ihre Crew. Sicherlich war Holly in der Lage gewesen, das beschädigte Kommunikationssystem zu reparieren, besonders da sie Max' Hilfe hatte. Inzwischen hätten sie einen Notruf aussenden können. Oder ihnen könnten die Rationen und das Wasser knapp geworden sein. So oder so musste sie zu ihnen zurückkehren.

K'alvek setzte sich neben sie hin und legte seine Unterarme auf seine Oberschenkel. »Mein Volk wird sie finden.«

Wenn er langsam sprach, gelang es ihrem Übersetzer, seine Worte schneller zu entschlüsseln. Oder vielleicht lernte das Gerät die Sprache. »Nicht nur du?«

Er schüttelte den Kopf. »Wenn die Sonnen aufgegangen sind, wird der Suchtrupp aufbrechen.«

Erleichterung durchflutete ihren Körper und brachte sie fast zum Schluchzen. Sie warf ihm die Arme um den Hals und brachte ihn aus dem Gleichgewicht. Er rollte rückwärts auf die Stoffe und zog sie mit sich.

Ihr machte es nicht einmal etwas aus, dass sie auf ihm lag und seine Hände ihre Hüften fest umklammerten. Sie bemerkte die summende Wärme kaum, die sich durch seine Berührung in ihrem Körper ausbreitete und fühlte nichts als Glück und

Erleichterung, als sie sich hochschob und einen schnellen Kuss auf seine Lippen drückte.

Als sie sich zurückzog, kribbelten ihre Lippen und sie konnte fühlen, wie sich sein ganzer Körper versteifte. Ihre Blicke trafen sich und sie beugte sich für einen weiteren Kuss hinunter. Der zweite Kuss war länger und tiefer. Mit ihrer Zunge teilte sie seine vollen Lippen und das tiefe Grollen, das aus seiner Kehle entwich, war dunkel und von Erregung erfüllt.

Obwohl sie den Kerl noch keine achtundvierzig Stunden kannte, vertraute sie ihm bereits mehr als den meisten Männern, die sie bisher gekannt hatte. Natürlich waren die meisten anderen Männer, die sie kannte, ebenfalls Kopfgeldjäger, Kriminelle auf der Flucht oder Schwarzmarkthändler. Nicht gerade die vertrauenswürdigste Auswahl. Es war einfacher, einem Kerl zu vertrauen, dessen Emotionen sie spüren konnte, denn sie wusste, wie sehr er sie begehrte. Das war ein weiterer Vorteil dieser empathischen Spezies.

Sie stemmte sich hoch, sodass sie ihn mit ihren Beinen umklammerte, und fuhr mit ihren Händen seine Brust entlang, wobei sie jede harte Kurve seiner Muskeln genoss. Er setzte sich auf und nun saßen sie von Angesicht zu Angesicht, seine Arme schlangen sich um ihren Rücken und ihre Beine um seine Taille. Sie fühlte etwas Dickes und Hartes gegen sie drücken und erinnerte sich an die geriffelten Ringe um seinen Schwanz. Sie fragte sich, wie sie sich in ihr anfühlen würden. Irgendwo in den Tiefen ihres Verstandes war sie erschrocken über ihren eigenen Mangel an Hemmungen. Verdammt, wann war sie so unkontrolliert notgeil geworden?

Ist schon in Ordnung, dachte sie. Es ist zu lange her, dass du flachgelegt wurdest. Genieße es.

Sie drückte ihre Beine zusammen und zog ihn näher an sich heran. Danica machte sich keine Illusionen, dass Sex gleichbedeutend mit Liebe oder langfristiger Begierde war. Sie hatte beides noch nie gebraucht und sich ihre körperliche Befriedigung immer dann genommen, wenn sich die Möglichkeit bot. Sicher, sie mochte die Vorstellung, verliebt zu sein, aber das Leben als Kopfgeldjägerin war nicht für Beziehungen geeignet. Außerdem waren viele Männer von einer weiblichen Kommandantin eingeschüchtert, was ihre Möglichkeiten weiter einschränkte.

Nicht dieser Mann, dachte sie und strich mit ihren Händen über seinen nackten, geriffelten Bauch. Sie konnte sich nicht vorstellen, dass jemand, der so groß und muskulös war, sich von irgendetwas einschüchtern lassen könnte. Ein Feuer loderte in ihrem Kern auf, als sie sich an ihren Traum erinnerte. Nein, es würde ihr nichts ausmachen, sich ihm zu unterwerfen.

Ihr Bedürfnis nach ihm war so stark, dass sie seinen Wirrwarr an Emotionen kaum spürte. Er war erfüllt von Verlangen nach ihr, aber auch von etwas anderem. Doch sie war zu euphorisch, um sich weiter damit aufzuhalten. Ihre Glieder kribbelten und ihre Fingerspitzen fühlten sich wie elektrisiert an, als sie seine granitartige Brust streichelte.

»Es ist okay«, sagte sie, als sie sein Zögern fühlte. »Ich will es.«

Seine Stirn runzelte sich, und sie fragte sich, ob er ihre Worte verstand oder nur auf ihre Körpersprache reagierte. Er drehte sie um, sodass sie auf dem Rücken lag und er sich über ihr aufstützte. »Du verstehst nicht.«

»Ich bin mir ziemlich sicher, dass ich es verstehe.« Wollte dieser Außerirdische ihr ernsthaft erzählen, wie Erregung funktionierte? »Willst du es denn nicht?«

Der Ansturm der Begierde, den sie von ihm spürte, raubte ihr fast den Atem. Okay, er wollte es definitiv. Danica wusste, dass sie nervös sein sollte, weil ein massiver Außerirdischer sie so sehr wollte, wie er es tat, aber sie war es nicht. Mit ihm zusammen zu sein fühlte sich zu gut an, als dass sie sich um etwas anderes scheren könnte. Sie schloss ihre Augen und wölbte ihren Rücken, während das Verlangen durch sie hindurchströmte. Aber statt ihr die Kleider vom Leib zu reißen, was er definitiv wollte, spürte sie, wie er aufstand. Als sie ihre Augen öffnete, taumelte er aus dem Zelt, und der Stoff schlug hinter ihm zu. Sie stemmte sich auf ihre Ellbogen, um nach ihm zu rufen, aber er war weg.

Danica ließ sich auf die Stoffe fallen. *Was zum Teufel?*

KAPITEL ZWANZIG

K'alvek schritt vor dem Zelt auf und ab und seine Emotionen tobten. Sie begehrte ihn so sehr, wie er sie begehrte. Er konnte es an ihrem Geist und ihrem Körper spüren, selbst wenn ihre Worte für ihn ein einziges Durcheinander waren.

Warum hatte er sie dann weggestoßen?

Er stampfte einen nackten Fuß in den Sand und schickte einen Wirbel an Sandkörnern in die Luft. Zum einen wusste er, dass die Energieimpulse, die es ihm erleichterten, seine Beute zu bändigen, auch auf sie wirkten. Vielleicht nicht so sehr wie bei einer Sandschlange, aber er konnte nicht wissen, wie stark sie sich auswirkten. Er wollte glauben, dass ihr flatternder Puls und ihr beschleunigter Atem auf ihre Anziehung zu ihm zurückzuführen waren. Allein der Gedanke an die Geräusche, die sie von sich gegeben hatte, als sie ihn berührte, ließ seinen Schwanz pulsieren.

Auch wenn er es nicht zugeben wollte, wusste er, dass er sich mit ihr verband. Und so unmöglich es auch schien, es war die

Verbindung einer Geistesgefährtin. Wenn er sie beanspruchte, würde diese Verbindung für immer bestehen bleiben. Er wusste nicht, was das für sie bedeuten würde, da sie keine Dothvek war, aber er wusste, was es für ihn bedeuten würde. Er würde sich nur mit einer einzigen Frau verbinden. Wenn sie wieder wegging, würde mit ihr auch seine Chance auf eine Partnerin verschwinden.

Aber sie hatte ihren Wunsch von hier fortzugehen nie verheimlicht, erinnerte er sich. Ihr Ziel war es, seinen Planeten zu verlassen. Er hatte genug von ihren Gedanken gespürt, um zu wissen, was dieser SOS-Ruf bedeutete. Ein anderes Schiff würde kommen und sie und die Crew mitnehmen. Obwohl er wusste, dass sie eine Ablenkung war, die er weder brauchte noch wollte, löschte dieser Gedanke sein Verlangen augenblicklich aus. Er hatte ihre Entschlossenheit mitangesehen. Es war klar, dass sie nichts tun würde, was sie nicht tun wollte – einschließlich zu bleiben und seine Gefährtin zu sein – und er hatte nicht die Absicht, sie zu seiner lebenslangen Gefangenen zu machen, obwohl die Vorstellung, sie gefesselt zu sehen, mehr Blut in seine unteren Körperpartien fließen ließ. Er verdrängte diese Gedanken aus seinem Kopf.

K'alvek trottete zum Jebel-Gehege hinüber. Eines der Biester näherte sich ihm und suchte in seiner ausgestreckten Hand nach Nahrung. Er ließ es seine Hand mit der rauen Zunge ablecken, bevor er mit den Fingern durch das verfilzte Fell fuhr. Als der Jebel kein Futter fand, blökte er eine Beschwerde und trottete davon.

Danica hatte keine Ahnung davon, dass sein Volk aussterben würde, weil es nicht genug Frauen gab. Sie wusste nichts über die Energie, die die Dothveks zu so geschickten Jägern machte. Und sie hatte keine Ahnung von Geistesgefährten. Wie sollte sie auch? Alles in seiner Welt war ihr fremd. Er fragte sich wieder, wie ihre

Welt aussah, in der sie mit so zarter Haut und kleinem Körperbau überleben konnte. Bisher hatte er sie in Sicherheit bringen können, aber wie lange würde das noch funktionieren? Und wenn das Beschützen zu einem Ganztagsjob würde, wie würde er dann sein Bedürfnis nach Rache befriedigen?

Er ging zum Ufer des Sees und betrachtete die drei Monde, die sich in der ruhigen Oberfläche spiegelten, während er nach ihren Gedanken tastete. Verwirrung. Schmerz.

»Warum bist du hier?«

Er hörte Kushs Frage, bevor er fühlte, dass er hinter ihm auftauchte. K'alvek wollte seinen eigenen Konflikt nicht zugeben. Ein Dothvek-Krieger sollte immerzu stark und entschlossen sein.

Kush warf einen Kieselstein ins Wasser und kleine Wellen schwappten an der Wasseroberfläche bis hin zu K'alveks Zehen. »Denkst du, dass sie und ihre Leute dazu bestimmt sind, uns zu retten?«

Er starrte seinen Cousin an. »Wenn sie es sind, dann wissen sie es nicht.« K'alvek erwähnte nicht, wie sie auf seine Berührung reagierte, oder wie sehr sie ihrer Welt entfliehen wollte.

Kush nickte. »Ich habe gesehen, wie sie auf dich reagiert. Deine Verbindung zu ihr ist offensichtlich.«

K'alveks Magen verkrampfte sich. Es war offensichtlich, dass sie seine Geistesgefährtin war?

»Für mich jedenfalls«, stellte sein Cousin klar. »Du konntest mir noch nie etwas verheimlichen.«

Das war die Wahrheit. Kush kannte seinen Verstand besser als jeder andere. Abgesehen von Danica. »Ich weiß nicht, was ich tun soll.«

»Vielleicht wird sie bleiben. Vielleicht werden sie alle bleiben.« Sein Ausdruck war hoffnungsvoll. »Vielleicht haben sie alle ihre Fähigkeiten.«

K'alvek stieß ein ersticktes Lachen aus. Er konnte ehrlich zu seinem besten Freund sein. »Diese Frauen sind es gewohnt, Befehle zu erteilen, nicht Befehle entgegenzunehmen.« Er fegte mit einem Arm durch das Wasser. »Und sie stammen aus einer anderen Welt als dieser. Sie fliegen in einem Schiff zwischen den Sternen hin und her.«

Kush lachte. »Ich würde nichts anderes von einer Frau erwarten, die du gefunden hast.«

K'alvek schubste ihn, aber dann lachte er selbst, bevor er wieder ernst wurde. »Sie ist eine Komplikation, die ich nicht gebrauchen kann.«

Kush legte einen Arm um seine Schultern und begann, mit ihm durch das Lager zu wandern. »Vielleicht ist eine Komplikation genau das, was du brauchst. Du hast dich zu lange von Rache verzehren lassen.«

K'alvek presste seine Lippen zusammen. »Ich kann meine Rache nicht vergessen.«

»Nein?« Kush hielt vor einem hoch aufragenden Zelt inne, das weiß drapiert war, ging dann weg und ließ K'alvek allein vor dem verhüllten Eingang zurück.

Das Mondlicht schimmerte auf dem Stoff, sodass er zu leuchten schien, und K'alvek schluckte schwer. Er zögerte, bevor er den Stoff beiseiteschob und eintrat. Um ihn herum brannten Kerzen und das warme Licht warf Schatten an die Wände. Er atmete den süßen, reichhaltigen Duft von parfümierten Ölen und brennendem Talg ein.

»Ich dachte mir, dass du nach Antworten suchen würdest.« Seine Mutter saß auf einem Sessel mit einer hohen Lehne, über ihr ein Kronleuchter aus geschnitzten Knochen und Kerzen. »Setz dich.«

K'alvek ließ sich auf dem Boden ihr gegenüber nieder. Von Zatvar war keine Spur. Nicht, dass der Wüstling sich in ihrem privaten Zelt mit seinen sanften Düften und den Altären zu Ehren der Göttinnen wohlfühlen würde. Seine Mutter hatte immer ein Zelt gehabt, in dem sie zu den Göttinnen betete. Er erinnerte sich, dass die Hohepriesterin sie oft besucht hatte, als er noch ein Junge gewesen war.

Er hatte seinen Vater einmal gefragt, warum sie immer noch eine Priesterin hatten, wenn die Dothveks so viele Frauen an die Krankheit verloren hatten. Die Hohepriesterin nahm keinen Partner, und es schien K'alvek eine Verschwendung gewesen zu sein, auch nur ein Weibchen zu entbinden, wenn es nur noch so wenige waren. Sein Vater hatte erklärt, dass die Hohenpriesterin rein blieb, um die Weisheit der Göttinnen zu übermitteln. Sie war das notwendige Gegengewicht zu den Kriegerinstinkten seines Volkes.

»Die Welt ist nichts ohne Gleichgewicht«, hatte sein Vater ihm erklärt. »Die Cresteks haben sich von ihren Priesterinnen und ihrer Hingabe an die Weisheit der alten Göttin abgewandt. Sieh nur, was aus ihnen geworden ist.«

K'alvek hatte verstanden. Er wollte nicht wie ihre einstigen Brüder sein, die ihre Fähigkeit verloren hatten, die Emotionen anderer zu spüren und den Planeten nicht mehr verehrten. Anstatt in Harmonie mit ihrer Umgebung zu leben, hatten die Cresteks Gestein gebrochen und eine Stadt gebaut, die wie zackige, graue Zähne aus dem Land ragte. Mit medizinischen Experimenten hatten sie nach Unsterblichkeit gestrebt und dabei versehentlich eine Krankheit geschaffen, die ihre Frauen befallen hatte, bevor schließlich auch die Dothveks infiziert worden waren. Nun hatten beide Klans kaum noch Frauen, und alles wegen des Bedürfnisses der Cresteks nach Fortschritt, ihrem Wunsch nach mehr. Er hatte Gerüchte gehört, dass sie sich ihre Frauen teilten, obwohl er sich ein solches Arrangement nicht vorstellen konnte. Der Gedanke, Danica zu teilen, brachte sein Blut in Wallung.

Seine Mutter lachte leise und kehlig. »Das wird nicht dein Problem sein, mein Sohn«, lachte seine Mutter.

»Was weißt du?«, fragte er. »Ist es ihr Schicksal, unsere Leute zu retten?«

Sie betrachtete ihn und ihre grauen Augen erinnerten K'alvek an den Himmel, bevor der dunkle Sand über seine Oberfläche wirbelte. »Es steht mir nicht zu, das zu beantworten.«

K'alvek empfand einen Anflug von Verärgerung. Wenn sie sich nicht sicher war, wie konnte er es dann sein? Niemand betete mehr zu den Göttinnen als sie.

»Du kennst die Risiken.«, stellte sie fest. »Für dich selbst.«

K'alvek fühlte, wie Hitze seinen Hals hinaufstieg. »Ich habe sie nicht beansprucht.«

Seine Mutter zuckte halb mit den Schultern, als wäre seine Antwort irrelevant. »Wenn du es tust, wirst du mit ihr verbunden sein. Das geistige Band wird nicht brechen, selbst wenn sie geht.«

»Und was ist mit ihr?«

Sie atmete hörbar aus. »Ich weiß es nicht. Ein Außenweltler hat sich noch nie mit einem von uns verbunden. Unsere Geschichten erzählen von Besuchern aus anderen Welten, die hierhergekommen sind, aber niemals davon, dass sie sich mit uns verbunden haben. Besitzen ihre Leute mentale Fähigkeiten wie wir?«

K'alvek ruckte seinen Kopf hoch. »Das glaube ich nicht. Sie schien überrascht, als sie mich spüren konnte.«

»Dann vermute ich, dass die Verbindung für sie nicht bestehen bleibt.«

»Gut.« Er stieß den Atemzug aus, von dem er nicht gewusst hatte, dass er ihn angehalten hatte, erleichtert, dass er ihr nicht wehtun konnte. »Sie will gehen. Es ist das Beste, wenn ich ihr dabei helfe. Es ist nicht mein Schicksal, mir eine Gefährtin zu nehmen. Ich habe eine andere Bestimmung.«

Sie nickte. »Und nachdem du deine Rache bekommen hast, mein Sohn?«

Nur Kush wusste von seinem Plan, und er war sich sicher, dass sein Cousin ihn nicht verraten würde. Er hatte hart gearbeitet, um seine Gedanken und Absichten zu verbergen.

»Niemand hat es mir gesagt«, antwortete sie auf die Frage, die er nicht gestellt hatte. »Ich kann das Bedürfnis in dir spüren, auch wenn du es verbirgst.«

Er sah weg und fühlte, wie sein Atem in seiner Brust stockte. »Es ist eine Ehre, meinen Vater zu rächen.«

»Es gibt viele Wege, deinen Vater zu ehren. Nichts davon wird ihn dir zurückbringen.« Sie lehnte sich näher heran und die Schatten hüpften über ihr Gesicht. »Er war ein großer Dothvek, der seinen Sohn geliebt hat, so wie ich. Frage dich selbst, was er für dich wollen würde.«

»Das würde er nicht wollen.« Sein Blick huschte zu den Gewändern, die ihre Rolle als Gefährtin des Klanführers signalisierten.

Sie zuckte zusammen. »Er würde mein Opfer verstehen.«

K'alveks Augen brannten. Es war das Opfer, das sie gebracht hatte, um ihn zu beschützen.

»Verschwende nicht, was dir gegeben wurde«, flüsterte sie. »Dein Vater und ich wussten, dass du größer sein würdest als jeder andere von uns.«

Er blinzelte ihr zu, erschrocken über ihre Offenbarung. Er hatte in seinem Verstand sehr wenig Platz gehabt, um darüber nachzudenken, was sein Vater sich für sein Leben ausgemalt haben könnte. Wäre er noch am Leben gewesen, hätte sein Vater ihm seine Vorstellungen von Größe mitteilen können, doch ihre gemeinsame Zeit war verkürzt worden. Durch die Cresteks. K'alvek riss seinen Kopf hoch und machte ein schnalzendes Geräusch mit seiner Zunge. »Ich kenne mein Schicksal.«

Sie lehnte sich zurück und schenkte ihm ein wehmütiges Lächeln. »Ich hoffe du hast recht. Um unser aller willen.«

Er stolperte aus dem Zelt, dankbar, die kühle Luft wieder einatmen zu können. Als er sich auf den Weg zurück zu seinem eigenen Zelt machte, spürte er, wie die Emotionen der Frau durch ihn pulsierten. Begierde. Verlangen.

Er ballte seine Hände zu Fäusten und sein Herz setzte einen Schlag aus, als ihm die Erkenntnis dämmerte. Sie fühlte diese Dinge, wenn er sie nicht berührte. Wenn seine Energie die ihre nicht veränderte. Sie wollte ihn wirklich. Ihr unerschütterliches Verlangen entfachte seine Leidenschaft und sein Herz hämmerte gegen seine Rippen.

K'alvek erreichte den Eingang seines Zeltes und dachte über das nach, was seine Mutter gesagt hatte, über das Risiko für sich selbst. Er hatte nie nach einer Gefährtin gesucht, also würde ihre Abreise für ihn nichts bedeuten. Je schneller er ihr dabei half, den Planeten zu verlassen, desto eher konnte er sich wieder seinen

Plänen widmen. Warum sollte er ihr in der Zwischenzeit verweigern, was sie sich wünschte? Warum sollte er sich ein Vergnügen verweigern, von dem er wusste, dass es unvergesslich sein würde?

KAPITEL EINUNDZWANZIG

Danica fühlte den Windstoß kühler Luft, als sich das Zelt öffnete, und dann das Gewicht seines Körpers, der sich auf den Stoffen neben ihr niederließ, ohne sie zu berühren.

Sie war immer noch verärgert darüber, dass er sie verlassen hatte, also hielt sie ihre Augen geschlossen und tat so, als würde sie schlafen. Sie konnte seine Reue spüren, bevor er sprach. »Es tut mir leid, dass ich gegangen bin.«

Mist. Er wusste, dass sie wach war. Natürlich wusste er, dass sie wach war.

Sie drehte sich zu ihm um. Es gab kein Licht im Zelt, aber das Glühen der drei Monde schimmerte durch die Spalten, sodass sie die Umrisse seines gewaltigen Körpers sehen konnte, als er sich zu ihr umwandte.

Ihr Zorn ließ nach. »Warum bist du so unentschlossen?«

Er kniff verwirrt seine Augenbrauen zusammen.

Sie lachte ein wenig, als sie sich hochstemmte und sich in einen Schneidersitz setzte. »Ich meine, warum bespringst du mich in der einen Minute und gehst dann in der nächsten weg?«

»Ich will dich nicht verletzen.«

»Ja, das verstehe ich, aber ich leite meine eigene Crew, und ich bin es gewohnt, auf mich selbst aufzupassen. Ich bin ein großes Mädchen, Kumpel, und du brauchst dir um mich keine Sorgen zu machen.«

Er neigte seinen Kopf. »Nicht groß. Klein.«

»Für dich vielleicht.« Danica erinnerte sich, dass er ihre Ausdrucksweise nicht verstand. »Was ich meine ist, dass ich es gewohnt bin, auf mich selbst aufzupassen. Seit ich sechzehn bin, bin ich auf mich allein gestellt. Ich bin der Captain eines Raumschiffs.«

Er nickte, aber sie bezweifelte, dass er ihre Worte verstand. Zumindest nicht den Teil, in dem sie ihm vermitteln wollte, dass sie ein Raumschiff befehligte. Nach allem, was sie gesehen hatte, hatten seine Leute weder Raumschiffe noch sonst irgendwelche modernen Technologien. Sie versuchte, nicht genervt zu sein, aber sie mochte es nicht, sich wie eine zarte Blume zu fühlen. Auch wenn sie sich auf diesem Planeten eindeutig zerbrechlicher fühlte.

»Wo ich herkomme, bin ich nicht klein oder schwach. Ich bin mutig und knallhart. Und du solltest meine Freundin Tori kennenlernen.«

Das Wort »knallhart« schien ihn zu verwirren, aber seine Augen funkelten vor Erkenntnis, als sie den Namen ihrer Freundin erwähnte. »Du willst Tori finden.«

Danica grinste, glücklich, dass er sie zumindest soweit verstanden hatte. Sie war dankbar, dass die Dothveks zugestimmt hatten, ihre Crew zu retten, und wusste, dass sie es K'alvek zu verdanken hatte. Sie würde gern so tun, als würde sie nicht verstehen, warum er ihr so dringend helfen wollte, aber es wäre absurd, ihre Verbindung zu ignorieren. Sie hatte schon einmal Lust auf jemand anderen verspürt, und sich sogar einmal für eine kurze Woche selbst davon überzeugt, dass sie verliebt war. Aber das hier war etwas anderes.

Sie betrachtete ihn im schattigen Licht. Durch seine breite Brust und die starken Arme fühlte sie sich sicher statt ängstlich und wünschte sich für einen Moment, dass sie diesen seltsamen Sandplaneten nicht so schnell wie möglich verlassen müsste. Obwohl sie ihn kaum kannte, wusste sie bereits, dass sie ihn vermissen würde.

»Du wirst gehen«, sagte er.

»Solange ihr hier keine Arbeit für Kopfgeldjäger habt, gibt es für uns keinen Grund zu bleiben.« Sie fühlte sich in dem Moment schuldig, als die Worte ihre Lippen verließen und legte eine Hand auf seinen Arm. »Nicht, dass du nicht großartig warst. Ich weiß deine ganze Hilfe wirklich zu schätzen.«

Er machte ein leises Geräusch in seiner Kehle und es sandte eine Gänsehaut über ihre Wirbelsäule, obwohl sie fühlen konnte, wie sich seine Wärme in ihrem Körper ausbreitete. Er versuchte, seinen Arm wegzuziehen, aber sie hielt ihn fest.

»Diesmal lasse ich dich nicht so leicht entkommen, mein Großer.« Ihre Stimme klang seltsam hoch in ihren eigenen Ohren.

Er streckte den Arm aus und strich mit einem Finger über ihre Gesichtshälfte, seine Berührung war federleicht.

Für einen riesigen Barbaren konnte er überraschend sanft sein. Sie hatte noch nie zuvor eine so starke Anziehungskraft zu jemandem verspürt, und es war ihr egal, dass er kein Mensch war, oder sie ihn noch nicht lange kannte.

Ihr Puls beschleunigte sich und Hitze durchströmte sie, als er die Linien ihres Halses nachzeichnete. Ihre Brustwarzen verhärteten sich, als seine Hand den Bereich zwischen ihren Brüsten erreichte.

Sie nahm seine Hand und drückte sie an ihre Brust, sodass seine Handfläche ihre Brust umschloss. Er atmete scharf ein, und sie fühlte sein Zögern. »Willst du mich nicht?«, fragte sie.

»Ich sollte nicht.«

»Das ist nicht das, was ich gefragt habe.« Danica fühlte sich durch seine Berührung ein wenig benommen. Sie hatte nicht die Absicht, sich in ihn zu verlieben, aber sie war es leid, immer auf der Hut zu sein. Ihr inneres Warnsystem, das ihr Vater ihr so konsequent eingeimpft hatte, schien ihr zu entgleiten. Sie würde den Planeten bald verlassen, aber es gab keinen Grund, ihren Aufenthalt hier nicht zu genießen. Nicht, wenn er so groß und hinreißend und, na ja, groß war. »Warum lässt du mich das nicht entscheiden?«

Sie beugte sich vor und küsste ihn, wobei ihre Lippen kaum an seinen streiften. Als sie sich zurückzog, fühlte es sich an, als würden sie vibrieren. Sie berührte ihren Mund mit einem Finger, während er seine Hand von ihrer Brust zurückzog. Auch wenn sie sich nicht berührten, konnte sie fühlen, wie sein Verlangen durch sie pulsierte.

»Du bist sicher?«

Danica konnte sich nicht davon abhalten, mit den Augen zu rollen. »Muss ich etwas unterschreiben, um es offiziell zu machen? Oh, ich habe ein Verhütungsimplantat, also brauchst du dir darüber auch keine Sorgen zu machen.« Sie fuhr mit der

Zunge entlang ihrer Unterlippe. »Ja, ich will es.«

Sein Atem wurde schneller. Mit einem leisen Knurren fegte er mit beiden Händen unter sie und hob sie hoch, um sie zu sich heranzuziehen und ihre Beine um seine Taille zu schlingen, sodass ihre Körper beinahe ineinander verschlungen waren. Danica hielt sich an seinem Rücken fest, fuhr mit ihren Händen über die knöchernen Rillen und ertastete ihre scharfen Kanten.

»Ja?«, fragte er und sie fühlte, wie die Zurückhaltung gegen sein Verlangen ankämpfte.

Danica zögerte einen Moment lang, selbst während ihr Körper nach ihm schrie. Sie würde abreisen, erinnerte sie sich, als ihre Atemzüge in einem flachen Keuchen herauskamen. Sonst würde sie sich nie auf einen Typen einlassen, der dachte, dass man einen Streit am besten beendete, indem man sie sich über seine Schulter warf. Der Gedanke daran, wie leicht er sie über seinen muskulösen Rücken geworfen hatte, ließ sie ihre Fingernägel in seine Haut graben.

»Ja«, erwiderte sie und schob damit jede verbliebene Unsicherheit beiseite.

Danica wölbte ihren Rücken, sodass ihre Brustwarzen seine Brust streiften. Er hob sie an und senkte seinen Kopf, um ihre Brüste durch ihr Hemd liebkosen zu können. Sie schob ihn für einen Moment weg, zog ihr Oberteil über ihren Kopf und ließ es auf den Boden fallen. Die kühle Luft traf auf ihre Haut und ihre Brüste wurden straffer und sehnten sich nach seiner Berührung.

Ein tiefes Grollen rumpelte in seiner Brust, als er eine ihrer harten Brustwarzen in seinen Mund nahm und zu saugen begann. Sie keuchte, als seine Zunge sie sanft streichelte, bevor er zu der anderen Brustwarze überging und sie mit seiner Zunge neckte, während er die andere mit seinem Finger umkreiste. Danica hörte ihr eigenes Knurren aus ihrer Kehle entweichen.

Er ließ sie wieder auf die Decken fallen, und der Sand verschob sich unter ihnen, als er ihr mit einem schnellen Ruck die Hose auszog. Er beugte sich über sie und sein langer geflochtener Pferdeschwanz fiel über seine Schulter, während er sich an ihrem Körper entlang leckte. Als er ihr Höschen erreichte, riss er es ihr vom Leib.

Sie quiekte überrascht auf, dann wieder, als er nach oben griff und ihre Arme über ihrem Kopf festhielt. Sie versuchte, ihre Arme zu befreien, aber er hielt sie mit einer großen Hand beisammen.

»Was machst du da?« Ihr Herz raste. Sie wünschte, es wäre aus Empörung, aber das war es nicht. Von ihm festgehalten zu werden, ließ eine sengende Hitze zwischen ihren Beinen pochen.

»Du sagtest, du willst mich.«

Sie wand sich in seinem Griff. »Ja, aber ...«

Er senkte den Kopf und saugte an einer Brustwarze, dann zerrte er sanft daran. »So beanspruchen die Dothveks eine Gefährtin.«

Sie wollte ihn daran erinnern, dass sie kein Gefährten-Material war und dass sie nicht die Art von Frau war, die man für sich beanspruchen konnte, doch die Hitze seines Mundes machte es ihr schwer, einen klaren Gedanken zu fassen. Ihr Bedürfnis nach ihm überspülte sie mit einer Intensität, die sie aufkeuchen ließ. Es war ihr egal, wie primitiv es war, sie wollte, dass dieser außerirdische Barbar sie für sich beanspruchte.

Sein Griff um ihre Handgelenke wurde fester, als er sich von ihren Brüsten entfernte, seinen Mund auf ihren drückte und ihre Lippen mit einem dominanten Schwung seiner Zunge teilte. Durch den Druck seines Kusses sank ihr Kopf tiefer in den Sand unter ihr und seine Zunge liebkoste die ihre. Als er sich zurückzog, rang sie nach Luft.

»So klein«, murmelte er, während er mit seiner freien Hand eine Seite ihres Körpers hinunterglitt und ihr elektrische Empfindungen über das Rückgrat rasten. Ihr Herz hämmerte in ihrer Brust, während sie zusah, wie sein Blick sie verschlang. Als er ihre Hüfte erreichte, strich er mit seinem Daumen über den dünnen Streifen Haar. Sie erschauderte.

Er blickte auf und sah ihr in die Augen, als er ihre Beine auseinander schob und einen Finger durch ihre Spalte schob.

Das Gefühl seiner Berührung ließ sie aufstöhnen und seine Pupillen erweiterten sich. Als er einen dicken Finger in sie drückte, versuchte sie, ihre Arme zu befreien. »Bitte.«

»Was bitte?«, fragte er, schob einen zweiten Finger in sie hinein und brachte sie zum Keuchen. »Du willst das.«

Verdammte Gedankenverbindung. Sie wollte es wirklich. Ihr ganzer Körper summte, als seine Finger in sie hinein- und wieder herausfuhren und sie konnte nichts anderes tun, als schwach zu zappeln. Sie war eine mächtige Frau. Sie sollte nicht wollen, dass er sie derart dominierte, aber die Feuchtigkeit zwischen ihren Schenkeln sagte etwas anderes.

»Lass mich los«, flehte sie.

Er lockerte seinen Griff um ihre Hände. »Nur wenn du sie nicht bewegst.«

Sie wimmerte ihr Einverständnis und er senkte den Kopf. Als er seine Zunge über ihre Klitoris zog, stöhnte sie. Sie spürte seine Neugierde und dann sein Begehren, als er sie langsam umkreiste. Danica buckelte gegen ihn, ließ ihre Arme jedoch nicht sinken. Er bewegte seine Finger schneller, schnippte mit seiner Zunge über ihre empfindliche Klitoris und reagierte auf ihre Geräusche der Ergebung.

Er saugte weiter an ihr, während er seine Finger tiefer in sie hineinschob. Sie bewegte ihre Hüften in seinem Rhythmus und war kaum noch in der Lage, sich zurückzuhalten. Er sagte nichts, doch sie fühlte seine Lust durch ihren eigenen Körper strömen. Er würde ihr nicht erlauben, ihn zu berühren, bis sie gekommen war.

Der Gedanke ließ Danicas Augen in ihren Schädel zurückrollen. Sie schlang ihre Beine um seinen Rücken und öffnete sie damit noch weiter. Sein Knurren vibrierte von seinen Lippen und über ihre Haut. Es war zu viel. Sie stieß einen Schrei aus, als die Ekstase über sie hereinbrach und ihr Körper bebte, während die Wellen der Lust auf sie einschlugen.

Er lehnte sich zurück, zog seine Hose aus und sein massiver Schwanz erhob sich. Sogar in dem schwachen Licht konnte sie erkennen, dass sie recht gehabt hatte. Er hatte eine Reihe von kreisförmigen Rillen über die gesamte Länge des Schwanzes. Die goldene Haut der Eichel war etwas dunkler als der Schaft, und sie wusste, ohne ihn zu berühren, dass die Haut genauso samtig wie der Rest seines Körpers sein würde, und genauso hart. Sie musste sich daran erinnern zu atmen, während sie ihn anstarrte. Noch nie hatte sie einen so langen, dicken Schwanz gesehen, und alles, woran sie denken konnte, war, wie sehr sie diese Rillen in sich fühlen wollte.

Sie konnte sehen, dass er sich an ihrer Reaktion erfreute, als er noch mehr anschwoll. Außerirdische Typen unterschieden sich in dieser Hinsicht nicht allzu sehr von menschlichen Männern, dachte sie.

Sie zerrte ihren Blick von seinem Schwanz hinauf zu den Rillen seiner Bauchmuskeln und dann zu seiner gemeißelten Brust. Seine Schultern waren angespannt und die Adern an seinem Nacken pulsierten. Als sie seinem Blick begegnete, brannten seine Augen wild und gefährlich. Danicas Magen machte einen

Salto. Wenn sie auch nur einen Funken Verstand hätte, wäre sie entsetzt gewesen.

Er rutschte ein wenig nach unten und führte seinen pulsierenden Schwanz zwischen ihre Beine. »Sag es mir.«

Sie zögerte und ihr Mund war trocken.

Sein Blick huschte zu den Armen, die noch immer über ihrem Kopf lagen. »Muss ich dich wieder festhalten?«

Sie schluckte schwer und ihr Herz hämmerte so laut, dass das ganze Dorf es hören würde. »Dir was sagen …?«

Er drückte sich gerade so tief in sie hinein, dass nur seine Spitze in ihr war, doch sie keuchte trotzdem. Selbst das fühlte sich unmöglich groß an.

Seine Augen flackerten dunkel und besitzergreifend. »Sag mir, dass du mir gehörst.«

Danica ahnte, dass dies der Punkt war, an dem der barbarische Teil von ihm wirklich zum Vorschein kommen würde, obwohl es ihr offensichtlich nichts ausmachte, wenn man bedachte, wie feucht sie war.

»Ich gehöre dir.« Sie umklammerte seinen Rücken und zog ihn verzweifelt zu sich heran, wölbte ihren Rücken und spreizte ihre Beine noch weiter. Sie fühlte, wie seine Entschlossenheit bröckelte, also griff sie nach unten und fuhr mit den Fingerspitzen an seiner Länge und den Ringen um seinen Schwanz entlang. Sie hatte recht gehabt. Hart, aber samtweich. Sie schlang ihre Hand um den Schaft und drückte zu.

Seine Zurückhaltung gab nach und er drückte sich in sie hinein, bewegte sich langsam und ließ Danica jeden geriffelten Ring spüren, als er in sie eindrang. Das Gefühl von hartem, unebenem Fleisch sandte Erschütterungen durch ihren Körper, selbst als er sie so weit dehnte, dass sie schrie. Er erstickte ihre Schreie mit seinem Mund und küsste sie innig, während er in ihr verharrte, bis das Unbehagen verblasste.

Das gleiche Gefühl der Zufriedenheit, das sie durch die Berührung seiner Hände empfand, schwirrte nun durch ihren ganzen Körper. Noch nie hatte sie eine so vollkommene Euphorie gespürt, und sie wollte mehr. Sie schlang ihre Beine um ihn, damit sie ihn ganz in sich aufnehmen konnte.

»Eng.« Er blickte auf sie herab, strich dann mit seinen vollen Lippen über ihre, bevor er wieder in sie eintauchte. Er wölbte seinen Rücken, und als er noch einmal in sie hineinstieß, rieben die Rillen an seinem Bauch über ihre geschwollene Klitoris. Dazu waren sie also gut, dachte sie.

Sie krallte sich an seinen steinharten Brustmuskeln fest, während ihre Hüften sich gegen ihn pressten, und seine Rillen sowohl in ihr als auch außerhalb Erschütterungen der Lust durch sie hindurch sandten.

»K'alvek«, keuchte sie und die Empfindungen waren fast zu viel.

»Danica«, antwortete er, aber es war die Art und Weise, wie er es sagte – kraftvoll und dominant – die sie vor Verlangen fast wimmern ließ.

Er richtete sich auf, setzte sich zurück auf seine Knie und hielt ihre Hüften fest, während er mit seinem Schwanz tief in sie eindrang. Er blickte hinunter zu der Stelle, wo ihre Körper sich vereinigten, und umkreiste ihre Klitoris mit einem Daumen. »Mein.«

Sie fühlte, wie sich ihre Erlösung erneut aufbaute, und der Strom ihrer glühenden Lust ließ ihren ganzen Körper verkrampfen. Als sie sich um ihn herum zusammenzog, ließ K'alvek ein Brüllen los und hämmerte in sie hinein, bevor er sich mit einem letzten, heftigen Stoß in ihr ergoss.

Keuchend erschlaffte Danica auf den Stoffen. K'alvek sank neben ihr zu Boden und der Sand verlagerte sich unter seinem Gewicht. Sein Atem kam stoßweise und sie konnte sein Glück spüren. Und noch etwas anderes. Angst?

Wovor könnte jemand so Ungestümes wie er Angst haben? Sie drehte sich auf die Seite und legte eine Hand auf seine Brust, um das heftige Auf und Ab zu spüren.

Er zog sie zu sich, sodass sie halb auf ihm lag und sein Herz raste, als sie ihre Wange auf einen seiner harten Brustmuskeln legte. Mit einem Finger fuhr sie um seine Brustwarze und er grummelte. Lachend ließ sie ihre Finger hinunter zu den Rillen unter seinem Bauch wandern.

»Jetzt ergeben diese hier einen Sinn.« Sie berührte sie und stellte fest, dass sie mit ihren Säften feucht waren. »Sehr beeindruckend.«

Wem wollte sie etwas vormachen? Es war alles beeindruckend.

Er legte einen Finger unter ihr Kinn und hob ihr Gesicht an, damit er sie küssen konnte. Obwohl seine Küsse weich waren, lösten sie ein Beben aus, das ihre Wirbelsäule hinunterlief und ihre Brustwarzen zum Kribbeln brachte.

»Wir sollten besser etwas schlafen, wenn die Rettungstruppe morgen früh aufbricht.« Sie umschlang eines ihrer Beine mit seinem, als er einen schweren Stoff über sie zog.

Sie war so glückselig, dass sie nicht daran dachte, ihn nach der ganzen Sache mit der Beanspruchung zu fragen. Wahrscheinlich hatte er es in der Hitze des Gefechts gesagt, denn sie war keine gute Kandidatin für irgendeine Form von Beanspruchung. Nicht, wenn sie sich mit dem ersten Rettungsschiff aus dem Staub machen würde. Oder besser gesagt aus dem Sand.

KAPITEL ZWEIUNDZWANZIG

Tori blickte auf die flachen Deckenpaneele hinunter, die Caro an ihren Schuhen befestigt hatte. Sie sahen lächerlich aus, aber sie wusste, dass sie es einfacher machen würden, die Dünen auf und ab zu laufen. »Schon wieder einer deiner Tricks aus dem Widerstand?«

Caro grinste, während sie ihre eigenen provisorischen Schuhe anpasste. »Nein. Einer meiner Kopfgeldjäger-Tricks. Ich habe mir das gerade erst ausgedacht. Wie Schneeschuhe, aber für Sand.«

Tori hatte noch nie Schnee gesehen, aber sie verstand, was damit gemeint war. »Wenigstens haben sie keine scharfen Kanten wie der Teil des Schiffsrumpfs, den wir letztes Mal als Schlitten benutzt haben.

Caro kräuselte ihre Nase. »Ja, ich bin überrascht, dass du dir dabei nur in die Schulter geschnitten hast.«

Tori hob ihren verletzten Arm, als sie den Rucksack auf ihrem Rücken verstellte und fühlte einen dumpfen Schmerz. Wenigstens war der stechende Schmerz weg. Sie würde in naher

Zukunft keinen Nahkampf gewinnen können, aber sie hatte immer noch eine gewisse Bewegungsfreiheit. Sie fühlte die Kühle der zwei stählernen Wasserflaschen in ihrem Rucksack, als sie gegen ihren Rücken drückten, und ihr lief das Wasser im Mund zusammen.

»Vielleicht sollten wir alle gehen«, sagte Holly. »So könnten wir einen größeren Bereich abdecken.«

Tori drehte sich von dort aus um, wo sie an der Tür der Brücke stand und ihr Kettengürtel klimperte. »Du weißt, dass wir dich hier brauchen, um die Computersysteme zum Laufen zu bringen. Bexli und Pog werden einen großen Bereich abdecken können.«

»Vor allem als Sanddrachen«, sagte Bexli, rieb eine Hand über Pogs flauschigen Kopf und grinste.

Holly zuckte zusammen, als sie ihre Armschlinge verstellte. »Gibt es so etwas überhaupt?« Sie erschauderte, als Bexli lachte. »Ich hasse den Gedanken, dass ihr in die Wüste gehen müsst, während wir hier in der gemütlichen Kühle bleiben können.«

Max räusperte sich. »Es wird nicht mehr lange kühl bleiben, wenn wir die Computer nicht reparieren.«

»Siehst du?« Caro deutete mit der Hand in Max' Richtung. »Die Professorin hat recht. Was ihr tut, ist wichtiger. Es ist die einzige Chance, die wir haben, um von diesem riesigen Sandkasten wegzukommen.«

Tori stampfte die paar Schritte hinüber zu der Stelle, an der Holly vor einer Konsole saß und legte eine Hand auf ihre Schulter. »Wie wäre es damit? Du schickst eine SOS-Nachricht raus, damit wir gerettet werden, und ich muss nie wieder in meinem ganzen Leben Sand sehen. Dann sind wir quitt.«

Holly schenkte Tori eines der Augenzwinkern, das sie sich normalerweise für interessierte Männer aufhob. »Abgemacht.«

»Öffne die Tür«, rief Caro und die Brückentür glitt auf, sodass das Schiff von warmer Luft erfüllt wurde.

Obwohl es noch früh war und die beiden Sonnen kaum über die Dünen angestiegen waren, hatte sich die eiskalte Nachtluft bereits verflüchtigt. Jedoch war es immer noch so still, wie es in der Nacht gewesen war, und Toris Schritte auf dem Metallboden waren die einzigen Geräusche, die sie hörte, als sie Caro nach draußen folgte.

Beide Frauen ließen sich mit den Deckenplatten an ihren Füßen voran in den Sand fallen, damit sie nicht in dem Pulver versanken. Bexli und Pog kamen nach und verwandelten sich in riesige, schimmernde, grüne Echsen. Sie hatten breite Füße mit etwas, das wie Schwimmhäute aussah, sodass der Sand ihre Beine nicht umhüllen konnte.

Tori beobachtete, wie sie davonhuschten und über den glitzernden Sand zu den Felsen flitzten, während sie und Caro die Wüste abdeckten. Sie blickte wieder zum Schiff hoch und sah Holly und Max, die sich durch die Öffnung herauslehnten. Sie zeigte ihnen einen Daumen nach oben. »Mach es zu.«

Beide Frauen nickten kurz, bevor die Tür zuglitt und Tori sich zu Caro umdrehte.

»Es funktioniert«, sagte Caro, während sie die provisorischen Schuhe begutachtete und sichtlich zufrieden mit ihrer Erfindung war.

Tori hob ein Bein hoch und ging vorwärts. Es war sicher besser als auf einem Metall-Surfbrett zu paddeln. Sie richtete das weiße T-Shirt, das sie zu einem Kopftuch geformt hatte, über ihrem Kopf aus und kontrollierte den Stand der Sonnen. Mit einem Arm deutete sie auf die offene Wüste und sagte: »Hier entlang.«

Die beiden liefen schweigend mehrere Dünen auf und ab, während ihnen der Schweiß übers Gesicht lief, bis Tori oben auf einer der Dünen innehielt. »Da ist es.«

Das schimmernde Stück Rumpf lag im Tal zwischen mehreren hohen Sandgipfeln. Die beiden Frauen rutschten auf ihren breiten Schuhen den Hügel hinunter und blieben stehen, als sie das Stück Metall erreichten.

Caro berührte den gezackten Rand vorsichtig mit einem Finger. »Ist das getrocknetes Blut?«

Tori beugte sich vor, um die dunkle Substanz zu begutachten, die auf einer Seite verspritzt war und runzelte die Stirn. Da war mehr Blut als ihr kleiner Schnitt verursacht haben konnte. »Sieht so aus. Danica hat sich vielleicht auch geschnitten.«

Caro suchte die Gegend um sie herum ab. »Ich sehe kein Blut mehr, also muss sie nicht lange hier geblieben sein.«

Tori verschob das abgerissene Rumpffragment und suchte darunter nach weiteren Spuren ihrer Freundin. Nichts.

Caro zog eine Wasserflasche aus ihrem Rucksack und nahm einen langen Schluck, dann bot sie sie Tori an. »Also haben wir herausgefunden, dass sie nicht hiergeblieben und erfroren oder an einem Hitzeschlag gestorben ist. Das ist eine gute Sache.«

Tori sagte nichts und nahm das lauwarme Wasser dankbar an. Nur weil sie Danicas Leiche hier nicht gefunden hatten, bedeutete das noch lange nicht, dass sie fast vierundzwanzig Stunden allein in der Wüste überlebt hatte. Und sie hatte noch immer nicht herausgefunden, warum ihr Captain sie hier zurückgelassen hatte. Sie hatte lange genug mit Danica zusammengearbeitet, um zu wissen, dass sie kein Mitglied ihrer Crew zurücklassen würde. Aber allem Anschein nach war genau das geschehen.

Danica war verschwunden und hatte Tori allein und verletzt zurückgelassen. Nun wusste Tori, dass auch Danica verwundet worden war. Sie weigerte sich, allzu lange über die Gründe für Danicas Verschwinden nachzudenken – wilde Tiere, Treibsand, blutrünstige Aliens. Keines dieser Szenarien war erfreulich.

»Ich denke, wir sollten uns auf den Weg zu Bexli und Pog bei den Felsen machen. Wenn Danica nicht hier draußen ist, muss sie dorthin gegangen sein.« Caro begann in Richtung der Berge zu laufen. »Wie wär's mit einem Wettrennen?«

Tori gestattete sich ein Lachen, denn mit diesen Deckenplatten war es kaum möglich, sich schnell fortzubewegen. »Kein Wunder, dass dieser Planet unbewohnt aussieht. Wer könnte hier draußen überleben, wenn es nichts als Sand und Felsen gibt?«

»Wir wissen nicht, ob er unbewohnt ist. Die Luft mag dünner sein, als wir es gewohnt sind, es gibt offensichtlich Sauerstoff. Zumindest ist der Planet nicht gefroren, wie der, auf dem wir diesen einen wirklich hartnäckigen Kerl gefangen haben.«

Tori erinnerte sich an den Eisplaneten, auf dem sie einen gesuchten Kriminellen mit einem saftigen Kopfgeld aufgespürt hatten. Die Kälte schien damals unerträglich gewesen zu sein, aber als die trockene Hitze mit jedem Atemzug in ihrer Kehle brannte, dachte sie, dass es vielleicht gar nicht so schlimm gewesen war. »Ornery? Das ist eine nette Art, es auszudrücken. Schließlich hat er bei dir nicht versucht, dir den Kopf wegzupusten. Bei mir schon.«

»Deshalb bekommst du ja so viel Kohle«, scherzte Caro.

Tori schüttelte den Kopf über Caros Witz. Eines der ungewöhnlichsten Merkmale an Danicas Kopfgeldjäger-Crew – abgesehen davon, dass sie nur aus Frauen bestand – war, dass sie alle Gewinne gleichmäßig verteilten. Nachdem sie das, was sie für die Vorräte und den Treibstoff des Schiffes benötigten, herausgenommen hatten, wurden ihre Kopfgelder in fünf Anteile aufgeteilt. Nicht einmal Danica nahm einen größeren Anteil als der Rest von ihnen. Sie waren alle gleichberechtigt, hatte sie gesagt, und jeder von ihnen war entscheidend für das Überleben der Gruppe. Tori schob die Gedanken an Danica aus ihrem Kopf und blickte zu den Bergen auf.

Sie waren schneller als sie es gestern gewesen war, und schon bald ragte die Felswand vor ihnen empor. Der raue Stein hatte fast die gleiche Farbe wie der Sand und schimmerte unter der unerbittlichen Sonne. Tori fragte sich, was für Mineralien in den Felsen steckten und was ihre gefangengenommene Mineralienexpertin davon halten würde.

Caro zog sich auf eine niedrige Kante hinauf und begann, ihre selbstgemachten Sandschuhe auszuziehen. »Ich hätte nie gedacht, dass ich jemals so glücklich sein würde, auf einem Felsen laufen zu können.«

Tori schob die flachen Platten von ihren Füßen und hielt inne, als sie sich bückte, um sie aufzuheben. Dunkle Kleckse führten vom Rand des Felsens in eine Spalte vor ihnen. Tori befeuchtete ihren Finger mit ihrer Zunge und tupfte ihn dann auf einen der fast schwarzen Flecken. Sie legte ihren Finger auf die Zunge und wusste durch den metallischen Geschmack sofort, dass es Blut war. Sie spuckte es aus.

Caro machte große Augen. »Was ist das?«

»Ich glaube, wir haben Danicas Spur gefunden.«

KAPITEL DREIUNDZWANZIG

K'alvek fühlte, wie Danica sich ein wenig von ihm wegrollte und wickelte seinen Körper um ihren, wobei er einen Arm um ihre Taille schlang und eine ihrer Brüste mit seiner Hand umschloss. Die ersten weichen Sonnenstrahlen erwärmten den Himmel, strömten in das Zelt und warfen einen rosa Schein um sie herum. Er schmiegte seinen Kopf in ihre dichte Haarmähne und atmete ihren süßen Duft ein. Nie zuvor war er so erfüllt gewesen, wie mit ihr an seiner Seite.

Er zog sie näher heran. Ihre Verbindung war so stark, dass er nun fast ihre Träume in seinem eigenen Kopf sehen konnte. Er schloss seine Augen und tauchte in ihren Geist ein, wo eine Reihe von erotischen Bildern herumschwirrten. Er hatte nicht erwartet, dass es so euphorisierend sein würde, eine Geistesgefährtin zu haben. Die Empfindungen, die seinen Körper durchfluteten, gaben ihm das Gefühl, von Wärme und Licht umhüllt zu sein. Sein Schwanz wurde steif, als die Bilder in ihrem Geist sich in seinen integrierten, und er erkannte, dass sie davon träumte, ihn zu berühren.

Sanft begann er, ihre Brustwarze mit der Fingerspitze zu streicheln, und das Fleisch verhärtete sich unter seiner Berührung. Er küsste ihren Hals, während sie im Schlaf stöhnte und sich mit ihrem runden Hintern an ihm rieb.

Er versuchte, nicht wieder in ihren Kopf einzudringen, aber die Bilder, die ihr durch den Kopf schossen, machten es fast unmöglich. K'alvek schlang seine Arme enger um sie, glitt mit einer Hand zwischen ihre Beine und teilte ihre Spalte mit seinen Fingern. Er erinnerte sich an ihren köstlichen Geschmack und sein Schwanz pochte.

Er tauchte seine Finger in ihre feuchte Öffnung und bewegte sie zu der kleinen Erhebung, die sie so wild zu machen schien, und begann mit seinem Finger darüber zu kreisen. Ihr Atem wurde schneller und sie wimmerte, als er einen Finger in sie schob und seine Hand so verlagerte, dass sein Daumen weiter über ihre pulsierende Erhebung kreisen konnte.

Er mochte diesen kleinen Lustpunkt. Dothvek-Weibchen hatten keinen, aber es hatte nicht lange gedauert, bis er erkannte, dass es sie stöhnen und sich winden ließ, wenn er diese Stelle berührte. Alles an ihrer Reaktion auf ihn – das leise Keuchen, die Feuchtigkeit zwischen ihren Beinen, das atemlose Stöhnen – erweckte in ihm das Verlangen, seinen Schwanz in ihr zu versenken und sie nie wieder zu verlassen.

K'alvek ließ seinen Finger schneller kreisen, als sie begann, mit ihren Hüften zu wiegen, und er schob seinen dicken Finger tiefer in sie hinein. Ihr Inneres umklammerte seinen Finger und sie zitterte in seinen Armen, bevor sie einen kleinen Schrei ausstieß und ihr Körper zuerst steif und dann schlaff wurde.

Danica drehte sich zu ihm um und blinzelte ein paar Mal. »Das ist ein schöner Weckruf.«

Er wusste nicht, was Weckruf bedeutete, aber er wusste, dass es ihr gefallen hatte. Sanft küsste er ihre Augenlider, dann ihre Wangen und schließlich ihre Lippen. Sie waren so weich, dass er sie für immer küssen wollte. Er saugte an ihrer Unterlippe, während sie ein Bein über ihn schwang. »Noch ein Weckruf?«, fragte er.

Sie lachte, als sie auf ihn kletterte. »Jetzt bist du an der Reihe.«

K'alvek wusste nicht, was sie mit der Reihe meinte, aber er genoss ihren Anblick auf ihm, die Brüste vor Erregung errötet. Er hob seine Hände, um sie zu verwöhnen, aber sie wackelte mit einem Finger. »Jetzt darf ich.«

Er war für einen Moment verwirrt, bis sie anfing, an seinem Bauch entlang zu küssen. Danica kroch immer tiefer, bis sie zwischen seinen gespreizten Beinen kniete. Sie nahm seinen anschwellenden Schwanz in beide Hände, küsste die Spitze davon und öffnete ihren Mund, um sie ganz in sich aufzunehmen.

Er schloss seine Augen, stöhnte und fühlte, wie sich ihre Lust mit seiner vermischte. Unglaublich, dachte er, als sie seinen Schwanz ableckte. Es erregte sie, ihn zu kosten.

Sie nahm noch mehr von ihm in ihren warmen, feuchten Mund auf, während sie seinen Schaft mit beiden Händen festhielt. K'alvek griff sich eine Handvoll der Stoffe unter ihm, um nicht loszubrüllen. Der Mund der Frau war fast so angenehm wie ihre enge Wärme.

Wusste sie, dass sie ihn beanspruchte? Er blickte nach unten, wo ihre Lippen sich um seine Länge dehnten und explodierte fast beim Anblick ihres hübschen, rosafarbenen Mundes, der ihn lutschte. Ihre heiße Berührung brandmarkte ihn als den ihren, und der Gedanke ließ ein unbändiges Verlangen durch ihn hindurchströmen. Er kämpfte gegen den Drang, sie auf den Rücken zu drehen und sie heftig und schnell zu nehmen.

Sie konnte ihn nicht vollständig in ihren Mund aufnehmen, aber ihre Hände massierten seinen Schaft, während sie saugte, bis er den Stoff in seinen Händen beinahe zerriss. Plötzlich kletterte sie an ihm hoch und beugte sich so weit vor, dass ihre Haare um sein Gesicht fielen und ihr Mund fast sein Ohr berührte.

»Bist du bereit, von mir gevögelt zu werden?«

Er brauchte ihre Sprache nicht zu verstehen, um zu wissen, was sie meinte. Ihre Worte waren eindringlich und neckisch, und sie machten ihn wahnsinnig. Er packte ihre Hüften, doch sie biss leicht in seine Unterlippe.

»Dieses Mal habe ich das Sagen.«

Sie schlängelte sich wieder nach unten und griff seinen Schaft mit einer Hand. Sie sah ihm in die Augen, während sie sich auf seinen Schwanz senkte und ihre Pupillen weiteten sich, als sie ihn ganz in sich aufgenommen hatte. »Ich hätte nie gedacht, dass Rillen sich so gut anfühlen können.«

Er bewegte sich nicht, obwohl er es unbedingt wollte. Mit gespreizten Beinen erhob sie sich wieder, um erneut auf ihn herabzugleiten. K'alvek sah zu, wie sie seinen Schwanz ritt und ihre Brüste bei jedem tiefen Stoß wippten. Er umfasste ihre Brüste, kniff in beide Brustwarzen und rollte sie zwischen seinen Fingern hin und her. Dies entlockte ihr ein Stöhnen und sie bewegte sich schneller, wobei sie ihre Hüften wölbte, sodass ihr Lustpunkt über seine Rillen glitt.

Er ergriff ihre Hüften und half ihr, sich noch schneller auf und ab zu bewegen. Sie hob ihre Hände über den Kopf, fuhr sich damit durchs Haar und wimmerte jedes Mal auf, wenn sie seine Länge in sich aufnahm. Er genoss die Freiheit und Leidenschaft, mit der sie sich ihm hingab.

K'alvek hielt inne, bevor er sich erneut in sie stieß. »Du willst mehr?«

»Ja.« Das Wort war nicht mehr als ein hauchzartes Flüstern. »Hör nicht auf.«

Er bewegte sie ein Stück nach unten. »Mehr?«

Sie schwenkte ihre Hüften und versuchte verzweifelt, ihn wieder in ihr aufzunehmen. »Alles.«

»Alles wovon?«

Sie gab ein kleines, scharfes Geräusch von sich und ihr Blick durchbohrte seinen. »Deinen Schwanz. Ich brauche ihn.« Sie senkte ihre Stimme. »Hart.«

Mit einem kräftigen Ruck führte er sie nach unten und wurde mit einem heiseren Schrei belohnt.

Danica stürzte nach vorn, stützte ihre Arme auf beiden Seiten seines Kopfes ab und presste ihren Mund auf seinen, während er sie weiter seine Länge auf und ab bewegte. Ihre Zungen rangen miteinander und sie küsste ihn mit einer Gewalt, die ihn über den Rand katapultierte. Als er mit einem letzten kräftigen Stoß in sie drängte und ihr Körper sich um ihn herum verkrampfte, fühlte er die Wellen ihrer Befreiung so stark wie seinen eigenen. Als wäre sie eine Erweiterung seines Körpers. Als hätte sie schon immer ihm gehört.

KAPITEL VIERUNDZWANZIG

»Bist du dir da sicher?«, fragte Danica und betrachtete das Outfit, das sie trug, mit Skepsis.

Sie trug ihre schmutzige Kleidung vom Schiff nicht mehr, obwohl sie ihre Cargohosen den Lederhosen vorzog, die K'alvek ihr besorgt hatte. Sie waren ihr nur ein wenig zu groß, und irgendwie wurde sie den Eindruck nicht los, dass sie einst einem Dothvek-Kind gehört hatten. Er hatte den unteren Teil der Leinentunika, die sie dem toten Außerirdischen abgenommen hatte, abgerissen. Damit man ihre Brüste nicht durch den Stoff sehen konnte, hatte er ihr ein Paar Riemen gegeben. Sie verschob einen der Riemen, damit er ihre Brustwarze nicht zerdrückte, und K'alvek schob ihn zurück.

Danica verengte ihre Augen und schob alles zurück an seinen Platz. Ein Runzeln zeichnete sich auf seiner Stirn ab, aber er bemerkte ihren Gesichtsausdruck und seufzte. »Stur.«

»Das sagt der Richtige«, antwortete sie und ignorierte den verwirrten Blick auf seinem Gesicht, als er durch das Zelt schielte. »Egal, das sagt man eben so.«

Sie hoffte, dass er nicht dachte, der Sex würde es ihm leichter machen, sie herumzukommandieren. Denn sie hatte immer noch nicht die Absicht, Befehle von ihm entgegenzunehmen, selbst wenn er in der Nacht zuvor das Kommando übernommen hatte. Was war in sie gefahren? Bei Tageslicht war es schwer sich zu erinnern, warum ihre üblichen Barrieren zerbröckelt waren und sie sich ihm praktisch an den Hals geworfen hatte. Es hatte nicht gerade geholfen, dass er den besten Körper hatte, den sie je gesehen hatte, Alien oder nicht.

Ihr Puls beschleunigte sich und K'alvek erzeugte ein tiefes Grollen in seiner Kehle. Großartig, er hatte wahrscheinlich gespürt, was sie dachte. Danica konzentrierte sich darauf, ihre Kleidung anzupassen und versuchte so zu tun, als hätte sie es nicht gehört.

Sie hasste den Morgen nach einem Seitensprung, und das war definitiv ein Seitensprung, auch wenn es der beste war, den sie je hatte. Der beste Sex, den sie je gehabt hatte, wenn sie so darüber nachdachte. Eine verlegene Röte kroch ihren Hals hinauf, als sie daran dachte, wie schamlos sie ihn an diesem Morgen geritten hatte. Sie hatte sich nicht einmal darum geschert, dass das halbe Dorf ihre Schreie höchstwahrscheinlich gehört hatte, da es hier nur Stoffwände gab, um das Geräusch zu dämpfen. Als würde das Schicksal ihren Standpunkt untermalen, hörte sie andere Leute, die sich außerhalb des Zeltes bewegten, zusammen mit dem Gebrüll eines Tieres.

»Wir sollten sie nicht warten lassen«, sagte Danica und war froh, einen Vorwand zu haben, um etwas Abstand zwischen sie zu bringen. Sie konnte nicht riskieren, sich emotional an jemanden zu binden, den sie bald verlassen würde. Und sie wusste auch, dass es nicht fair war, seine Bindung zu ihr noch zu verstärken.

Er musterte sie ein letztes Mal von oben bis unten, neigte den Kopf und kaute auf seiner Lippe herum.

»Das ist okay. Ich bin zäher als ich aussehe.« Verglichen mit K'alvek und seinen Leuten sah sie überhaupt nicht zäh aus. Sie sah wahrscheinlich so aus, als würde sie Verkleiden spielen. Vielleicht wäre er beeindruckt, wenn er wüsste, wie viele furchterregende Kriminelle sie zur Rechenschaft gezogen hatte, doch sie wusste nicht, wie sie ihm das Konzept der Kopfgeldjagd erklären sollte.

»Du siehst nicht zäh aus, aber du siehst wunderschön aus, Gefährtin«, sagte er.

Wieder dieses Wort. Sie versuchte, sich davon nicht in Panik versetzen zu lassen und lächelte ihn an. »Danke.«

Er hielt die Zeltöffnung für sie auf, und sie trat in das helle Licht hinaus. Sie sah den anderen Aliens nicht in die Augen, als sie an ihnen vorbeiging. Sofern sie nicht wirklich tief und fest schliefen, hatten sie alle gehört, was vergangene Nacht passiert war. Und an diesem Morgen.

K'alvek schien das nicht zu stören, also beschloss Danica, es genauso gelassen anzugehen. Sie bemerkte ein paar weibliche Dothveks, die sich durch das Dorf bewegten und sie alle waren genauso groß wie ihre männlichen Pendants. Sie waren nicht so massig, aber ihre nackten Arme waren dennoch muskulös. Ihre Kleidung war ähnlich wie die der Männer, und sie trugen glitzernde Ornamente, die in ihr dunkles Haar eingewoben waren. Also waren nicht alle wie das Weibchen, das die fließenden Gewänder getragen hatte. Sie fragte sich, ob K'alvek diesen Frauen gegenüber genauso herrisch war, wie er es bei ihr war. In Anbetracht der Klingen, die an ihren Hüften befestigt waren, und den grimmigen Blicken in ihren Gesichtern, bezweifelte sie es.

Die Dothveks beluden riesige Tiere, die einer Kreuzung zwischen einem Kamel und einem Pferd glichen. Die hellbraunen Kreaturen hatten keine Höcker, aber ihre Füße waren breit und flach. Unter ihren pferdeähnlichen Köpfen hing ein pelziger Hautlappen

»Muss ich auf so einem reiten?«

K'alvek führte sie zu einem Feuer, an dem Fleisch auf einem Spieß rotierte und ihr Magen grummelte, als sie den köstlichen Geruch einatmete. Er riss ein Stück ab und reichte es ihr. »Wir reiten zusammen.«

Danica war erleichtert, als sie in das warme Fleisch biss. Sie war es gewohnt, in Raumschiffen zu reisen und nicht auf dem Rücken von Tieren herumzureiten. Der Gedanke, von einer Kreatur zu fallen, die derart hochgewachsen war, gefiel ihr ganz und gar nicht.

»Gut?«, fragte K'alvek, deutete auf das Essen und reichte ihr den Becher.

»Schmeckt wie Hühnchen.«

Er zog die Augenbrauen zusammen. Danica vermutete, dass es auf seinem Planeten keine Hühnchen gab.

»Gut«, sagte sie und sah zu, wie er sein Fleisch verschlang. Sie nahm einen langen Schluck Wasser. Nach der letzten Nacht war sie ziemlich dehydriert.

K'alvek trank nach ihr und wischte sich mit dem Arm über den Mund. Er drehte sich um und ging dorthin, wo die anderen Dothveks sich auf die Reise vorbereiteten. Mit einer kleinen Kopfbewegung forderte er sie auf, ihm zu folgen. Er klopfte einem der Kamelpferd-Kreaturen auf die Seite und rückte ein paar Säcke zurecht, die um seine Mitte gebunden waren.

»Wie heißen die?« Sie streichelte den Hals der Kreatur. Das Fell war dick, und sie fragte sich, ob es dadurch vor den Elementen geschützt war, oder ob ihm so nur unglaublich heiß wurde.

»Jebels.«

Danica wiederholte es in ihrem Kopf und er korrigierte ihre Aussprache. Das J war weich und klang fast wie ein Zischlaut, mit der Betonung auf der ersten Silbe. Dschae-Bel. Sie wiederholte das Wort noch ein paar Mal.

Die anderen Dothveks ritten bereits auf ihren Tieren oder waren gerade dabei, sie zu besteigen.

»Geht es los?«, fragte Danica.

K'alvek nickte, hob sie an der Taille hoch und schwang sie auf den hohen Rücken der pelzigen Kreatur. Sie zuckte zusammen, als sie auf dem Sattel landete.

»Verletzt?«

Sie fühlte, wie ihr Gesicht errötete, als sie ihm sagte, dass es ihr gut ging. »Nur wund.« Es dauerte eine Sekunde, bis er begriff, was sie meinte, und dann zuckten seine Mundwinkel nach oben. Am liebsten wollte sie entweder mit den Augen rollen oder ihm auf den Arm schlagen.

Er schwang sich hinter ihr in den Sattel und zog sie zu sich heran, sodass ihr Hintern eng an seinen Schritt gepresst war. Sie fühlte seine Härte, als er sich nach unten beugte und sich an ihren Nacken schmiegte. »Wir werden langsam gehen.«

Das wird überhaupt nicht ablenkend sein, dachte sie.

»Nicht zu langsam«, sagte Danica und dachte an Tori und den Rest ihrer Crew, die allein mitten in der Wüste in einem beschädigten Schiff feststeckten.

Ein Dothvek ritt neben ihnen her und grunzte zur Begrüßung, dann wechselten er und K'alvek ein Nicken und er ritt davon. Selbst auf dem Rücken des Jebels war es offensichtlich, dass er nicht so groß wie K'alvek war, aber seine Augen waren tiefblau gewesen.

»Ein Freund von dir?«, fragte sie.

Ein weiteres Nicken. »Kush.«

Als sie sich der Gruppe anschlossen, bemerkte Danica, dass keiner der Dothveks alt aussah, aber einer mit grauen Strähnen im Haar führte die Gruppe an. Er hob eine Faust über seinen Kopf und trieb seinen Jebel mit einem sanften Stupser in die Seite an. Die anderen Jebels begannen sich hinter ihm her über die Dünen zu bewegen und ihre breiten Hufe wühlten den weichen Sand auf.

Danica verspürte sowohl Hoffnung als auch Angst, die von K'alvek ausstrahlten, obgleich er schweigsam war, als ihr Jebel hinter den anderen her zu schlendern begann. Sie drehte sich um und warf einen letzten Blick auf das Lager, von dem sie sich entfernten. Die Oase wurde kleiner, und als sie ein paar Minuten später zurückblickte, war sie fast ganz verschwunden.

KAPITEL FÜNFUNDZWANZIG

Bexli hielt an und dehnte ihre Beine, nachdem sie und Pog den Felsvorsprung hinaufgeklettert waren. Sie hatten sich beide verwandelt, von den Sandechsen, die sich leicht über den Sand bewegt hatten, zurück in ihre ursprünglichen Formen.

Mit einer kurzen Bewegung griff sie nach unten und zerzauste das grüne Fell ihres Haustiers. »Wenigstens sind wir nicht in der Sonne.«

Er kläffte zustimmend und huschte über den flachen Felspfad, der in die Berge hinaufführte.

Bexli beugte sich vorn über, um sich zu strecken und ließ ihre Arme hängen – dankbar, wieder Arme und keine Schwimmfüße zu haben. Ihre Augen erhaschten einen Blick auf dunkle Flecken, die sich über den Boden erstreckten. Sie ging in die Hocke, atmete tief ein und ihr empfindlicher Geruchssinn registrierte eine kupferne Note. Blut. Menschliches Blut. Glücklicherweise nicht viel davon.

Sie richtete sich auf und seufzte. Danica war hier gewesen. Ihr Magen verknotete sich, wenn sie an ihre Kommandantin dachte.

Bexli und Pog waren zwar die letzten Neuzugänge in der Crew gewesen, aber sie betrachtete jedes ihrer Crewmitglieder als Familie. Besonders Danica, die ihr einen Job gab, als es niemand sonst getan hatte.

Bexli erinnerte sich an das erste Mal, als sie die blonde Frau und ihr Schiff gesehen hatte und grinste. Danica hatte nicht mit der Wimper gezuckt, als Bexli ihr gesagt hatte, was sie war. Obwohl sie natürlich gewusst haben musste, dass sie von einem Lustplaneten kam. Nicht viele Captains hätten eine ehemalige Lustreisende als Teil ihrer Crew aufgenommen, aber Danica war anders gewesen. Seitdem hatte Bexli hart gearbeitet, um sich ihren Platz im Kopfgeldjägerteam zu verdienen, und sogar Tori musste zugeben, dass ihre besonderen Fähigkeiten der Grund für mehr als ein hochdotiertes Kopfgeld gewesen waren.

Bexli verbrachte nicht allzu viel Zeit damit, über ihre Fähigkeit als Gestaltwandlerin nachzudenken oder über die traurige Tatsache, dass die meisten ihrer Art deshalb gefangen genommen wurden. Es zeugte von dem traurigen Zustand der Galaxie, dass das Gestaltwandeln nur wegen seines sexuellen Nutzens geschätzt wurde. Die meisten Angehörigen ihrer Spezies lebten in Sklaverei auf Lustplaneten, und soweit sie wusste, war sie die einzige weibliche Lycithianerin, die als Einbrecherin und Spionin arbeitete. Obwohl sie Danica für verrückt gehalten hatte, als sie sie tatsächlich bei sich aufgenommen hatte.

»Hast du jemals einen anderen Beruf in Betracht gezogen?«, hatte Danica gefragt und sich mit einem Arm an den Rumpf ihres Schiffes gelehnt, als Bexli von einem Fuß auf den anderen wechselte, während ihre hauchdünne Kleidung dabei im Wind flatterte und mehr Bein freilegte, als ihr in einer Schiffswerft lieb war.

»Ich habe nie etwas anderes gemacht.« Bexli hatte gedacht, dass es vielleicht eine schlechte Idee gewesen war, die Frau nach einer

Stelle zu fragen, besonders als sie herausgefunden hatte, dass die Besatzung nur aus Frauen bestand. Auf diesem Schiff gab es keine Männer, denen sie dienen konnte. Obwohl Bexli es auch verstand, Frauen zu befriedigen.

»Das war nicht die Frage.« Danica schien sie zu studieren. »Mir scheint es, als wäre eine Gestaltwandlerin ziemlich gut darin, sich irgendwo hinein- oder herauszuschleichen. Ich nehme an, dass du so aus dem Freudenhaus entkommen bist.«

Bexlis Gesicht war rot angelaufen. Hatte die Frau vor, sie auszuliefern?

Als könnte sie ihre Gedanken lesen, schüttelte Danica den Kopf. »Mach dir keine Sorgen. Ich werde nichts verraten.«

Bexli begegnete ihrem Blick. »Sie haben die Fußfessel zu locker gelassen.« Sie hob ihre Haare an, um eine frische Wunde im Nacken zu enthüllen. »Und ich habe den Peilsender herausgeholt.«

Danicas Augen weiteten sich leicht. »Ich glaube, du bist genau die Art von Crewmitglied, die wir brauchen.« Sie zögerte. »Solange du damit einverstanden bist, dein vergangenes Leben für immer aufzugeben.«

Bexli würde nie vergessen, wie glücklich sie gewesen war, als Danica sie in die Crew aufgenommen und sie an Bord gewunken hatte. Und wie hoffnungsvoll. Von diesem Tag an hatte sie nie zurückgeblickt und nie bereut, dem Team beigetreten zu sein. Nicht einmal jetzt.

»Keine Sorge, Captain«, flüsterte Bexli sich zu, während sie ihre Schultern aufrichtete und den gewundenen Bergpass betrachtete. »Ich werde dich finden.«

Mit einem Blick über ihre Schulter begutachtete sie die Sonnen am Himmel. Es würde nicht mehr lange hell sein. Sie und Pog würden bald Unterschlupf finden müssen. »Ich denke, Grendelianische Bären würden hier gut funktionieren.«

Das kleine, grüne Knäuel verwandelte sich in eine flauschige Kreatur mit einer langen Schnauze, die er sofort auf den Boden senkte. Nach einem Moment des Schnüffelns hob er seinen Kopf.

»Du hast ihre Witterung aufgenommen, nicht wahr?« Bexli bevorzugte es, sich in Grendelianische Bären zu verwandeln, wenn sie etwas aufspüren mussten, da die Tiere einen so ausgeprägten Geruchssinn hatten. Sie hoffte nur, dass sie keine Eingeborenen treffen würden, denn sie bezweifelte, dass die haarigen Kreaturen irgendeiner Kreatur ähnelten, die tatsächlich auf dem Sandplaneten wohnte. »Wenigstens werden wir andere Lebensformen riechen, bevor sie uns sehen.«

Pog jauchzte, aber das Geräusch klang eher wie ein heiseres Knurren.

Bexli verwandelte sich, ließ sich auf alle Viere fallen und inspizierte ihre flinken Arme und scharfen Krallen. Als die beiden anfingen, den Weg entlang zu schlendern und Danicas deutlichem Geruch zu folgen, hoffte sie, dass es ihrer Freundin gut ging.

KAPITEL SECHSUNDZWANZIG

Sie durchquerten die Wüste an der zerklüfteten Bergkette entlang, bis die Sonnen hoch am Himmel standen. Das Tempo war nicht schnell, und Danica fragte sich, ob die Jebels in der Lage waren, im Sand zu rennen. Selbst mit ihren breiten, flachen Füßen versanken sie bei jedem Schritt ein paar Zentimeter im puderigen Gold.

K'alvek reichte ihr ab und zu einen mit Wasser gefüllten Ledersack, und sie trank eifrig, den Kopf nach hinten geneigt und das kühle Nass in ihre Kehle strömen lassend. Wie konnte Wasser auf einem Sandplaneten frischer schmecken als jedes Wasser, das sie zuvor gekostet hatte? Selbst ihre Reinigungsanlagen an Bord produzierten kein so sauberes und erfrischendes Wasser.

Er trank nicht so oft. Danica fragte sich, ob Dothveks weniger Wasser brauchten als Menschen. Es würde Sinn ergeben, denn schließlich lebten sie auf einem Planeten, der über und über mit Sand bedeckt war. Trotzdem vermutete sie, dass K'alvek das Wasser für sie aufhob.

Sie spähte zu ihm hoch. Er blickte nach unten und begegnete ihrem Blick, wobei er sie näher an sich heran drückte. Ihr Schopf reichte nicht bis zu seinem Kinn, aber sein riesiger Körper schirmte sie vor den intensiven Strahlen der Sonnen ab. Auch wenn er wahrscheinlich ihre Gedanken lesen konnte, fühlte sich sein Blick noch durchdringender und intimer an. Sie blickte wieder nach vorn und konzentrierte sich auf seine großen Hände, die auf dem Sattelhorn ruhten. Seine Haut schimmerte in einem tiefen, warmen Gold in der Sonne, und sie konnte nicht widerstehen, sie zu berühren.

Mit ihrem Finger strich sie über seine Hand, dort, wo die Riemen sein Handgelenk umwickelten, bis zur Spitze seines langen Mittelfingers. Obwohl seine Haut hart war, war sie nicht rau, und sie sandte ein warmes, prickelndes Gefühl in ihre Hand. Er machte ein Geräusch in seiner Kehle. Es war offensichtlich, dass er es mochte, wenn sie ihn berührte und sie fühlte, wie er sich im Sattel bewegte.

»Das macht dich an?«, fragte sie. »Ernsthaft?«

Sie rutschte mit ihrem Hintern näher an ihn heran und stieß einen scharfen Atemzug aus, als sie fühlte, wie seine Härte gegen sie drückte. Nun war sie an der Reihe, sich unbehaglich zu verschieben. Gut gespielt, dachte sie.

Er lachte ein wenig, bevor er seine Gedanken auf die Reihe der Jebels vor ihnen richtete. Sie ritten im Gänsemarsch hinter seinem Freund Kush her, der sich einmal pro Stunde herumdrehte, um sie zu beobachten. Danica hatte das Gefühl, dass er und K'alvek miteinander kommunizierten, aber sie konnte keine konkreten Gedanken aufgreifen.

»Kann jeder auf diesem Planeten Gedanken lesen?«, fragte sie K'alvek.

»Nur die Dothveks. Und wir können keine Gedanken lesen. Wir spüren Emotionen.«

Sie dachte eine Sekunde lang darüber nach. »Und eure Feinde können das nicht?«

Sie fühlte seine Verwirrung über dieses Wort. Vielleicht hatten sie keine Feinde auf diesem Planeten, obwohl Danica, nachdem sie ihn mit den Cresteks beobachtet hatte, sie sicher nicht als Freunde bezeichnet hätte.

»Wir waren einmal ein Volk«, sagte er, »aber wir haben uns voneinander getrennt.

»Wie lange ist das her?«

»Über tausend Sonnenrotationen.«

Sie vermutete, dass eine Sonnenrotation dasselbe war wie ein Astro-Jahr, aber sie war sich nicht sicher. Besonders da sie zwei Sonnen hatten. Trotzdem klang das nach einer ziemlich langen Zeit.

»Die Dothveks und Cresteks haben also nichts mehr miteinander zu tun?«

Er empfand einen Anflug von Wut. »Wir vermeiden Kontakt.«

Sie war neugierig auf die Cresteks. Diese Leute hatten ein paar ausgefallene Apparate, aber die Fähigkeit, die Gefühle anderer zu lesen schien viel cooler zu sein, als einen Scanner zu bedienen oder einen Blaster abzufeuern. So ziemlich jeder in der Galaxie hatte Blaster. Sie hatte noch nie eine Spezies getroffen, die so einfühlsam war.

Danica stellte fest, dass die Kolonne zum Stillstand gekommen war, und sie lehnte sich zur Seite, um zu sehen, warum.

»Plünderer«, sagte K'alvek, und sie fühlte das Misstrauen in ihm.

In der Ferne sah sie eine Gruppe von etwa einem Dutzend dickbauchiger Kreaturen. Sie hielten Speere in der Hand, die größer waren als sie selbst und ritten auf etwas, das aussah wie lange, graue Tausendfüßler, die sich wie Schlangen über den Sand bewegten. Sie erschauderte.

Die Plünderer selbst hatten weiße Haut, winzige, blau leuchtende Augen in ihren faltigen Gesichtern und kurze, spitze Hörner, die aus ihrer Stirn ragten. Sie schienen schichtweise Kleidung zu tragen, und Danica fragte sich, ob sie alles anzogen, was sie fanden.

Der Anführer winkte mit den Händen und gestikulierte hinter sich. Er schien wütend zu sein, ihre Gruppe zu sehen, und musterte die Reihe an Jebels mit finsterem Blick. Dann riss an der Leine seines Tausendfüßlers und ließ ihn hin- und herrutschen.

»Gibt es ein Problem?«, fragte Danica.

»Mit Plünderern gibt es immer ein Problem.«

Sie sah, wie der führende Dothvek dem Plünderer, der für seine Gruppe sprach, etwas hinwarf. Er hob es auf, öffnete es und reichte es herum, damit jeder andere Plünderer es inspizieren konnte.

Sie blickte zu K'alvek auf. »Was ist das?«

Er zuckte die Achseln. »Das könnte alles Mögliche sein. Es interessiert sie nicht, solange man ihnen etwas gibt.«

Es erinnerte sie an einen alten Kopfgeldjägertrick, den ihr Vater benutzt hatte, wenn er von Inspektoren oder gegnerischen Konkurrenten geentert wurde. Lass ihnen etwas, das leicht zu finden ist, übrig, das sie mitnehmen können, während du deine echten Wertsachen woanders versteckst.

Der Plünderer sagte etwas, aber er war zu weit weg, als dass sie es verstehen konnte. Danica spürte K'alveks Interesse. Als die Plünderer sich über eine Sanddüne davonmachten, veränderte sich die Stimmung in der Gruppe. Bevor sie K'alvek fragen konnte, was vor sich ging, trieb er seinen Jebel in einen Trab.

»Die Plünderer behaupten, dass sie vorhin zwei Frauen in den Dünen gesehen haben«, sagte er, als ihr Jebel in einen Galopp überging. »Allerdings lügen sie oft, sodass wir es nicht mit Sicherheit wissen können.«

Sie hielt sich an seinen Armen fest, um nicht herunterzufallen, als sie hin und her gerüttelt wurde. Wenn sie nicht so besorgt um Tori und den Rest der Crew gewesen wäre, hätte sie ihn angefleht, langsamer zu reiten.

Sie wurden nicht langsamer, bis die Zähne klapperten und sie den Rand der Bergkette erreicht hatten. Der führende Dothvek drehte sich um und ritt zurück, bis er neben ihnen ankam. Danica stellte fest, dass vor ihnen nichts als welliger, glitzernder Sand lag.

»Hier habe ich dich gefunden«, sagte K'alvek. »Weißt du, wo dein Schiff abgestürzt ist?«

Sie betrachtete den Horizont. Nichts als Sand. Dann blickte sie zu den beiden Sonnen auf, eine leuchtete eher orange und die andere hellgelb. Sie standen tiefer am Himmel als zu dem Zeitpunkt, an dem sie das Schiff verlassen hatte, aber das war alles, was sie wusste.

Sie schwenkte ihre Finger vage in die Richtung abseits der Bergkette. »Es war irgendwo dort drüben. Vielleicht sieben oder acht Dünen entfernt.«

Das Oberhaupt der Kolonne sah K'alvek fragend an. Sie wusste, dass ihre Informationen keine große Hilfe waren.

»Vielleicht könnt ihr mit eurem Verstand nach ihnen suchen und sie spüren«, schlug sie vor. Ihre neu gefundene Kraft sich in andere einzufühlen schien auf K'alvek beschränkt zu sein, aber sie war sich sicher, dass sein Volk in der Lage war, ein paar Frauen zu erspüren. Schließlich konnten in der Wüste nicht viele andere Gehirnwellen herumschwirren, richtig?

»Wir werden es versuchen«, sagte K'alvek.

Der andere Dothvek nickte und ritt wieder zurück, um die Kolonne wieder in Bewegung zu setzen, aber dieses Mal fächerten sie sich in eine horizontale Linie auf. Sie wusste genug über taktische Manöver, um zu wissen, dass sie möglichst viel Fläche abdecken und einen besseren Blick auf die Wüste bekommen wollten.

Danica fühlte ein Flattern der Aufregung. Sie mussten ihrer Besatzung ganz nah sein.

KAPITEL SIEBENUNDZWANZIG

K'alvek spürte Danicas Eifer, als sie ihre Suche ausdehnten, und wehrte einen Anflug von Panik ab. Natürlich war sie begierig darauf, ihre Freundinnen und die Crew wiederzusehen. Er versuchte die Tatsachen zu ignorieren – sie wollte seinen Planeten verlassen.

Aber das war es doch, was er wollte, nicht wahr? Die Ablenkung loswerden, damit er sich darauf konzentrieren konnte, seinen Vater zu rächen. War es nicht das, was er sich die ganze Zeit über einzureden versuchte, dass sie nichts als Ärger war? Er weigerte sich zuzugeben, dass die Paarung mit ihr etwas verändert hatte, auch wenn er eine Verbindung zu ihr verspürt hatte, die er noch nie zuvor mit jemandem empfunden hatte. Nicht einmal mit seiner eigenen Familie. Er erinnerte sich, wie es sich angefühlt hatte, in ihr zu sein und schloss seine Augen, während er die Erinnerung genoss.

Er beugte sich nieder und strich mit seinen Lippen über ihren Kopf. Ihr Haar fühlte sich weich unter seinen Lippen an. Alles an ihr war weich. Zu weich für seine Welt. Das Letzte, was er brauchte, war eine winzige Außerirdische, die er beschützen musste, auch wenn sie seine Geistesgefährtin war.

Er blickte auf ihre Lederhosen und die Riemen hinab, die ihre Brüste kreuzten. Sie sah jetzt mehr wie eine Dothvek aus als in ihren anderen Kleidern. Und er wusste aus den Teilen ihrer Gedanken, die sie geteilt hatten, dass sie das Herz einer Kriegerin hatte. Ein Captain, war das Wort, das sie benutzt hatte. Er wusste nicht, was es bedeutete, aber er wusste, dass sie in ihrer Welt wichtig war. Vielleicht konnte sie sich anpassen und ihre Fähigkeiten nutzen, um ihn in seiner Rache zu unterstützen.

Er entfernte seine Gedanken von ihr, als Kush Kontakt zu ihm aufnahm. Er fühlte nichts. Keiner von ihnen fühlte die Anwesenheit der Frauen.

K'alvek verbarg seine Sorge vor Danica, denn er bezweifelte, dass sie die Gedankenflut seines Volkes wahrnahm. Wenn so viele Dothveks sie nicht spüren konnten, bedeutete das entweder, dass sie alle tot oder nicht mehr da waren. So oder so würde Danica am Boden zerstört sein, aber er wollte es ihr noch nicht sagen. Sie konnten sich irren, obwohl die Chancen gering waren.

Die Jebels setzten ihren rhythmischen Marsch über die Dünen fort. Er hielt Danica fest, während die Kreaturen die steilen Hänge hinunterliefen. Ihre Körper schaukelten hin und her, um das Gleichgewicht zu halten, und die breiten Ballen ihrer Füße wirbelten leichte Sandwolken auf. Er hörte Danicas scharfen Atemzug und fühlte, wie sich ihre Muskeln verspannten.

Die Sonnen begannen unterzugehen, und K'alvek machte sich Sorgen, dass sie das Schiff nicht vor Einbruch der Dunkelheit finden würden. Nachdem sie ein paar Dünen zurückgelegt hatten, entdeckte er einen metallischen Schimmer. Die Aufregung der Gruppe war greifbar, als einer nach dem anderen ihn in der Ferne erspähte. Sogar Danica spürte die Welle der Aufregung und ihre Mischung aus Erleichterung und Glück erfüllte seinen Verstand.

Sie freute sich, ihre Freundinnen zu sehen und die Kolonne trieb ihre Jebels an, sich schneller über den Sand zu bewegen. Als die Gruppe das Schiff erreichte, dessen metallener Rumpf in der Sonne fast blendend war, trabten die Tiere und zogen einen feinen, körnigen Nebel aus Sand hinter sich her, der K'valeks Beine streifte.

Die Dothveks stiegen ab und rannten auf das Schiff zu, als er sein Tier zum Stehen brachte. Wie die anderen fühlte er keine Gedanken aus dem Inneren des massiven, grauen Ungetüms, das halb im Sand versunken war.

Er glitt von seinem Jebel und griff nach Danica, um ihr auf den Boden zu helfen.

Sie strahlte vor Aufregung, nahm seine Hand und zog ihn hinter sich her. »Komm schon.«

Sein Magen verkrampfte sich vor Angst, als er ihr folgte. Er fürchtete sich vor dem, was sie im Inneren finden würden, denn er wusste, dass niemand mehr am Leben war.

KAPITEL ACHTUNDZWANZIG

Als Danica sich von K'alvek zum Brückeneingang hochheben ließ, der mehrere Meter über dem Boden lag, beruhigte sie ihre Nerven. Sie war sich nicht sicher, wie sie die Tatsache erklären sollte, dass sie sich mit einem riesigen Alien zusammengetan hatte, oder dass sie zu einer Gedankenleserin geworden zu sein schien. Sie war zu erleichtert, wieder zurück zu sein, um sich darüber Gedanken zu machen. Sie war so besorgt gewesen, dass das Schiff nicht mehr da sein würde und sie bereits gerettet worden waren, dass sie fast in Tränen ausgebrochen war, als sie das blendende Metall im Sand gesehen hatte. Nicht, dass sie dachte, ihre Crew würde sie im Stich lassen, aber sie hatten ja nicht wissen können, dass sie noch am Leben war.

Danica kam in der Türöffnung zum Stehen und wartete, bis ihre Augen sich an das schwache Licht im Inneren des Schiffes gewöhnt hatten, während K'alvek neben ihr hochsprang. Die Luft roch abgestanden und verkohlt, was zweifellos von dem Feuer herrührte, dem sie entkommen waren. Sie waren die Letzten, die in das Schiff geklettert waren und Danica rechnete fest damit, ihre verwirrte Crew von riesigen Aliens umzingelt zu sehen. Sie erkundete den Raum, in dem sie und Tori Holly, Caro und Max zurückgelassen hatten. Das Licht flackerte immer noch und die Konsolen blinkten rot und gaben ein leises Summen von sich, aber von ihrer Crew war keine Spur zu sehen.

Sie ging ein paar Schritte hinein und sah sich um. Die riesigen Dothveks standen im Raum herum und ihre Köpfe streiften fast die Decke.

»Tori?«, rief sie für den Fall, dass sich ihre Besatzung versteckte, obwohl sie sich nicht erklären konnte, wo. »Caro? Holly? Ich bin's, Danica.«

Stille, bis auf das Schlurfen der ruhelosen Dothveks.

»Sie waren alle hier drin«, sagte sie zu K'alvek, während sie einen Arm ausstreckte.

Er näherte sich einer der Konsolen und berührte sie mit einem Finger. Eine Reihe von Pieptönen ertönte von der Maschine, und er wich zurück.

Danica legte eine Hand über seine und schüttelte den Kopf. Nun, da sie sich auf seine Gedanken konzentrierte, konnte sie seine Sorge spüren. Sie spürte auch die Frustration der anderen Dothveks.

Langsam überquerte sie die gesamte Länge der Brücke und ließ ihre Augen über jeden Zentimeter schweifen, obwohl es offensichtlich war, dass niemand an Bord war. Sie ballte eine Hand zu einer Faust und knallte sie gegen einen metallenen Stützbalken, wobei sie dankbar für den scharfen Schmerz war, der ihren Arm hochschoss.

Wo waren sie? Hatten sie sich hinaus in die Wüste gewagt, um nach ihr zu suchen, als sie nicht zurückgekehrt war? Sie war seit zwei Tagen verschwunden. Hatte Tori jemals wieder hierher zurückgefunden? Sie hatte erwartet, dass Holly, Caro,

Bexli und Max sich noch in dem Fragment ihres Schiffes befinden würden. Hätten sie sich wirklich auf die Suche nach ihnen gemacht, wenn weder sie noch Tori zurückgekehrt wären? Ein Teil von ihr hoffte, dass sie schlau genug gewesen wären, an Ort und Stelle zu bleiben, aber sie vermutete, dass jemand hinausgegangen war, um sie zu retten. Aber sie alle? Und Pog? So nervtötend Bexlis kleiner Freund auch manchmal sein konnte, sie sorgte sich um ihn. Die Vorstellung, dass all ihre Freundinnen durch die Wüste wanderten, machte sie krank.

Wenn sie sich auf die Suche gemacht hatten, konnte Danica nicht wissen, in welche Richtung sie gegangen waren. Beim Gedanken an ihre Crew, die in der sengenden Wüste umherirrte, unterdrückte sie eine Welle der Übelkeit und redete sich ein, dass sie nicht alle zusammen losgezogen wären. Es ergab keinen Sinn. Jemand wäre doch zurückgeblieben, oder etwa nicht?

Ihre Augen wanderten zum Aufbewahrungsschrank. Er war immer noch verschlossen. Sie ging hinüber und fuhr mit den Fingern über die obere Kante, bis sie den Ersatzschlüssel fand. Als sie einen Blick über ihre Schulter warf, sah sie, wie K'alvek eine Augenbraue hob.

»Nicht das beste Versteck, ich weiß«, sagte sie, während sie den Schlüssel ins Schloss steckte und die Metalltür ruckartig öffnete. Sie stieß einen Atemzug aus, als sie zwei Blaster sah, die immer noch an Haken hingen. Warum hätten sie nicht alle Waffen mitnehmen sollen, wenn sie das Schiff verlassen hätten? Sie wusste, dass sie keinen Schritt von der Brücke gemacht hätten, ohne bis auf die Zähne bewaffnet zu sein, wenn Tori das Kommando gehabt hätte. Ihre Haut wurde kalt. Das musste bedeuten, dass Tori es nie zurückgeschafft hatte.

Danica bekämpfte den Drang, die Tür zuzuschlagen. Ihr Blick fiel auf die Kiste mit den provisorischen Universalübersetzern und sie zog sie heraus. »Zumindest können wir diese gut gebrauchen.«

K'alvek kam mit erhobenen Augenbrauen näher, als sie sich umdrehte und die Kiste mit den Geräten öffnete. »Für alle?«

»Warum nicht?«, fragte Danica. »Es wäre vielleicht schön, mit deinen Freunden kommunizieren zu können. Und es wird helfen, wenn wir meine finden.«

K'alvek nahm die Kiste, gab ein paar Befehle in seiner Sprache, zeigte auf das Gerät hinter seinem eigenen Ohr und reichte die Kiste an die zögernden Dothveks weiter.

Während die Krieger sich die Übersetzer anlegten, legte er sanft eine Hand auf ihren Rücken und spürte ihre Frustration. Sie sackte ihm entgegen. Dies war nicht die Heimkehr, die sie sich erhofft hatte.

»Wir müssen sie finden«, sagte sie und sah ihm in die Augen.

Er begegnete ihrem entschlossenen Blick mit seinem eigenen. »Das werden wir.«

»Sie sind klug. Vielleicht haben Holly oder Caro eine Nachricht hinterlassen, für den Fall, dass ich hierher zurückkomme.« Sie ging zurück zu einer der Konsolen und schielte auf die Anzeigen hinunter.

Soweit sie es beurteilen konnte, hatte Holly an den Kommunikationssystemen gearbeitet. Sie hatte versucht, einen Notruf abzusenden. Es sah allerdings nicht so aus, als wäre sie erfolgreich gewesen, da das Kommunikationssystem immer noch erhebliche Fehlfunktionen aufwies.

Danica vernahm ein Knurren und drehte sich um, wo Kush K'alvek ein Stück Stoff hinhielt. Was hatte das mit der Suche nach ihren Leuten zu tun?

K'alvek nahm es entgegen und rieb den Stoff zwischen seinen Fingern, bevor er ihn an die weiße Tunika hielt, die sie unter den gekreuzten Riemen trug. Es war das gleiche Material.

Sie starrten beide auf den Stoff hinab, als Danica sich an den Außerirdischen erinnerte, von dem sie die Tunica hatte. Ihre Gedanken schweiften zurück zu dem Moment, als sie ihn über den Boden der Höhle geschleift hatte. Sie fühlte, wie sich die Wut in K'alvek aufbaute und wusste, was er sagen würde, bevor die Worte seinen Mund verließen.

»Die Cresteks waren hier.«

KAPITEL NEUNUNDZWANZIG

Holly stolperte, und Max fing sie auf, bevor sie in den Sand fiel. Die verhüllten Außerirdischen vor ihnen hielten nicht an, aber die hinter ihnen blieben stehen, als die Frauen ihr Gleichgewicht wiederherstellten.

»Geht es dir gut?«, fragte Max und achtete darauf, Hollys verletzten Arm nicht zu berühren.

Holly nickte, aber ihr Gesicht war rot und vor Anstrengung verzerrt. »Ich bin stinksauer, aber es geht mir gut.«

Max konnte sich ein Grinsen über die Antwort nicht verkneifen. In ihrer kurzen Zeit mit der Ingenieurin hatte sie bereits festgestellt, dass das weibliche Erscheinungsbild der Rothaarigen eine Täuschung war. Holly trug zwar Blumenmuster und hatte langes, wallendes Haar, aber sie war so knallhart wie alle anderen Frauen der Kopfgeldjäger-Crew. Und sie fluchte so hemmungslos wie jeder Mann, den sie je getroffen hatte.

»Was glaubst du, was sie von uns wollen?«, flüsterte Max, als sie wieder im Gleichschritt mit den Aliens gingen. »Sind sie auch Kopfgeldjäger?«

Holly gab ein spöttisches Schnauben von sich, als ihr Blick zu den großen Kreaturen wanderte. »Diese Typen sind keine Kopfgeldjäger. Ich weiß nicht, was genau sie sind, aber sie wollen uns nicht wegen des Geldes.«

Keine der beiden Frauen wollte darüber nachdenken, was die Außerirdischen sonst noch wollen könnten, als sie eine Sanddüne nach der anderen erklommen. Doch beide ärgerten sich darüber, dass sie entführt worden waren, bevor sie die Kommunikationssysteme zum Laufen bringen und ein Notsignal aussenden konnten.

Max presste ihre Lippen zusammen, als sie sich daran erinnerte, dass sie es beinahe geschafft hätten, als die Tür aufgegangen war und die vier riesigen Kreaturen mit gezogenen Blastern auf die Brücke gestürmt waren. Es war wenig geredet worden, aber die Aliens hatten ihr und Holly klargemacht, dass sie keine andere Wahl hatten, als mit ihnen zu kommen.

Max hätte sich selbst einen Tritt verpassen können, weil sie keine Waffe zur Hand gehabt hatte, während sie und Holly auf dem Schiff gearbeitet hatten. Sie hätte sie vielleicht nicht alle töten können, aber es wäre ein gutes Gefühl gewesen, sich wenigstens zur Wehr zu setzen. So waren sie und Holly einfach davongeschleppt worden, bevor sie den anderen eine Nachricht hatten hinterlassen können. Holly hatte mit einem der Außerirdischen gerungen und es geschafft, seine Kleidung zu zerreißen, was ihr einen Schubs zur Tür hinaus und in den Sand darunter eingebracht hatte. Max war ihr hinterhergesprungen, in der Hoffnung, den Entführern entkommen zu können. Jedoch hatte sie nicht damit gerechnet, dass der Sand derart weich sein würde. Es war schwer genug, einen einzigen Schritt zu machen, also war rennen keine Option gewesen.

Breite, flache Scheiben waren ihnen an ihre Füße geschnallt worden und mit Blastern im Rücken wurden sie durch die Wüste getrieben. Wenigstens standen die Sonnen tief am Horizont und brannten nicht mehr ganz so erbarmungslos auf sie herab. Max hätte allerdings nichts dagegen gehabt, etwas Wasser zu bekommen. Als sie ihre eigene Spucke schluckte, fragte sie sich, ob diese Außerirdischen wie Kamele waren und tagelang nicht trinken mussten.

Einer der Aliens vor ihnen drehte sich um und sprach mit dem dahinter. Dank ihres Universalübersetzer-Implantats konnte sie einen Teil seiner Sprache verstehen, obwohl sie in ihren Ohren abgehackt klang, und nicht alle Worte einen Sinn ergaben. Irgendwas mit Zuflucht.

Max folgte seiner gestikulierenden Hand und sah, dass sie die felsigen Berge fast erreicht hatten. Sie ragten aus dem Sand heraus und glitzerten in dem verblassenden Licht. Max konnte nicht umhin sich zu fragen, welche Mineralien oder Kristalle es waren, die das Gestein so schimmern ließen. Was würde sie nicht geben, um ein paar Proben zu nehmen und sie zu untersuchen. Sie sah sich um und stellte fest, dass die Berge sich weit über die Wüste erstreckten. War dies der Anfang der Wüste, oder bildeten die Gipfel lediglich eine Barriere zu einer größeren Sandfläche, die sich auf der anderen Seite erstreckte?

»Du glaubst doch nicht, dass wir diese Dinger erklimmen müssen, oder?«, fragte Holly keuchend.

Bevor Max antworten konnte, schwankte die Frau und Max erwischte sie unter dem Arm, bevor sie im Sand auftraf. Einer der Außerirdischen packte sie am anderen Arm und schwang sie hoch, sodass er sie wie ein Baby trug. Hollys Kopf fiel zurück und ihre Augen schlossen sich.

»Sie braucht Wasser«, sagte Max zu ihm, während er weiterging.

Er wurde nicht langsamer, also zerrte sie an dem Ärmel seines hellbraunen Gewandes. »Wasser. Sie ist dehydriert.« Als er auf sie hinunterblickte, gestikulierte sie mit den Händen und neigte den Kopf zurück, als würde sie aus einer imaginären Flasche trinken. Offensichtlich hatte er kein Universalübersetzer-Implantat. So wie es aussah, hatten die Außerirdischen auf diesem Planeten nicht oft mit anderen Spezies zu tun.

Obwohl der Außerirdische eine Kapuze trug, die sein Gesicht abschirmte, konnte Max dunkle Augen sehen, die sie beobachteten. Er blieb stehen und sagte etwas von Wasser zu den anderen. Dann reichte einer der Außerirdischen ihm einen Metallzylinder zurück, den er über Hollys Mund kippte.

Max sah, wie ein Strahl der Flüssigkeit zwischen Hollys trockenen Lippen verschwand und ihr eigener Mund verlangte nach Feuchtigkeit. Der Außerirdische sah zu, bis sie schluckte. Dann warf er einen schnellen Blick auf die beiden anderen, bevor er Max den Behälter hinhielt. Hastig nahm sie ihn entgegen, bevor er seine Meinung ändern konnte oder die beiden anderen es sahen und trank gierig. An diesem Punkt war es ihr egal, was es war, solange es sich um eine Flüssigkeit handelte. Überraschenderweise war es Wasser, und obwohl es nicht kalt war, war es das beste Wasser, das sie je in ihrem Leben gekostet hatte.

Als sie fertig war, nahm der Außerirdische ihr den Behälter wieder ab und reichte ihn den Vordermännern. Max hatte das Gefühl, dass sie ihm danken sollte, denn wahrscheinlich hätte er nicht mit ihr teilen dürfen, doch sie schwieg. Erstens würde er sie nicht verstehen, und zweitens konnte sie nicht über die Tatsache hinwegsehen, dass er sie entführt hatte.

Sie warf einen Blick auf Holly und war erleichtert, als sie sah, dass die Wangen der Frau nicht mehr glühend rot waren und ihr Atem sich auszugleichen schien. Der Außerirdische bemerkte ihren Blick, verlagerte Holly in seinen Armen und nickte ihr zu.

Als sie die Berge erreichten, wurde Max hochgehoben, damit sie auf einen Pfad klettern konnten. Sie lehnte sich an die rauen Felsen und fuhr mit ihren Fingern über die Oberfläche, welche von innen heraus zu funkeln schien. Wenn ich nur meine Werkzeuge hätte, dachte sie. In Anbetracht der Tatsache, dass der Planet vom Weltall aus wie eine unfruchtbare Einöde aussah, bezweifelte sie, dass jemand dieses spezielle Gestein bisher erforscht hatte. Es war ärgerlich, diese Gelegenheit zu verpassen.

Die Gruppe wanderte den Pfad entlang, der sich immer höher die Felsen hinaufschlängelte, wobei Max hinter dem Außerirdischen herging, der Holly trug. Irgendwann hörte sie auf, nach unten zu sehen, denn der Hang wurde so steil, dass es ihr den Magen verdrehte. Als sie einen Teil des Weges erreichten, der durch einen gebogenen Vorsprung in den Berg führte, hielten die Außerirdischen an und begannen wieder zu reden – diesmal über Ausruhen. Nach einem kurzen Austausch wurde Holly abgesetzt und sie bedeuteten Max, sich ihr anzuschließen.

»Schlafen wir hier?«, fragte Max, obwohl sie wusste, dass sie ihr nicht antworten würden.

Die Sonnen waren vor einer Weile untergegangen und der Himmel war von einem seichten Rosa in einen dunklen Blauton übergegangen. Als sie sich wieder an die raue Wand lehnte, fühlte Max, wie die Erschöpfung des Tages über sie hereinbrach. Sie ließ ihre Augenlider einen Moment lang ruhen, bis sie fühlte, wie Holly sich bewegte.

»Geht es dir gut?«, flüsterte Max.

Holly öffnete ihre Augen einen Spalt. »Könnte nicht besser sein. Ich wollte sie glauben machen, dass ich geschwächt bin, damit sie nicht damit rechnen, wenn wir fliehen. Wir müssen beide so tun, als wären wir erschöpft, bis die Aliens einschlafen. Dann machen wir uns aus dem Staub.« Ihre Augen verengten sich zu Schlitzen. »Aber vielleicht töte ich das Arschloch, das mich aus dem Schiff geschubst hat.«

Max unterdrückte den Drang zu lachen. Offensichtlich war die Rothaarige nicht zu unterschätzen.

KAPITEL DREISSIG

Die Cresteks hatten die Frauen mitgenommen. K'alvek spürte die Frustration aller Dothveks durch seinen Körper vibrieren, als sie es ebenfalls realisierten. Er warf den Stofffetzen auf den Boden.

Kush legte eine Hand auf seinen Arm. »Lass mich vorausgehen und sie auskundschaften. Allein bin ich schneller.«

K'alvek sah ihn eindringlich an und wusste, dass er recht hatte. Er war ein guter Reiter und würde allein schneller vorankommen. Außerdem war er der beste Spurenleser. Wenn er die Cresteks aufspüren konnte, würde er der Gruppe sagen können, wohin sie reiten sollten.

»Geh«, sagte K'alvek und legte eine Hand auf seine Schulter. »Und reite schnell.«

Kush drehte sich um und stürmte aus dem Raum.

»Wo will er hin?«, fragte Danica. »Gehen wir nicht alle mit?«

K'alvek ruckte mit dem Kopf nach oben und verneinte. »Die Sonne steht zu tief. Es ist gefährlich. Er wird vorangehen und sie finden.«

»Gefährlich?« Sie neigte den Kopf.

Er wollte ihr nicht von den Sandbecken erzählen, die man im Dunkeln nicht sehen konnte und einen Dothvek innerhalb von Sekunden in die Tiefe ziehen würden. Er wollte auch nicht, dass sie von den Kreaturen wusste, die aus dem Sand krochen, wenn die Sonnen untergingen und die Monde auftauchten. Sie brauchte sich nicht noch mehr Sorgen um ihre Crew zu machen, als sie es ohnehin schon tat.

»Die Kälte«, sagte er und hoffte, dass sie die Lüge darin nicht erkennen würde.

Offenbar glaubte sie ihm. Sie hatte die bittere Kälte der Wüste am eigenen Leib erfahren, und er bezweifelte, dass sie lange draußen sein wollte.

»Wir werden morgen früh nachkommen«, sagte K'alvek zu ihr und dem Rest der Gruppe. Er versuchte, die Mischung aus Wut und Sorge zu ignorieren, die aus den anderen Köpfen strömte. Er wusste so gut wie jeder andere, welche Gefahr von den Cresteks ausging und was es für Danicas Crew bedeuten konnte, von ihnen entführt worden zu sein.

Die Cresteks horteten alle möglichen Güter, und in ihren Augen war Danicas Crew ein wertvolles Gut – jedoch nur zur Paarung. Die weiblichen Außerirdischen wären gezwungen, Crestek-Gefährten anzunehmen, ob sie es wollten oder nicht. Der Gedanke ließ ein dunkles Knurren in seiner Brust aufkommen.

Danica blickte zu ihm auf. »Was ist denn los?«

»Nichts«, log er. »Kush wird deine Mannschaft finden.«

Sie ließ die Schultern hängen, nickte jedoch zustimmend und warf dann einen Blick auf die herumstehenden Dothveks, bevor sie auf den Boden deutete. »Schlafen wir alle hier drinnen?«

K'alvek sah sich in dem kahlen Innenraum um. Er bestand aus kaltem Metall, harten Oberflächen und scharfen Kanten. Ganz anders als der weiche Sand, an den seine Leute gewohnt waren. Er schüttelte kurz den Kopf, bevor er den anderen Dothveks auftrug, ihr Lager außerhalb des Schiffes aufzuschlagen. »Sie werden auf dem Sand schlafen.«

Danica beobachtete die Außerirdischen, wie sie die Brücke verließen und aus der Öffnung sprangen. Sie war nicht gerade begeistert von der Idee, dass ein Dutzend riesiger Dothveks auf der Brücke schlafen sollten, aber sie wollte auch nicht, dass sie erfroren. »Ist es nicht zu kalt da draußen?«

K'alvek tippte auf die harte Haut seines Arms. »Wir sind daran gewöhnt.«

Danica strich mit einem Finger über seinen nackten Arm. Die goldene Haut sah in dem dämmrigen Licht beinahe dunkel aus und ihre Berührung ließ eine vertraute Wärme durch seine Haut strömen. »Schläfst du hier drinnen bei mir?«

Er zögerte. »Willst du das?«

Ihre Wangen erröteten und sie lächelte entschuldigend. »Wenn dir der harten Boden nichts ausmacht.«

K'alvek wusste, dass er den harten Boden nicht einmal bemerken würde, wenn er bei ihr war. Wenn sie in seiner Nähe war, konzentrierten seine Sinne sich ausschließlich auf Danica. Der Gedanke daran, wieder mit ihr zusammen zu sein, ließ seinen Puls schneller schlagen, obwohl er sich an die Warnung der Hohepriesterin erinnerte. Er verwarf sie. Es war ohnehin zu spät. Er hatte sich mit ihr verbunden, also würde er nicht in der Lage sein, eine andere Frau zu beanspruchen, selbst wenn er es wollte. Nicht, dass er sich vorstellen könnte, eine andere Frau so sehr zu wollen, wie er diese seltsame, zerbrechliche Kreatur begehrte.

Er fuhr mit einem Finger an der Seite ihres Gesichtes entlang. Sie blickte zu ihm auf und erwiderte seinen hungrigen Blick. Vielleicht wollte sie ja doch bleiben, dachte er.

KAPITEL EINUNDDREISSIG

Danica nahm den Arm voller rauer Decken entgegen, die einer der Dothveks ihr von unter dem Schiff hinaufreichte. Sie blickte nach unten und sah das behelfsmäßige Lager, das sie um das Schiff herum errichtet hatten. Es bestand aus Ein-Mann-Zelten und die Jebels saßen mit angezogenen Beinen im Sand, während die Dothveks sich an ihre pelzigen Rücken lehnten, als wären die Kreaturen Sofas. Das Ganze war von brennenden Fackeln umgeben und obwohl eine bittere Kälte die Hitze der Sonne abgelöst hatte, schliefen die Dothveks mit nackten Oberkörpern und schienen sich nicht von den Temperaturen beeindrucken zu lassen. Sie drückte die Decken fester an ihre Brust und erschauderte.

Dann suchte sie die Wüste ab, so weit sie sehen konnte, doch sie erblickte nicht mehr als die wuchtigen Umrisse der Dünen und das Licht der Monde, das von den Bergkämmen reflektiert wurde. Außer dem Schnaufen der Jebels und dem gelegentlichen Schnarchen eines der Dothveks war kein Geräusch zu hören. Sie schloss die Tür und hörte nur noch das leise Summen der Computer, begleitet von gelegentlichen Pieptönen. Die Geräusche waren tröstlich, obwohl die Vertrautheit ihres Schiffes sie nur noch mehr an ihre fehlende Crew erinnerte.

»Hör auf damit«, befahl Danica sich selbst. »Du tust alles, was du kannst, um sie zu finden.«

K'alvek tauchte hinter ihr auf und nahm ihr die Decken ab. Er legte sie auf dem Boden aus und begann, sie zu schichten, wie sie es in den Zelten gesehen hatte. Nach kurzer Zeit war ein Teil des Stahlbodens der Brücke mit einem Patchwork aus Stoffen und Tierhäuten bedeckt. Es sah fast gemütlich aus.

Er setzte sich auf die oberste Decke, die auch die weichste zu sein schien, und legte sich mit den Händen unter dem Kopf hin. Danicas Puls raste. Wenn er so ausgestreckt dalag, sah er noch gewaltiger aus, mit seinen muskulösen Armen und seinen definierten Bauchmuskeln. Obwohl sie in der Nacht zuvor jeden Zentimeter seines Körpers gesehen hatte, war sie plötzlich unsicher. Es war eine Sache, sich einem einmaligen Seitensprung mit einem unglaublich heißen Alien hinzugeben. Aber was tat sie hier wirklich?

Schuldgefühle machten sich in ihr breit, als sie die Lederriemen um ihre Brust herum ablegte und sie auf den Boden fallen ließ. Benutzte sie ihn, um ihre Mädels zu finden? Nein, dachte sie. Letzte Nacht ging es um nichts anderes als reine Lust und das Bedürfnis, aufgestauten Stress abzubauen. Und K'alvek half ihr nicht nur, weil sie mit ihm schlief, oder doch?

Nein. Er hatte ihr angeboten, ihr bei der Suche nach ihrer Crew zu helfen, bevor sie die Absicht gehabt hatte, sich auf ihn zu stürzen. Was auch immer zwischen ihnen geschah, war rein körperlich. Zumindest war es für Danica so, dachte sie. Was sollte es auch sonst sein? In der Sekunde, in der sie ihre Crew finden würde, würde sie den Planeten mit einer Rettungsmannschaft verlassen. Und er wusste, dass sie nicht hierher gehörte. Es war ziemlich offensichtlich, dass sie nicht für einen Planeten mit zwei Sonnen und kilometerlangem Sand geeignet war.

Als sie auf ihn herabblickte, konnte sie seine Erregung spüren. Ein kurzer Blick auf seine Hose bestätigte ihren Verdacht. Sie warf einen Blick zurück auf die geschlossene Tür. Sie waren ganz allein, und die Metall-Hülle wirkte definitiv schalldämmend. Ihr gefiel die Vorstellung nicht, dass alle seine Freunde eine Wiederholung der Aufführung vom Vorabend erlebten. Auch wenn die Dothveks sich nichts hatten anmerken lassen.

Er setzte sich auf und nahm ihre Hand, um sie auf sich zu ziehen.

Danica setzte sich auf seinen Schoß und schlang ihre Beine um seine Taille. Sie reichte um seinen Rücken herum und fuhr mit ihren Händen über den stacheligen Vorsprung seiner Wirbelsäule. Es fühlte sich seltsam an, die knochigen Kanten anzufassen, die sich über seinen breiten Rücken ausbreiteten, doch es löste auch eine erregte Spannung in ihr aus. Er war von Kopf bis Fuß steinhart und das war unglaublich erregend. An ihm gab es nichts, das nicht wie Granit war, einschließlich des riesigen Schwanzes, der gegen ihr Bein drückte.

Er schmiegte seinen Kopf in ihren Nacken, und sie spürte die Vibrationen seiner Kehle. Er wollte sie so sehr, wie sie ihn wollte.

Danica wollte nicht über die letzten zwei Tage nachdenken oder darüber, was morgen passieren könnte. Alles was sie in diesem Moment wollte, war K'alveks riesigen, geriffelten Penis in sich zu spüren, damit sie jeden anderen Gedanken und die Angst, die ihren Verstand durcheinanderbrachte, vergessen konnte.

»Nimm mich«, flüsterte sie ihm ins Ohr und biss in die Spitze.

Er warf seinen Kopf nach hinten und knurrte, sodass Danica die Gelegenheit nutzte, um sich zu bücken und mit ihren Händen und dann mit ihrer Zunge über seine Brust zu fahren. Sein ganzer Körper verspannte sich, als er den Kopf hob und ihrem Blick begegnete. Seine Augen brannten vor purer Lust. Danica schenkte ihm ein verruchtes Lächeln und umschloss eine seiner Brustwarzen mit ihren Zähnen.

Mit einer Bewegung packte er sie an der Taille und drehte sie auf den Rücken. Dann ging er auf die Knie und zog sie über die Decken zu sich heran, sodass ihre Beine sich spreizten und ihr Hemd über ihre Brüste hochgezogen wurde. Als sie aus dem Stoff hervorsprangen, beugte er sich vor und nahm eine Brustwarze in seinen Mund. Dann die andere. Er leckte und zerrte mit den Zähnen, bis Danica unter ihm stöhnte.

»Ich brauche dich in mir«, bettelte sie.

Er beugte sich keuchend über sie. »Bist du sicher, dass du mich willst?«

Sie umklammerte seinen Nacken und wickelte ihre Beine um seine Taille. »Ganz sicher.«

Er lächelte, hob eine Augenbraue, zog sich zurück und versenkte ihren Kopf zwischen ihren Schenkeln. »Noch nicht.«

Danica wand sich, als er ihr die ledernen Hosen auszog, die Innenseiten ihrer Beine küsste und sich dann langsam nach oben bewegte, bis er ihre Spalte mit seiner Zunge teilte. Sie wusste, dass sie feucht war. Sie konnte die Glätte zwischen ihren Beinen fühlen, aber sie konnte auch hören, wie er vor Vergnügen stöhnte, als er sie leckte. Seine Zunge war so lang wie jeder andere Teil von ihm, und bald darauf spürte sie seine Wärme in sich. Ihre Augen rollten in ihrem Kopf zurück, als sie sich an seinem Rücken festkrallte. Er zog seine Zunge aus ihr heraus und fand ihre Klitoris, die er mit der Spitze umkreiste, während sie ihn anflehte, in sie einzudringen.

»Du willst mich?«, fragte er und seine Stimme dröhnte noch tödlicher als sonst.

Sie konnte weder sprechen noch denken.

»Du brauchst mich?«

Danica machte wimmernde Geräusche und hoffte, dass er sie als Bestätigung auffassen würde.

»Sag mir, dass du mir gehörst«, sagte er und schnippte mit der Zunge über ihre geschwollene Klitoris.

»Ich gehöre dir«, sagte sie, während ihr Körper zu zittern begann und in diesem Moment meinte sie es ernst.

Er setzte sich auf, hob ihre Beine an den Knöcheln an, spreizte sie und drang in sie ein. Sie keuchte, als sie jede Furche seiner Länge spürte. Er zog die Rillen an seinem Bauch über ihre feuchte Spalte, als er erneut in sie stieß und Danica fühlte, wie sich ihre Muskeln um ihn herum verkrampften.

»Willst du es so?«, fragte er.

Sie war erstaunt, dass er immer noch in der Lage war, zusammenhängende Gedanken zu formulieren. Sie konnte kaum denken, geschweige denn sprechen, als er tief in sie eintauchte und ihren Körper zum Zittern brachte. Ein riesiger Penis reichte bereits aus, um sie zum Höhepunkt zu bringen, aber seine dicken Furchen waren fast zu viel. »Ja«, presste sie hervor.

Er hob ihre Hüften vom Boden und trieb sich noch tiefer hinein. Danica nahm ihre Brüste in die Hände und strich mit den Fingern über ihre harten Brustwarzen. Als sie kam, bäumte sie sich auf und schrie. Daraufhin weiteten sich seine Augen und auch er warf vor Lust seinen Kopf zurück, bevor er mit einem Brüllen in ihr explodierte.

Er ließ ihre Knöchel sinken und wickelte ihre zitternden Beine um seine Taille. Nach einem Augenblick legte er sich nieder und verschob sie so, dass sie auf ihm lag und er noch immer in ihr war. Das Gefühl, in ihren engen Tiefen versunken zu sein, war so berauschend, dass er nirgendwo anders sein wollte.

Sein Körper bebte vor Befreiung und sein Herz klopfte so heftig, dass er sich wunderte, warum es nicht im ganzen Schiff widerhallte. Ihre Euphorie vermischte sich mit seiner, sodass ihm fast schwindelig wurde. Er hätte sich nie erträumen können, dass eine Geistesgefährtin so sein würde, dachte er. Seine Haut kribbelte, und sogar die Luft fühlte sich wie eine Liebkosung an, als er sich unter ihr bewegte.

Danica legte ihren Kopf auf seine Brust und eine Hand auf seinen Bauch. Sie zog seinen Zopf nach vorn und streifte mit dem Ende über seine Brust.

Er lachte, als sie die Haare über seine Brustwarze strich.

Sie grinste ihn an. »Kitzlig?«

Das Wort war ihm unbekannt, aber er mochte, was sie tat. Er mochte alles, was sie mit ihm machte.

Danica begann die Knoten aufzulösen, die seinen langen Pferdeschwanz an mehreren Stellen zusammenhielten. Ihre Absichten machten ihn neugierig, doch er sagte nichts. Nachdem sie ihn aufgemacht hatte, fuhr sie mit ihren Fingern durch sein dichtes, braunes Haar und entlockte ihm ein leises Stöhnen.

»Was ist deine Geschichte?«, fragte sie und strich mit einem Finger über seine Wange, bis sie seinen Hals erreichte. »Was hast du mitten in der Wüste gemacht, als du mich gefunden hast?«

Seine Augen schlossen sich für einen Moment und er erinnerte sich an diesen Tag zurück. »Ich war im Sand unterwegs, um allein zu sein.«

»Das ist nicht gerade eine entspannende Art, etwas Zeit allein zu verbringen.«

»Mein Vater war ein großer Krieger, aber er lebt nicht mehr.« Er holte tief Luft. »Ich fühle ihn bei mir, wenn ich im Sand unterwegs bin.«

»Das verstehe ich. Wenn ich nachts allein in meiner Koje liege, fühle ich die Gegenwart meines Vaters manchmal auf dem Schiff. Zumindest glaube ich das gern.« Sie holte tief Luft. »Mein Vater ist auch gestorben und hat mich allein gelassen. Ich war lange Zeit allein. Bis ich meine Crew gefunden habe.«

Ihre Stimme brach, und er spürte einen Anflug von Einsamkeit, also legte er seine Hände auf ihren kleinen Rücken. »Du bist jetzt nicht allein.«

Sie lachte ein wenig. »Jetzt definitiv nicht mehr.« Sie verschob sich in seinen Armen. »Aber ich kann nicht bei dir bleiben. Das ist nicht mein Planet.«

Ihre Worte trafen sein Herz wie Messer. »Du könntest lernen, eine Dothvek zu sein.«

Er wusste nicht, ob sie lernen konnte, die zwei Sonnen und die Sandstürme zu überleben, auf Jebels zu reiten und sich vor den Cresteks zu verstecken. Selbst wenn sie es könnte, war das nicht ihr echtes Leben. Ihr Leben fand im Weltraum statt, als Captain einer Kopfgeldjäger-Crew. All dies wusste er bereits, bevor er ihren Ansturm des Bedauerns spürte.

Sie schüttelte den Kopf. »Ich muss meine Crew finden und dafür sorgen, dass wir gerettet werden.«

Traurigkeit überspülte ihn. So sehr sie es auch genoss, sich mit ihm zu paaren, es war nicht genug, um ihr Leben aufzugeben. *Er* war nicht genug. Schmerz umklammerte seine Brust und er versuchte, ihn mit ein paar tiefen Atemzügen zu vertreiben.

Er konnte fühlen, wie leid es ihr tat, aber er wusste, dass es für sie nicht so sein würde wie für ihn. Der Gedanke, sie gehen zu lassen, zerriss ihn und ließ seinen Kopf pochen. Wie würde es sich anfühlen, wenn sie tatsächlich weg war? Wenn sie immer weiter und weiter von ihm wegfliegen würde?

Er schlang seine Arme um sie und zog sie näher zu sich heran. Denn in diesem Moment gehörte sie ihm, und er wollte das Beste daraus machen. Er drehte sie um, bis sie unter ihm lag und ließ seine Erregung seine Trauer überwältigen.

Ihre Pupillen weiteten sich. »Wenn du so weitermachst, werde ich morgen nicht mehr auf einem Jebel reiten können.«

KAPITEL ZWEIUNDDREISSIG

Kush hielt inne, als er den Rand des Sandes und den Felsvorsprung erreichte, rutschte von seinem Jebel herunter und klopfte ihm auf den Hals. Er entdeckte die Blutstropfen auf dem Boden, aber er konnte erkennen, dass sie Tage alt waren. Die Kratzer auf der Felswand faszinierten ihn, und er fragte sich, ob die weibliche Gruppe sie verursacht hatte. Er war sich sicher, dass sie dort vorbeigekommen waren.

Obwohl der Sand sich schnell veränderte und alle Fußabdrücke bedeckte, konnte er immer noch eine schwache Spur ausmachen, da er wusste, welche Bereiche des Sandes sich zuletzt verändert hatten. Es war vergleichbar mit der Art und Weise, wie sie die Kreaturen unter dem Sand aufspürten, und Kush war der beste Spurensucher des Klans. Als er seinen Blick wieder über den Sand schweifen ließ, den er überquert hatte, und die fast unmerkliche Spur, der er gefolgt war, grunzte er.

Er nahm einen schnellen Schluck aus seiner Wassersack, bevor er seinen Jebel wieder in Richtung der Dünen drehte und ihm auf den Hintern schlug. Er konnte ihn nicht benutzen, um durch die Felsen zu kommen. Die Felsvorsprünge waren zu schmal.

Zufrieden beobachtete er, wie er davonschlenderte, froh, dass ihre Tiere trainiert waren, den Weg über die Dünen nach Hause zu finden.

Dann machte er sich auf den Weg den felsigen Pfad entlang. Er konnte einige Kreaturen vor sich spüren, aber durch den Fels hindurch konnte er nicht bestimmen, wie viele oder welche Kreaturen es waren. Er zog eine Klinge aus seinem Gürtel und hielt sie fest, während er rannte. Er hatte die Verbrennungen gesehen, die der Blaster auf der Brust seines Cousins hinterlassen hatte, und wollte nicht unvorbereitet auf eine Gruppe von Cresteks stoßen.

Kush würde seinem älteren Verwandten niemals die Hilfe verweigern, aber er befürchtete, dass K'alvek noch besessener von seinem Racheplan werden würde, wenn die Frau wegging. Selbst mit der Verbindung, die K'alvek zu ihr hatte, wusste Kush, dass sie nicht die Absicht hatte, auf ihrem Planeten zu bleiben. Er hatte ihr Gesicht gesehen, als sie zu ihrem Schiff zurückgekehrt war. Dort gehörte sie hin, nicht wie eine Dothvek-Kriegerin in den Sand. Und wie sollte eine blasse, winzige Kreatur wie sie auf ihrem Planeten überleben?

Kush schüttelte den Kopf. Sein Cousin war ein starrköpfiger Narr, wenn er dachte, dass sie bleiben würde. Es wäre nicht das erste Mal, dass K'alvek sich kopfüber in etwas hineingestürzt und es hinterher bereut hätte. Nur befürchtete Kush, dass der Schaden diesmal nicht so leicht zu beheben sein würde.

Er war so in seine Gedanken an seinen Cousin versunken, dass er die Frauen nicht hörte, bis er fast über sie gestolpert wäre. Er blieb abrupt stehen, als er die Biegung des Pfades umrundete und auf die beiden weiblichen Wesen stieß, die vor ihm liefen. Einen Moment lang war er erfreut, die verschwundene Mannschaft gefunden zu haben. Doch dann drehte sich eine der braunhaarigen Kreaturen zu ihm um und trat ihm in den Schritt.

Glücklicherweise war der Tritt etwas niedrig geraten, sodass er nicht zu Boden fiel. Er taumelte zurück, um einem weiteren Tritt auszuweichen und fing das Bein des Weibchens auf, bevor es mit ihm in Verbindung kommen konnte. Er hob es hoch und zog sie von den Füßen, sodass ihr Kopf kopfüber baumelte, ihre Masse dunkler, gewellter Haare den Boden streifte und die Metallketten um ihre Taille klapperten.

Die andere schrie, warf sich auf ihn und kratzte an seinem Arm herum. Kushs Freude über den Fund ließ immer mehr nach.

»Dan-ee-kah«, sagte er, so laut er konnte, über die Schreie und das Gebrüll hinweg.

Beide Frauen erstarrten.

»Hast du Danica gesagt?«, fragte die Frau mit den zusammengebundenen Haaren.

Er nickte und wiederholte den Namen, während er die andere Frau langsam herunterließ und mit erhobenen Händen zurücktrat. Die Geräte, die Danica ihnen gegeben hatte, waren faszinierend. Er konnte ihre Worte verstehen, obwohl der Klang der Sprache immer noch fremd war.

Die mit der wilden Mähne aus lockigem Haar blickte ihn an und fragte ihn etwas. An ihrem Tonfall erkannte er, dass sie skeptisch war.

»Ich weiß, ihr glaubt mir nicht, aber eure Anführerin ist in Sicherheit.« Er neigte den Kopf und deutete auf den Sand hinter ihm. »Sie hat mich geschickt, um euch zu finden.«

Die Frau, die ihn nicht ansah, als wolle sie ihm den Kopf abreißen, trat einen Schritt zurück und sah ihn verirrt an. Sicher fragte sie sich, wie der Barbar sie verstehen konnte.

Er drehte seinen Kopf und tippte auf das Gerät, das hinter seinem Ohr angebracht war. »Ich kann dich verstehen, weil Danica mir das hier gegeben hat.« Er grinste. »Und es war mein barbarischer Klan, der sie gerettet hat.«

Caro beäugte ihn. »Wie hast du das gemacht?«

»Was?«, fragte er und drehte sich zu ihnen um.

»Du wusstest, was ich gedacht habe«, sagte sie. »Ziemlich genau sogar.«

Tori blickte weiter finster drein, während sie sich den Staub von ihren Klamotten wischte. »Vielleicht liest er unsere Gedanken.«

»Nicht eure Gedanken«, sagte der goldhäutige Außerirdische. »Eure Gefühle.«

Caro grinste. »Cool.«

Tori war offensichtlich nicht sonderlich beeindruckt und konzentrierte sich darauf, ihren Blaster zu inspizieren, während sie dem Außerirdischen mörderische Blicke zuwarf.

Er legte eine große Hand auf die glänzende, goldene Haut seiner Brust. »Kush.«

Caro versuchte, nicht auf seine wohlgeformten Brustmuskeln zu starren, doch bis auf die schwarzen Tattoos, die ihn auf beiden Seiten bedeckten und einen Lederriemen, der von einer Schulter bis zu seiner Taille hing, war sein Oberkörper nackt. Ihre Augen verweilten auf seinen Bauchmuskeln, bei denen sie sich ebenfalls ermahnen musste, nicht allzu lange hinzusehen. Sie hatte noch nie so definierte Bauchmuskeln gesehen, und waren das erhabene Linien, die in seiner Hose verschwanden?

»Ist das dein Name? Meiner ist Caro.« Sie deutete mit dem Daumen auf ihre Freundin. »Und das ist Tori. Wir sind Teil von Danicas Kopfgeldjäger-Crew und ...«

»Was machst du da?«, fragte Tori und starrte Caro an.

Caro zuckte mit den Achseln und zog ihren dunklen Pferdeschwanz zurecht. »Mich anfreunden, glaube ich. Dieser Typ kennt Danica offensichtlich, und ich glaube, dass er uns sagen kann, wo sie ist.«

Tori stieß einen langen Atemzug aus. »Ich korrigiere, das ist kein ›Typ‹. Falls du es noch nicht bemerkt hast, sieht er aus wie ein Barbar.«

Caro beäugte die spitzen Ohren und die dunklen Augenbrauen der Kreatur vor sich. »Erstens, er kann dich verstehen. Und zweitens ist es nicht so, als würde er auf allen Vieren herumkriechen und Käfer durch eine Schnauze aufsaugen. Und es ist ziemlich zivilisiert, Gefühle lesen zu können, wenn du mich fragst.«

Tori murmelte etwas davon, dass es gruselig sei.

»Wo ist Danica?«, fragte Caro und ignorierte Toris Kommentare.

Kush zeigte hinter sie. »Bei eurem Schiff.«

Tori warf die Hände in die Luft. »Wir waren die ganze Zeit beim Schiff. Jetzt taucht sie auf? Wo war sie die ganze Zeit? Warum ist sie verschwunden? Ist sie verletzt?«

Kush studierte sie und sein Blick wechselte zwischen den beiden Frauen. »Ich weiß nicht alles, aber sie war verletzt und mein Verwandter hat sie gefunden. Er hat sie in unser Dorf gebracht und wir sind mit einem Trupp hierhergekommen, um euer Schiff zu finden und euch zu helfen.«

Tori stieß einen weiteren Atemzug aus, aber dieses Mal klang sie erleichtert. »Okay, Danica, Holly und Max sind also alle auf dem

Schiff. Das ist gut. Bis wir wieder zurück sind, sollten sie herausgefunden haben, wie man einen Notruf aussendet.« Sie blickte zu den beiden glühenden Sonnen auf. »Je schneller wir von dieser Einöde aus Sand und Steinen wegkommen, desto besser.«

Caro deutete hinter Kush. »Sollen wir zurück zu den anderen zum Schiff gehen?«

Sein Gesicht verdunkelte sich, und er neigte seinen Kopf in die entgegengesetzte Richtung. »Es gibt keine anderen. Nur Danica.«

Tori stemmte ihre Hände in die Hüften. »Was? Das ist unmöglich.

Diese Professorin war schlau genug, um Holly nicht verletzt aus dem Schiff gehen zu lassen, und ich weiß, dass Holly uns niemals verlassen hätte, selbst wenn sie einen Notruf ausgesendet hätten und ein Schiff zur Rettung gekommen wäre.«

Der Ausdruck des Außerirdischen war ernst. »Sie sind nicht gegangen. Sie wurden mitgenommen. Ich habe nicht nach euch gesucht. Ich habe sie verfolgt.«

»Mitgenommen?« Toris Stimme stieg um ein paar Oktaven an, als sie ihre Frage an Kush richtete. »Wer hat sie mitgenommen? Ein paar von euren Leuten?«

Kush ruckte mit dem Kopf nach oben. »Cresteks.«

Tori zuckte zusammen. »Was sind Cresteks?«

»Feinde«, sagte er.

»Das ist ja überhaupt nicht vage«, murmelte Tori.

»Okay, also der Rest unserer Crew – mit Ausnahme von Danica – wurde von euren Feinden entführt«, stellte Caro fest, »Und ich nehme an, dass sie nicht sonderlich nett sind.«

»Bexli und Pog«, warf Tori ein. »Sie suchen immer noch nach Danica.«

Caro kaute auf ihrem Daumennagel herum. »Stimmt. Wir sollten sie finden und ihr von Danica erzählen.«

»Worauf warten wir dann noch?«, fragte Tori und ballte die Fäuste. »Lass sie uns holen.«

Caro blickte zwischen den beiden Kriegern hin und her und holte tief Luft. Sie war eindeutig unterlegen, aber wenn es darum ging, ihre Crew zu retten, wusste sie, dass sie genauso gnadenlos sein konnte wie jeder Barbar oder Zevrianer.

»Es wäre besser, bis zum Morgen zu warten«, sagte Kush und deutete auf die Sonnen, die bereits tief am Himmel standen und Schatten über die Landschaft warfen. »In der Dunkelheit sind die Felsen gefährlich. Es wäre bedauerlich, wenn eine von euch einen Abgrund hinabstürzen würde.«, sagte Kush.

Tori spähte über die Klippe und seufzte. »Bei Morgengrauen und keinen Moment später.«

Kush nickte und zeigte ihnen ein wildes Grinsen, als er den Riemen über seiner Brust verstellte. »Einverstanden.«

KAPITEL DREIUNDDREISSIG

K'alvek stand in der Tür des abgestürzten Schiffes und blickte auf seine Dothvek-Kameraden herab, die sich im Sand zu rühren begannen. Die Sonnen hatten die Dünen erklommen, schickten sowohl Licht als auch Wärme über die sandbedeckte Oberfläche des Planeten und er musste die Hand heben, um seine Augen vor dem grellen Licht zu schützen. Ein Jebel brüllte, während er sich aufrichtete und einige Krieger versammelten sich um ein kleines Feuer, um das Frühstück auf einem Spieß zu braten.

Er fühlte Danica hinter sich auftauchen und sie gesellte sich zu ihm. Sie hatte sich angezogen und ihr helles Haar aus ihrem Gesicht nach hinten zusammengebunden. K'alvek gefiel es, wie ihr Haar das Licht einfing und fast so golden aussah wie der Sand. Er strich ihr eine lose Locke von der Stirn und sie lächelte ihn mit leicht geröteten Wangen an.

Er lächelte zurück, bevor er sich erinnerte, wie eindringlich sie am Abend zuvor gewesen war, als sie ihm gesagt hatte, dass sie gehen müsse. Seine Augen musterten das metallische Innere des Schiffes, mit seinen blinkenden Lichtern und seltsamen Pieptönen. Das war es, was sie gewohnt war. Das war ihre Welt, und sie hatte nicht die Absicht, dies zu ändern, auch wenn sie eine Verbindung zu ihm fühlte.

K'alvek wusste, dass sie eine Bindung zwischen ihnen fühlte, und er wusste, dass diese mit jeder Paarung wuchs, und je mehr Zeit sie miteinander verbrachten. Er konnte ihre Emotionen nun stärker spüren und hatte sogar ein Stechen in seinem eigenen Fuß gespürt, als sie sich vorhin den Zeh gestoßen hatte. Er fragte sich, ob er ihre Gegenwart auch noch fühlen würde, nachdem sie den Planeten verlassen hatte. Der Gedanke an ihre Abreise bereitete ihm Kummer, doch er wies sich selbst zurecht. Er hatte gewusst, worauf er sich einließ, als er sich mit ihr verbunden hatte. Er konnte niemandem etwas vorwerfen, außer sich selbst. Außerdem hatte er ohnehin nie vorgehabt, eine Partnerin zu finden. Rache und Verpflichtung passten nicht gut zusammen. Wenn Danica wegging, würde er sich darauf konzentrieren können, seinen Vater zu rächen.

Er merkte, dass er die Stirn runzelte, als er sah, wie sie ihn mit einem fragenden Gesichtsausdruck anstarrte. Er schob die Gedanken beiseite und ließ seine geballten Fäuste los.

»Hast du Hunger?«, fragte er, obwohl er die Antwort durch das schwache Rumpeln ihres Magens bereits kannte.

Sie legte eine Hand auf ihren Bauch.

Mit Leichtigkeit ließ er sich auf den Boden fallen und seine breiten Füße wühlten eine seichte Sandwolke auf. Dann drehte er sich um und streckte die Arme nach ihr aus. Sie sprang herunter, und er fing sie auf, bevor sie auf den Sand treffen konnte, wobei seine breiten Hände ihre schmale Taille fast vollständig umschlossen.

Sie schlossen sich der Gruppe am Feuer an, und Danica hielt ihre Hände an die knisternden Flammen. Die Morgensonne hatte die Kälte der Wüstennacht noch nicht vollständig vernichtet, obwohl

K'alvek wusste, dass die Dothveks die Kälte nicht so spürten wie sie. Er nahm eine Decke vom Boden und wickelte sie ihr um die Schultern.

Tommel, der Älteste der Gruppe, der die Kolonne angeführt hatte, reichte ihm einen Teller mit warmem Fleisch und Fladenbrot, und der würzige Duft ließ seinen Magen knurren. Danica blickte auf und lachte. Er konnte nicht anders, als ebenfalls zu lächeln, riss ihr ein Stück davon ab und warf sich dann selbst einen Bissen in den Mund.

K'alvek verspürte eine leichte Bewegung im Boden unter seinen Füßen. Er griff nach einer der Klingen, die um seine Brust geschnallt waren, kniete sich hin, legte eine Hand auf den Sand und tastete nach den Vibrationen. Er konnte Danicas Verwirrung spüren, aber er ließ sich nicht ablenken, während er über dem Sand lauerte. Als er eine plötzliche Bewegung wahrnahm, schlug er seine Klinge in den Sand. Sie traf auf etwas Hartes und dank des knackenden Geräuschs der Schale wusste er sofort, was er aufgespießt hatte. Er zog seine Klinge – und das zappelnde Tier – aus dem Sand, während Danica keuchte und rückwärts von ihm wegstolperte.

Das Tier war so lang wie sein Unterarm, mit mehreren Zangen, die aus seinem gepanzerten Körper herausragten. K'alvek drehte es um und berührte seinen Unterleib, woraufhin die Kreatur erstarrte. Ohne seine Hand zu entfernen, dankte er dem Tier stillschweigend für sein Opfer und die Nahrung, die es ihm liefern würde, bevor er seine Klinge entfernte und den Kopf abhackte.

Tommel kam herüber und klopfte ihm auf die Schulter. Er bewunderte die Größe des Sandkneifers und gratulierte ihm zu seiner makellos erlegten Beute.

»Wie hast du das gemacht?«, fragte Danica.

K'alvek stellte fest, dass ihr Gesichtsausdruck wie eingefroren war, als sie die kopflose Kreatur in seiner Hand anstarrte. »Ich habe es dir gesagt. Ich bin einer der besten Jäger des Klans.«

Sie deutete auf das Tier. »Du hast es berührt und es hat aufgehört, sich zu bewegen. Wie hast du das gemacht?«

K'alvek reichte Tommel seine Beute, damit er sie dem Spieß über dem Feuer hinzufügen konnte. Er streckte seine Hände aus und drehte die Handflächen nach oben. »Ich nehme ihnen den Schmerz und gebe ihnen vor ihrem Tod Zufriedenheit.«

Sie wandte ihren Blick nicht von seinen Händen ab. »Du berührst sie und sie fühlen sich so gut, dass sie aufhören zu kämpfen?«

»Ja, das macht die Jagd gnädiger.«

Ihr Blick traf den seinen. »Fühle ich mich deshalb so benommen, wenn du mich berührst? Verströmen deine Hände eine Art Energiedroge?«

Er öffnete seinen Mund, antwortete aber nicht. Er kannte das Wort »Droge« nicht, aber er wusste, dass sie verärgert war.

»Ist das der Grund, warum ich mich so zu dir hingezogen fühle? Warum ich dir scheinbar nicht widerstehen kann, obwohl ich weiß, dass es keine gute Idee ist?«

K'alvek zuckte unwillkürlich zusammen. Er war sich der Tatsache bewusst, dass die Dothveks sich von ihnen entfernten und ihre Blicke abwandten. Sie wussten nicht, was sie sagte, aber es war offensichtlich, dass sie wütend auf ihn war.

»So sind wir nun einmal«, sagte er. »Die Wirkung ist bei dir nicht die gleiche wie bei den kleineren Wesen.«

»Aber deshalb fühle ich mich so gut, wenn du mich berührst, nicht wahr?«

Er betrachtete seine Hände. »Es ist nicht nur das. Es gibt eine tiefere Verbindung zwischen uns.«

»Die Sache mit dem Geist?«, fragte sie und sah sich zu den anderen Dothveks um. »Aber ich dachte, ihr seid alle so empfindsam?«

»Das sind wir, aber wir fühlen die Gedanken des anderen nicht so stark wie ich deine fühle.«

Sie blinzelte ihn ein paar Mal an. »Ich verstehe das nicht. Was hat das zu bedeuten?«

»Es bedeutet, dass wir Geistesgefährten sind. Das ist eine Verbindung, die ein Dothvek nur einmal eingeht.« Er holte tief Luft. »Es bedeutet, dass du dazu bestimmt warst, mein zu sein.«

»Wow, sogar Barbaren haben kitschige Sprüche.« Sie stieß einen verzweifelten Atemzug aus. »Es war klar, dass mir wieder so etwas passiert. Eine Spezies von muskulösen Außerirdischen, die einen mit einer Berührung davon überzeugen können, dass du sie flachlegen willst. Und dann erzählen sie dir, dass es Schicksal ist.« Danica stemmte ihre Hände in die Hüften. »Typisch.«

Ihre Anschuldigungen taten weh. Hatte er nicht versucht, die Dinge zu verlangsamen? Hatte er sie nicht viele Male gefragt, ob sie sich sicher war? Er wich einen Schritt zurück. Er hatte sich geirrt, als er dachte, ihre Verbindung würde die Tatsache überwinden, dass sie eine Außerirdische war, die nichts mehr wollte, als von seinem Planeten wegzukommen. Er hätte sie niemals aus dem Sand retten dürfen, auch wenn sie eine zerbrechliche Frau war. Sie war nichts weiter als eine Ablenkung gewesen. Eine Ablenkung, die K'alvek nicht gebrauchen konnte. Wenn er doch nur von Anfang an auf sich selbst gehört hätte. Er hatte gewusst, dass sie Ärger machen würde.

Danicas Bick durchbohrte ihn. »Pass mal auf, Kumpel. Ich glaube nicht an das Schicksal, und ich gehöre niemandem.«

Er sah zu, wie sie sich von ihm entfernte. Er wusste nicht, was sie mit ihren Worten meinte, aber er wusste, dass sie nichts Gutes bedeuteten.

KAPITEL VIERUNDDREISSIG

Sie lief auf der Brücke ihres Schiffes hin und her und ihre hämmernden Schritte hallten von dem Metallboden wider. Es war der einzige Ort, an dem sie etwas Freiraum von ihm hatte. Von allen von ihnen. Sie blickte auf den Stapel Decken hinab, der in der Ecke verstreut lag, und eine Hitzewelle überflutete ihr Gesicht.

Wie konnte sie nur so leichtgläubig sein? Sie wusste, dass sich das Zusammensein mit K'alvek irgendwie anders angefühlt hatte, und jetzt wusste sie warum. Er hatte sie mit einem trügerischen Gefühl der Euphorie eingelullt. Sie war genau wie eine der Kreaturen, die er jagte. Auch seine Beute wiegte sich in Sicherheit und Glück, bis es zu spät war.

Danica fuhr sich mit einer Hand durchs Haar und zuckte zusammen, als sie sich in einem Knoten verfing. Sie blinzelte eine Träne des Schmerzes zurück, bevor sie auf den Boden sank und all den Stress und die Sorgen losließ, die sie in den vergangenen Tagen in sich aufgestaut hatte. Ihre Schultern bebten, als sie die Tränen fließen ließ und sie wusste, dass sie hauptsächlich weinte, weil sie sich verraten fühlte.

Seit ihr Vater gestorben war und sie allein gelassen hatte, hatte sie versucht, stark zu sein. Hatte sie bei seiner Beerdigung überhaupt geweint, oder war sie zu besorgt gewesen, dass die Leute sie für schwach halten würden? Sogar damals hatte sie sich schon Mühe gegeben, ihre harte Fassade aufrechtzuerhalten. Das musste sie auch. Sie hatte nichts anderes geerbt als ein altes Raumschiff und das, was ihr Vater ihr beigebracht hatte: Kopfgelder zu sammeln. Es war fast kein Geld mehr da gewesen, also hatte sie sofort anfangen müssen zu arbeiten. Sie hatte keine Zeit gehabt, richtig um ihren Vater zu trauern. Stattdessen war sie damit beschäftigt gewesen, Geld für Essen und den Treibstoff des Schiffes zu verdienen.

Die warmen Tränen schmeckten salzig, als sie ihr über die Wangen in den Mund liefen, aber sie wischte sie nicht weg. Sie sackte an einer der Metallkonsolen zusammen und holte tief Luft, während die Computer leise über ihr surrten. Sie hatte sich so lange einsam und allein gefühlt. Die Warnung ihres Vaters, Männern nie zu vertrauen, hatte sie sich zu Herzen genommen, denn sie hatte ihr Schiff fast ein ganzes Astrojahr lang allein gesteuert, bevor sie Holly, dann Caro, Tori und schließlich Bexli fand.

Es war nicht leicht gewesen, eine Crew zusammenzustellen, die ausschließlich aus Frauen bestand, aber sie hatte es geschafft. Mittlerweile würde sie allen vieren ihr Leben anvertrauen, und sie wusste, dass ihre Crew-Mitglieder genauso für sie empfanden. Schließlich waren sie alle Einzelgängerinnen, Außenseiterinnen und Ausgestoßene. Aber zusammen waren sie ein erfolgreiches Team und ihre eigene Version einer Familie geworden. Sie hatten allen bewiesen – einschließlich der zweifelnden Stimme in ihrem eigenen Kopf – dass Frauen knallharte Kopfgeldjägerinnen sein konnten, denn sie brachten ein Spitzen-Kopfgeld nach dem anderen ein.

Der Gedanke an ihre Crew und wie sehr sie sich um sie sorgte, ließ nur noch mehr Tränen in ihr aufkommen. Danica drückte ihre Hände gegen die Augen und versuchte, das blinkende rote Licht der Konsole über ihr zu verdrängen, zusammen mit all der Sorge, die sie zu ersticken drohte. Sie wusste nicht, ob Tori wohlauf war, ob sie jemals auf das Schiff zurückgekommen war, oder was die Cresteks mit ihren gefangenen Crewmitgliedern machen würden. Sie konnte ihre Freundinnen nicht verlieren. Nicht nach allem, was sie bereits verloren hatte.

Komm schon, sprach sie sich selbst zu. *So darfst du nicht denken. Sie werden sie finden.*

Sie hielt inne. Warum vertraute sie diesen Außerirdischen immer noch, nachdem sie K'alveks Geheimnis aufgedeckt hatte? Hatte er nicht bewiesen, dass er genau wie jeder andere Mann war und man sich nicht auf ihn verlassen konnte? Warum sollte der Rest seiner Art anders sein?

Aber du glaubst ihm trotzdem, sagte eine kleine Stimme irgendwo tief in ihrem Verstand. Danica seufzte auf, als ihr klar wurde, dass die Stimme recht hatte. Sie glaubte nicht, dass K'alvek sie angelogen hatte, als er sagte, dass sie ihre Crew finden würden. Sie waren mit einer Kolonne quer durch die Wüste geritten, nicht wahr? Er hatte einen Kundschafter vorausgeschickt, um sie aufzuspüren, sobald sie bemerkt hatten, dass ihre Mannschaft entführt worden war. Es war nicht so, als müsste er irgendetwas davon tun. Nicht, wenn er sie bereits dazu überlistet hatte, mit ihm zu schlafen.

Sie biss sich auf die Unterlippe, als sie an die vergangene Nacht dachte. Er hatte recht. Er hatte sie mehr als einmal gefragt, ob sie sich sicher war. Damals war sie davon ausgegangen, dass das eine Art Dirty Talk war und weniger eine Bitte um Zustimmung, nachdem er sie betäubt hatte. Ihr Puls beschleunigte sich, als sie sich daran erinnerte, wie sehr sie ihn gewollt hatte und wie gut sich das alles angefühlt hatte.

»Weil er mich mit seinen Drogen-Händen um den Finger gewickelt hat«, sagte sie laut, obwohl niemand sie hören konnte.

Sie rief sich K'alveks Gesichtsausdruck in Erinnerung, als sie ihn beschuldigt hatte, sie ausgetrickst zu haben. Er hatte aufrichtig verletzt ausgesehen. Sie hatte den Schmerz in ihm gespürt. Schmerz, weil sie dachte, er hätte sie ausgetrickst, und Schmerz, weil sie ihn in Wirklichkeit nicht wollte.

Sie lehnte ihren Kopf zurück und schniefte. Aber eigentlich war das nicht wahr. Danica hatte ihn gewollt, und wenn sie ehrlich war, glaubte sie nicht, dass das alles an seiner seltsamen Energie lag. Sicher, sie hatte sich großartig gefühlt, als er sie berührt hatte, aber da war mehr an ihrer Verbindung als nur irgendeine außerirdische Magie, oder etwa nicht? War er ehrlich zu ihr gewesen, als er behauptete, dass ihre geistige Verbindung nicht alltäglich war? Und glaubte sie tatsächlich, dass das Schicksal sie ihr Leben lang an einen einzigen Typen gebunden hatte? Das spielte keine Rolle. Selbst wenn es so war, würden sie und ihre Crew trotzdem auf dem ersten Rettungsschiff von diesem Planeten verschwinden.

Sie wischte sich die Nase ab und stand auf, denn es nützte nichts, über die letzten Tage nachzudenken. Nicht, wenn sie stattdessen daran arbeiten konnte, diesen Notruf abzusenden. Beim Gedanken an K'alvek flatterte ihr der Magen. Je schneller sie von dem Außerirdischen wegkam, desto besser wäre es für beide.

KAPITEL FÜNFUNDDREISSIG

K'alvek betrachtete das glänzende Metall des Schiffes. Sie hatte wohl nicht vor, wieder herauszukommen. Er trat gegen eine Düne und erzeugte eine goldene Staubwolke. Dickköpfiges Wesen. Wenn er nicht versprochen hätte, ihr zu helfen, wäre er auf seinen Jebel gesprungen und so weit wie möglich in die entgegengesetzte Richtung geritten. Alles, um dem Wirrwarr von Emotionen in seinem Gehirn zu entkommen.

Er wusste, dass dies eine der Folgen der Geistes-Paarung war. Er spürte ihre Emotionen deutlicher und ihre Gedanken so klar wie seine eigenen. Als sie miteinander geschlafen hatten, war der Wirbel der Gefühle, der durch seinen Verstand strömte, glückselig gewesen. Jetzt war es eine Qual. Ein weiterer Grund sie loszuwerden. Er hatte genug mit seinen eigenen Gefühlen zu tun. Da musste er sich nicht auch noch um die einer Frau kümmern.

Er konzentrierte sich darauf, ihre Wut abzublocken, bis es nur noch ein schwaches Summen in den Tiefen seines Gehirns war. Die Wut störte ihn nicht so sehr wie der Schmerz des Betruges. Er konnte es nicht ertragen, ihren Schmerz zu fühlen. Schmerz, den er ihr zugefügt hatte, obwohl er alles getan hatte, was er konnte, um sie zu beschützen.

War es seine Schuld, dass sie sein Volk nicht verstand? War es seine Schuld, dass sie eine Fremde war, die seinen Planeten nicht kannte? Er grunzte frustriert. Hätte er das Schiff doch nur ignoriert, als es am Himmel entlanggerast war.

Er sah sich im Lager um. Seine Leute befestigten die letzten Vorräte an den Jebels, schnallten die Riemen fest und tätschelten das dicke Fell der Tiere. Sie waren ihm aus dem Weg gegangen, seit Danica davongestampft und im Schiff verschwunden war, aber er wusste, dass sie die Suche unbedingt wieder aufnehmen wollten. Er wusste auch, dass sie jedes Wort, das sie zu ihm gesagt hatte, verstanden hatten, dank der kleinen Geräte hinter ihren Ohren.

»Sprich mit ihr«, sagte Tommel und das Silber in seinem dunklen Haar glitzerte in den aufgehenden Sonnen, als er sich näherte. »Erkläre es ihr.«

K'alvek wünschte, es wäre so einfach. Wie konnte er etwas erklären, das er selbst nicht verstand und über das er nie viel nachgedacht hatte? Er hatte nie gewusst, dass die Energie, die Dothveks ausstrahlten, etwas Besonderes war oder als List angesehen werden würde. Und er hatte nie erwartet, dass er eine Bindung mit einer Außenweltlerin eingehen würde, geschweige denn, dass sie seine Gedankengefährtin werden würde. Er sah den älteren Dothvek an und nickte. »Ich werde es versuchen.«

Er legte die wenigen Schritte zum Schiffsrumpf zurück, schwang sich zur Tür hinauf und drückte auf das Paneel, das sie aufgleiten ließ. Danica stand mit dem Rücken zu ihm und ihre Augen waren auf eine der erleuchteten Leinwände fixiert, die er nicht verstand.

»Es ist Zeit aufzubrechen«, sagte er.

Sie richtete sich auf, drehte sich aber nicht um. »Ich werde nicht mitkommen.«

Ein weiterer Schlag in die Magengrube. Hasste sie ihn so sehr, dass sie nicht mehr in seiner Nähe sein wollte, auch wenn sie damit ihre Freundinnen retten würde? »Du willst deine Crew nicht finden?«

Sie drehte sich um und er sah, dass ihre Augen rot und geschwollen waren. »Ich sollte hierbleiben und an dem Notruf arbeiten. Auf diese Weise wird bereits ein Rettungsschiff auf dem Weg sein, wenn du sie findest.«

K'alvek versuchte zu ignorieren, wie sich sein Innerstes verkrampfte. Für sie gab es nichts Wichtigeres, als von seinem Planeten wegzukommen. Weg von ihm. Nichts, was zwischen ihnen geschehen war, bedeutete ihr etwas. Die Verbindung, die er so stark empfunden hatte, bedeutete ihr nichts.

»Ich habe dich nicht getäuscht«, sagte er. »Ich kann nicht ändern, wer ich bin.«

Sie fuhr sich mit einer Hand durchs Haar. »Woher weiß ich, was echt war und was außerirdische Magie war?«

K'alvek blickte auf seine eigenen Hände hinab. Er würde immer ein Dothvek-Krieger sein und sie würde es nie verstehen. Wie könnte sie auch? Sie war eine Außerirdische, die nicht auf seinen Planeten gehörte.

Er seufzte. Aber bald würde sie nicht mehr auf seinem Planeten sein. Er schob das Gefühl des Verlustes, das er so gut kannte, beiseite und stählte sich, um ihrem Blick zu begegnen. »Für mich war es echt.«

Sie blinzelte schnell, dann blickte sie zu Boden.

K'alvek fühlte, wie sich eine seltsame Ruhe über ihn legte, als ihm bewusst wurde, dass er sich von ihr verabschiedete. »Ich werde deine Besatzung finden, damit du gehen kannst.«

Bevor sie aufblicken konnte, sprang er wieder in den Sand hinunter und machte ein paar lange Schritte, um sich auf den Rücken seines Jebels zu schwingen. Er warf einen Blick über die Schulter zu Tommel und bat ihn, bei Danica zu bleiben und sie zu beschützen. Er wollte nicht, dass sie in Gefahr war, aber er konnte nicht bleiben. Er musste so weit weg von ihr, wie er nur konnte.

Tommel nickte zustimmend, und K'alvek sah zu, wie der ältere Dothvek seine Arme vor seiner Brust verschränkte, als die Gruppe begann, sich auf die Felsen zuzubewegen. Danica war in Sicherheit.

Sehnsüchtig betrachtete K'alvek die zerklüftete Felswand und hoffte, dass die Entfernung ausreichen würde, um sie aus seinen Gedanken zu verdrängen. Würde er sie weniger deutlich hören, wenn sie seinen Planeten verließ, oder würde er das Echo ihrer Gedanken immer zusammen mit seinen eigenen hören? Er knurrte und trieb seinen Jebel vorwärts. Wenn sie weiterhin in seinem Kopf bleiben würde, nachdem sie seinen Planeten verlassen hatte, fürchtete er, dass er verrückt werden würde.

KAPITEL SECHSUNDDREISSIG

K'alvek konnte Kush spüren, als sie sich ihm näherten. Er war vor ihnen, verfolgte die Gruppe der Frauen und die Cresteks, blieb aber weit genug zurück, sodass sie ihn nicht sehen konnten. Sie hatten Glück, dass die Cresteks ihre Fähigkeit verloren hatten, jeden zu spüren, der sich näherte.

K'alvek beschleunigte sein Tempo die Kante entlang und hörte die leisen Tritte der anderen Dothveks hinter sich. Sie bewegten sich in einer Reihe und gaben wenig Lärm von sich, als sie den unwegsamen Gebirgspass überquerten. Neben ihnen klaffte ein steiler Abhang und gelegentlich hörte er das Echo eines Kieselsteins, der hinunterfiel und an den spitzen Felsen abprallte.

Als sie sich der anderen Seite des felsigen Gebirges näherten, war der Weg zunehmend mit Gestrüpp bewachsen, das zwischen den Felsbrocken hervorschoss. K'alvek wusste, dass es von stacheligen Büschen ersetzt werden würde, dann von dürren Bäumen und schließlich von einer offenen Landschaft, die bis zur Crestek-Kolonie reichte. Er empfand einen Anflug von Wut, als er an die Cresteks dachte, und das trieb ihn einen steilen Abhang hinauf. Er begrüßte die Wut, um den leeren Schmerz zu ersetzen, den er empfand, seit er Danica auf der Brücke ihres Schiffes zurückgelassen hatte, ohne auch nur einen Blick zurückzuwerfen. Ihre Präsenz in seinem Geist hatte nachgelassen, aber er konnte sie immer noch wie ein fernes Echo hören. Sich auf seinen Hass auf die Cresteks zu fokussieren, erinnerte ihn daran, dass sie ihm seinen Vater genommen hatten. Und der Gedanke ließ seine Beine schneller werden.

Als er den Aufstieg erklomm, stieß er fast gegen Kush, der ihn mit beiden Händen packte, um ihn zum Stehen zu bringen. Hinter Kush standen zwei Frauen, die ungefähr die gleiche Größe wie Danica hatten und die gleiche Art von Bedeckung trugen, die sie getragen hatte, als er sie gefunden hatte. Aber diese beiden hatten dunkleres Haar.

Der Rest der Dothveks verlangsamte sich und versammelte sich um sie. Sie legten eine Pause ein, kamen zu Atem und holten ihre Wassersäcke hervor, um mehrere Schlucke daraus zu nehmen.

»Du hast sie gefunden«, sagte K'alvek und beäugte die Frauen, die gerade erst begannen, ihre Kampfhaltung aufzugeben. Die mit den wilden Haaren und spitzen Zähnen umklammerte zwei glänzende Dorne mit ihren Händen, als würde sie ihre Gegner auffordern, sich mit ihr anzulegen. K'alvek tat es nicht.

»Das sind nicht die, die von den Cresteks mitgenommen wurden«, sagte Kush. »Diese beiden sind da vorn und werden von mehreren Wachen begleitet. Sie haben versucht zu fliehen, und jetzt sind die Cresteks vorsichtiger mit ihnen. Deshalb habe ich auf euch gewartet.«

K'alvek gab ein anerkennendes Grunzen von sich, dann neigte er seinen Kopf in Richtung der Frauen. »Wir sollten diese zu ihrem Schiff zurückbringen.« Er drehte sich um, um zwei seiner Leute als Eskorte auszuwählen, doch er hörte Kush lachen.

»Sie werden nicht gehen«, sagte Kush. »Du solltest deine Zeit nicht verschwenden.«

K'alvek verbarg seinen entnervten Seufzer nicht. Das war genau das, was er brauchte. Mehr eigensinnige Frauen. »Sind alle weiblichen Wesen in eurer Welt so schwierig?«, murmelte er.

»Wir sind nicht aus der gleichen Welt«, sagte die mit den wilden Haaren.

»Aber ja, wir sind alle schwierig«, ergänzte ihre Freundin mit einem Lächeln.

»Gut.» K'alvek wollte nicht noch mehr Zeit mit Diskussionen verschwenden. Wenn die Frauen mitkommen wollten, würde er sie nicht davon abhalten. Ein Teil von ihm bewunderte ihren Wunsch, ihre Freundinnen zu retten. Trotz ihrer Größe und zerbrechlichen Körper hatten diese Weibchen echte Krieger-Herzen. Er fragte sich, welche von ihnen die Tori war, die Danica wiederzufinden gehofft hatte. Er betrachtete die beiden. »Tori?«

Die dunklere blickte ihn finster an und die andere lachte.

»Das ist Tori«, sagte die Frau mit den zusammengebundenen Haaren und nickte in Richtung ihrer Freundin. »Ich bin Caro.«

Er verbeugte sich leicht. »Ich bin K'alvek.«

»Bist du derjenige, der unsere Kommandantin gefunden hat?«, fragte Caro.

K'alvek zuckte zusammen, als er das Wort wiedererkannte, mit dem Danica sich selbst beschrieben hatte, aber er nickte und wich Caros neugierigem Blick aus.

Er warf den Dothveks hinter sich einen kurzen Blick zu. »Passt auf, dass ihnen nichts passiert.«

Sie antworteten ihm nickend und grunzend, während die Dothveks die Frauen neugierig musterten. Sie hatten nicht Danicas goldene Haare oder blaue Augen. Das war überraschend, denn alle Dothveks hatten dunkles Haar, und K'alvek hatte nicht erwartet, dass ihre Freundinnen so anders aussehen würden als sie. Er konnte spüren, wie die Krieger die Frauen studierten und ihre weiche, zarte Statur registrierten. Neugierde vermischte sich mit der Überraschung, dass noch mehr dieser seltsamen Wesen existierten. Er warf einen weiteren Blick hinter sich. »Nicht anfassen.«

Kush lenkte seine Aufmerksamkeit mit einem Grunzen auf sich zurück. »Sie sind nicht weit voraus. Wir müssen leise sein, wenn wir sie überraschen wollen.«

»Waffen?«, fragte K'alvek.

Kush nickte. »Aber nicht gezogen. Sie wissen nicht, dass sie verfolgt werden, und sie halten die Frauen für ungefährlich.«

Das leuchtete K'alvek ein und er konnte sich ein Lächeln nicht verkneifen. Die Cresteks schienen andere oft zu unterschätzen, und wenn die verbleibenden zwei Frauen auch nur annähernd wie die anderen waren, dann waren sie nicht so schwach, wie sie aussahen.

»Sie haben den beiden gesagt, dass sie sie in Sicherheit bringen werden«, erklärte Kush. »Wir sollten vorsichtig sein. Die Frauen wissen vielleicht nicht, dass wir sie retten.«

»Das werden sie, wenn sie uns sehen«, sagte Caro.

K'alvek hatte nicht die Absicht, zuzulassen, dass die beiden sich in den Kampf einmischten, aber das würde er ihnen nicht sagen. Besonders nicht der, die bereit schien, ihre glänzenden Stäbe in jede Kreatur zu rammen, die ihr in die Quere kam.

Kush forderte sie auf, ihm zu folgen, und K'alvek reihte sich hinter ihm ein, als sie den felsigen Gebirgspass verließen und anfingen, einen breiteren Abschnitt des Hügels hinabzusteigen. Sie konnten die beiden Frauen erspähen. Sie wurden von zwei Cresteks angeführt, während die anderen vier sie verfolgten und sich in einer V-Formation fortbewegten. Die Verteidigungsanordnung war leicht zu erkennen.

»Sie erwarten einen Angriff von hinten«, sagte K'alvek zu Kush.

Kush packte seinen Arm. »Sie werden von anderen verfolgt.« Er deutete auf die zwei pelzigen Kreaturen, die hinter der Gruppe herschlichen und weit genug entfernt waren, um nicht bemerkt zu werden.

K'alvek neigte seinen Kopf und passte seinen Griff um die Klinge an. »Ich habe so eine Bestie noch nie gesehen.«

Kush hob seine Klinge, um sie zu werfen, aber Caro stürzte sich auf seinen Arm. »Das ist keine Bestie. Das ist Bexli.«

»Was ist ein Bexli?«, fragte Kush und ließ den Arm sinken.

Tori stieß ein ersticktes Lachen aus. »Bexli gehört zu unserer Crew. Sie und ihr Haustier, Pog, sind Gestaltwandler.«

Kush warf beiden Frauen einen ausdruckslosen Blick zu und sah dann K'alvek an, der mit den Schultern zuckte.

Tori ließ einen tiefen Pfiff ertönen, und die schwerfälligen, braunen Kreaturen erstarrten, drehten sich um und schlenderten auf sie zu. K'alvek fühlte, wie die Dothveks sich um ihn herum verkrampften, aber als die beiden Tiere sie fast erreicht hatten, verwandelte sich das größere der beiden in eine humanoide Kreatur. Sie hatte eine ungewöhnliche Haar- und Hautfarbe, und das kleinere Tier wurde zu einem grünen Fellknäuel.

»Seid ihr es wirklich?« Die Kreatur, die er für Bexli hielt, warf ihre Arme um Caro und dann um Tori.

»Ich denke, wir sind diejenigen, die das fragen sollten«, sagte Tori und richtete sich nach der Umarmung wieder gerade auf.

Bexli lächelte und hob das Fellknäuel mit einem Arm hoch. »Du weißt, dass ich mich am liebsten in einen grendelianischen Bären verwandle.«

»Nur weil ihr Geruchssinn so stark ist«, bemerkte Caro.

»Es hilft bei der Verfolgung«, sagte Bexli, wobei ihr Blick auf die Dothveks fiel und ihr Mundwinkel nach oben zuckte. »Was haben wir denn hier?«

Caro deutete auf K'alvek. »Dieser Typ hat Danica gerettet. Seine Leute helfen uns, Max und Holly zurückzubekommen.«

Bexli beäugte sie mit hochgezogenen Augenbrauen. »Je mehr, desto besser.« Sie senkte ihre Stimme und drückte Tori den Ellbogen. »Vor allem, wenn sie so aussehen, habe ich recht?«

Tori stöhnte und warf einen Blick auf Bexli. »Was immer nötig ist, um unsere Crew zurückzuholen.«

K'alvek räusperte sich. Er zeigte auf den Hang, der sich neben den Cresteks erstreckte. »Wir sollten aus zwei Richtungen angreifen.«

Tori fletschte die Zähne. »Einverstanden. Ich werde vorangehen.«

Das überraschte ihn nicht. K'alvek befahl der Hälfte der Dothveks, ihm und Tori zu folgen und sich von oben anzuschleichen, während die anderen sich von hinten näherten, um für Ablenkung zu sorgen.

Sie alle holten ihre Messer aus den Riemen und hielten eine gebogene Klinge in jeder Hand. Tori sah nicht erfreut aus, dass er sich ihr anschließen würde, um den Gebirgskamm hinaufzugehen, aber sie sagte nichts.

Als er und Kush mit Tori den erhöhten Pfad nahmen, bemerkte K'alvek, dass der Boden unter seinen Füßen nicht mehr felsig und warm, sondern locker und staubig war. Die Luft war immer noch trocken, aber er konnte die Vegetation in der Ferne riechen. Er wusste, dass sie das Ende der Felsen erreicht hatten, und sein Herz raste, als ihm klar wurde, wie nahe sie dem Gebiet der Crestek waren. Er lachte beinahe laut auf, als ihm bewusst wurde, dass dies sein Ziel gewesen war, als er Danica in den Dünen gefunden hatte. Er war dort gelandet, wo er die ganze Zeit über hatte sein wollen – nahe genug an den Cresteks, um Schaden anzurichten.

Als sie die Spitze des hohen Hanges erreichten, sandte Kush ein Signal an den Rest. K'alvek sah zu, wie die Dothveks unten sich der ahnungslosen Gruppe geräuschlos von hinten näherten. Dann beobachtete er, wie Tori von oben herabstürzte und er tat es ihr gleich.

Zwei der Cresteks wurden sofort zu Boden gerissen, und die anderen zogen ihre Blaster heraus und schossen wild um sich. K'alvek sah einen Dothvek fallen und hoffte, dass er nur betäubt war. Die Weibchen, die gefangen genommen worden waren, schrien zuerst mit weit aufgerissenen Augen, als sie funkelnde Messer und nackte, mit Stammeszeichen bedeckte Oberkörper sahen. Im Vergleich zu den Crestek-Männern mit ihren kürzeren Haaren und langen Umhängen mussten die Dothvek wie eine Bande brutaler Wilder aussehen. Als sie Tori und Caro entdeckten, verwandelten sich ihre Mienen von Überraschung in Erleichterung, und die Frau mit den hellroten Haaren sprang auf den Rücken eines Crestek, bevor sie mit dem

Arm, der nicht in einer Schlinge steckte, Schläge auf seinen Kopf regnen ließ.

Die Gestaltwandlerin hatte sich wieder in ein braunes, stämmiges Tier mit Krallen verwandelt, das die Cresteks an der Flucht hinderte. Ein Blaster-Schuss erwischte den kleineren Gestaltwandler und er jaulte vor Schmerz, als er zu Boden fiel und wieder zu einem grünen Fellknäuel wurde. Als die größere Gestaltwandlerin von ihrem verletzten Tier abgelenkt wurde, nahm K'alvek ihren Platz ein und streckte einen verhüllten Crestek mit einem einzigen Schlag nieder.

Sein Herz klopfte und sein ganzer Körper vibrierte, als er die Feinde gnadenlos aufschlitzte. Die Cresteks, die seinen Vater in einen Hinterhalt gelockt hatten, hatten keinerlei Gnade gezeigt. Nun revanchierte er sich. Er brüllte, als er beide Klingen über seinen Kopf hob und sie wieder und wieder herabsausen ließ. K'alvek bekam endlich ein Stück der Rache, die er so verzweifelt gebraucht hatte.

Bevor er die Frauen erreichen konnte, zog ein Crestek diejenige mit den kurzen Haaren weg, während sie wild nach ihm trat. K'alvek rannte ihnen hinterher, wobei er dem Blasterfeuer des Crestek auswich, der die Frau hinter sich herzog und über seine Schulter schoss, während sein beigefarbener Umhang um seine Knöchel flatterte.

K'alvek sprang um einen großen Felsbrocken herum, als dieser von dem rasenden Blasterfeuer in zwei Hälften gesprengt wurde. Er schirmte sich mit seinen Armen ab, doch eine Hälfte des massiven Felsens wälzte sich auf ihn zu und zerdrückte ihn unter ihrem Gewicht. Er versuchte vergeblich, den Gesteinsbrocken von sich zu wälzen, aber er war zu schwer. Die gesamte Luft entwich aus seinen Lungen, als sich sein Brustkorb vor Schmerz verengte und er ein scharfes Knacken vernahm. Er wusste nicht, ob das Knacken durch den Stein oder seine Knochen verursacht wurde, aber das Geschrei des Kampfes verschwamm, während der Schmerz ihn verzehrte. Durch einen trüben Schleier beobachtete er, wie der Crestek die kurzhaarige Frau verschleppte, aber es gab nichts, was er tun konnte.

K'alveks Mund füllte sich mit dem metallischen Geschmack von Blut, als er versuchte zu atmen und scheiterte. Ein einziger Gedanke durchdrang den Schmerz. Er lag im Sterben.

KAPITEL SIEBENUNDDREISSIG

Danica richtete sich auf und schlug frustriert mit der Handfläche auf die Metalloberfläche der Konsole, über die sie sich gebeugt hatte. Sie war so nah dran. Sie konnte es förmlich fühlen. Holly und Max hatten eindeutig einen Durchbruch geschafft, dachte sie, als sie auf die blinkende Anzeige starrte. Es sah aus, als hätten sie versucht, den Energiefluss durch das Schiff umzustrukturieren, aber sie konnte nicht ganz verstehen, was die nächsten Schritte waren.

Maschinenbau war noch nie ihr Ding gewesen. Es war der Grund, wieso sie die beste Schiffsbau-Ingenieurin der Galaxie eingestellt hatte. Zum Glück war es eine Frau gewesen, der niemand sonst eine Chance geben wollte, weil sie farbenfroh und aufgeweckt war. Die meisten waren der Ansicht, sie würde eher an die Seite eines reichen Herrschers passen als in einen Maschinenraum. Wegen ihres Aussehens wurde sie regelmäßig unterschätzt, aber nicht von Danica. Der Rotschopf war ein Genie, kannte sich bestens mit allem aus, was mit Technik zu tun hatte. Sie war der einzige Grund, weshalb Danicas altes, ramponiertes Schiff so lange funktioniert hatte.

»Ich verstehe nichts von Maschinenbau und habe keine Ahnung, wie ich die Konsole reparieren könnte. Ich brauche Hollys Hilfe«, murmelte sie vor sich hin. Sie machte sich nicht die Mühe, sich auf der leeren Brücke umzusehen. Es war niemand dort, der ihr Gemurmel hätte hören können. Sie wusste, dass K'alvek einen Dothvek zurückgelassen hatte, um sie zu beschützen, aber ihr Bodyguard war irgendwo draußen. Sie war das letzte verbliebene Mitglied ihrer Besatzung.

Danica dachte an ihre Mannschaftskameradinnen und ihr Magen zog sich krampfhaft zusammen.

Er wird sie finden, versicherte sie sich selbst. Obwohl sie immer noch wütend auf K'alvek war, weil er sie mit seinen magischen Händen betäubt und versucht hatte, sie davon zu überzeugen, dass ihre geistige Verbindung ihre Bestimmung war. Aber sie wusste, dass er trotz alledem sein Wort halten würde. Sie wusste, dass ihn nichts davon abbringen würde, wenn er sich erstmal etwas in den Kopf gesetzt hatte. Er war entschlossen.

Sie erinnerte sich an seinen Gesichtsausdruck, als sie ihn beschuldigt hatte, sie ausgetrickst zu haben. Er hatte wie ein getretener Hund ausgesehen. Zumindest bis er anfing so wütend auszusehen, dass sie befürchtete, er würde irgendwelche Dummheiten machen. Er sah aus, als wollte er sie erwürgen. Aber sie zog jeden seiner wütenden Blicke dem harten, emotionslosen Blick vor, den er ihr geschenkt hatte, als er sie alleine zurückgelassen hatte. Sie hatte sich ihm in der Nacht zuvor so nahe gefühlt – so geborgen. Als er sie später betrachtete, als würde er sie nicht kennen, als wäre sie eine Fremde, hatte sich das wie eine Ohrfeige angefühlt.

Sie hätte ihn aufhalten sollen, bevor er wütend davongestürmt war. Sie hätte mit ihm über alles reden sollen. Nachdem sich ihre anfängliche Wut gelegt hatte, wusste sie, dass sie überreagiert hatte. Zumal der Mann nicht in der Lage zu sein schien, die

Energie, die er ausstrahlte, kontrollieren zu können. Es gab keinen Schalter, mit dem er sie ein- und ausschalten konnte.

Für den Moment hatte es Spaß gemacht, dachte sie. Sie versuchte es als eine weitere bedeutungslose Begegnung mit dem männlichen Geschlecht herunterzuspielen, aber sie scheiterte kläglich. Danica belog sich selbst. Es war nicht wie ihre vorherigen Begegnungen mit Männern gewesen. Sie hatte sich wie etwas Besonderes gefühlt. Er hatte ihr das Gefühl gegeben, etwas Besonderes zu sein.

»Und dann habe ich es ruiniert, indem ich ihn weggestoßen habe.« Sie wandte sich von der Konsole ab. Sie brauchte eine Pause von ihren eigenen Gedanken und ihrem aussichtslosen Gebastel an der Schiffskonsole. Danica ging zur Türluke des Schiffs und sie musste blinzeln, als das helle Sonnenlicht ihr Gesicht flutete.

Von dem Dothvek-Lager am Fuße ihres Schiffs war nichts mehr zu sehen. Selbst die Fußspuren der Jebels waren bereits verweht und von dem Feuer, das am Morgen dort gebrannt hatte, war nichts mehr zu erkennen. Es war, als wären sie nie hier gewesen. Der einzige Hinweis auf ihre Existenz war der einzelne Krieger, der vor ihrem Schiff Wache stand, die Hände hinter dem Rücken verschränkt hatte und auf die Sanddünen hinausblickte.

Die Silbersträhnen, die sein Haar durchzogen, identifizierten ihn als den Anführer der Kolonne. Sie hatte keine Ahnung, wie alt er war oder was die Bewohner dieses Planeten als *alt* empfanden. Er war immer noch beeindruckend muskulös und hatte einen Waschbrettbauch, für die ein Zwanzigjähriger töten würde.

Sie ließ sich die zehn Meter bis auf den Sandboden fallen und versank bis zu den Knöcheln im Sand. Dann machte sie sich auf den Weg zu ihm. Unterwegs hielt sie inne, um den einen verbliebenen Jebel zu füttern und dessen pelzigen Kopf zu streicheln.

Das Tier stieß einen heulenden Schrei aus und scharrte mit seinen breiten Füßen, während es das Futter aus ihrer Hand fraß. Ihr Bodyguard blickte zu ihr hinüber und nickte ihr anerkennend zu, bevor er sich wieder seiner Aufgabe widmete.

Die Hitze, die aus dem Sand aufstieg, fühlte sich gut auf ihrer Haut an. Aber sie wusste, dass sie im Laufe des Tages noch drückender werden würde. Sie holte tief Luft und stellte fest, dass ihre Lungen sich an die dünnere Luft gewöhnt hatten und ihr nicht mehr nach kurzer Zeit außerhalb des Schiffs schwindelig wurde.

Sie beobachtete das Muskelspiel von Tommels breitem Rücken, als er die Kreatur streichelte. Die Dothveks mögen zwar unverletzlich aussehen, aber sie hatten definitiv eine sanfte Seite. Sie konnte das sanftmütige Gefühl nicht abschütteln, dass durch ihren Körper strahlte, wann immer sie an K'alvek dachte.

Egal wie sehr sie versuchte, alle Gedanken an ihn aus ihrem Kopf zu vertreiben, sie konnte sie nicht abschütteln. Sie konnte seine Gedanken nicht mehr wahrnehmen und vermutete, dass er sich weit von ihr entfernt hatte. Außerdem schwächte die Bergkette, die er momentan überquerte, die Verbindung vermutlich. Es gefiel ihr nicht, nur ihre eigenen Emotionen zu fühlen, aber es beruhigte sie auch, dass sie für einen Augenblick mit ihren Gedanken allein war.

Gewöhne dich dran, dachte sie. Sobald ihre Crew zurück an Bord ihres Schiffs war und die Kommunikationssysteme wieder betriebsbereit waren, würde sie den Sandplaneten zurücklassen.

Viel Glück dabei, wieder jemanden zu finden, der so verdammt heiß ist wie K'alvek, dachte Danica. Sie erschauderte bei dem Gedanken an die hygienisch zurückgebliebenen Kerle, die an den Außenposten herumhingen, also schloss sie die Augen und stellte sich K'alvek vor – seine muskulöse Brust, seine langen Haare, seinen beringten Schwanz. Wieder erschauderte sie, diesmal vor Vergnügen. Ja, sie würde ihn definitiv vermissen.

Bevor sie die Augen öffnen und in die Realität zurückkehren konnte, durchschoss sie ein stechender Schmerz und sie presste ihre Hand gegen ihre Brust.

Tommel drehte sich blitzschnell zu ihr um, seine Hand bereits am Griff seiner Klinge. »Was ist los?«

Sie hielt beide Hände an ihre Brust gedrückt, ohne zu wissen, was los war. Der Schmerz war so schnell verschwunden, wie er gekommen war. »Ich weiß es nicht.«

Tommel ließ seinen Blick über die Dünen um sie herum schweifen, aber Danica wusste, dass niemand sonst in der Nähe war. Sie waren allein in dem Meer aus Sand. Das bedeutete entweder, dass sie einen Herzinfarkt hatte oder dass sie fühlte, was K'alvek in diesem Moment fühlte. Wenn das überhaupt möglich war.

»Ich glaube, K'alvek ist verletzt«, sagte sie.

Tommel blickte zur Bergkette, zu der K'alvek aufgebrochen war. Seine ovalen Augen verengten sich zu Schlitzen, als er sich konzentrierte und sagte, »Deine Verbindung zu ihm ist stärker als meine, aber ich spüre, wie er kämpft.«

Sie kam wieder auf die Beine. »Wir müssen ihm helfen.«

Tommel bewegte sich nicht vom Fleck und Danica wusste, dass er im Stillen debattierte, ob er seine Anweisungen missachten konnte. Er hatte versprochen, sie zu beschützen, und sie in einen Kampf zu führen, war das genaue Gegenteil davon.

»Es ist meine Entscheidung«, sagte sie. »Wenn K'alvek wütend wird, kannst du ihm sagen, dass ich dich gezwungen habe. Er ist sowieso schon wütend auf mich.«

Tommel starrte sie an, während er den provisorischen Übersetzer hinter seinem Ohr berührte. »Ich dachte, du wolltest ihn verlassen.«

Danica schloss frustriert ihre Augen. »Ich weiß nicht mehr, was ich will, aber ich weiß, dass ich ihm helfen muss.«

Tommel neigte seinen Kopf. »Du bist eine seltsame Frau.«

»Du bist nicht der Erste, der so denkt.« Danica stapfte durch den Sand, bis sie neben seinem Jebel stand. Sie fühlte einen weiteren schmerzhaften Stich und begann in Panik zu verfallen. »Ich glaube, K'alvek liegt im Sterben.«

Tommel schwang sie auf den Rücken seines Jebels und stieg ohne ein weiteres Wort hinter ihr auf. Mit einem kräftigen Tritt trieb er den Jebel vorwärts und dieser begann, sie über den Sand zu katapultieren. In kürzester Zeit überquerten sie einen beträchtlichen Teil der Wüste und das Einzige, was von ihnen zurückblieb, waren Staubwolken.

Sie war froh, dass Tommel einen Arm um ihre Taille gelegt hatte, sonst wäre Danica sicherlich zu Boden geworfen worden. Jebels galoppierten nicht so leichtfüßig wie Pferde, aber sie war dankbar für die Ablenkung. Sie wollte nicht darüber nachdenken, dass K'alvek vielleicht tot sein könnte. Oder noch schlimmer ..., dass sie der Grund dafür sein könnte.

KAPITEL ACHTUNDDREISSIG

Als K'alvek wieder zu sich kam, saß er mit dem Rücken gegen einen Felsen gelehnt. Kein Felsbrocken drückte mehr auf seine Brust. Er schluckte, aber der Geschmack von Blut in seinem Mund erinnerte ihn daran, was passiert war.

Kush beobachtete ihn, sein Gesicht war eine Maske der Besorgnis. Als K'alvek die Augen öffnete, spürte er Kushs Erleichterung. »Du lebst.«

K'alvek blickte hinter sich zu der Stelle, an der die vier Frauen zusammengedrängt standen und die Geschehnisse betrachteten. Dann warf er einen Blick auf die blutbefleckten Dothveks, die sich in einem Halbkreis um sie herum aufgestellt hatten.

Kush folgte seinem Blick. »Wir konnten eine von ihnen retten.«

»Was ist mit der anderen?«

Kush senkte seinen Blick. »Einem Crestek ist es gelungen, mit ihr zu entkommen.«

K'alvek versuchte, sich aus dem felsigen Staub zu erheben, aber seine Arme waren zu schwach. »Wir müssen ihnen nach. Wir müssen sie holen und zum Schiff zurückbringen.«

Kush legte eine beruhigende Hand auf seine Brust. »Wir mussten alle mit anpacken, um den Felsen von dir herunterzuheben. Deine Lebenskraft hätte dich fast verlassen und wir mussten uns entscheiden, wen wir zuerst retten sollten.«

Sie hatten sich für ihn entschieden und die Cresteks mit einer der Frauen entkommen lassen. Er hatte Danica versprochen, ihr ihre gesamte Besatzung zurückzubringen. Die Dothveks hatten falsch gewählt, dachte er, aber das sagte er ihnen nicht.

K'alvek kniff die Augen zusammen. Er hatte versagt und Danica einen weiteren Grund gegeben, ihn zu verachten.

Kush legte K'alvek eine starke Hand auf die Schulter und versicherte ihm, »Wir werden sie zurückbekommen. Sie können nicht weit gekommen sein. Außerdem ist ein einzelner Crestek kein Gegner für uns.«

K'alvek blickte zu ihm auf und bemerkte das Blut, das über dem gekräuselten schwarzen Tattoo auf der Brust seines Cousins verschmiert war, das ihn als Dothvek-Krieger kennzeichnete. Kush hatte recht. Ein einzelner Crestek, der eine Frau im Schlepptau hatte, hatte keine Chance gegen sie.

Caro näherte sich ihnen. Sie war außer Atem und ihr Haar fiel ihr ungezähmt über die Schultern, als sie K'alvek ansah, aber Kush ansprach. »Wir müssen Max zurückbekommen.«

K'alvek wunderte sich über die seltsamen Namen der Frauen, als sich eine mit einer Masse dunkler Locken zu ihnen gesellte. Sie wischte die zwei nadelartigen Stäbchen an ihren Hosenbeinen ab und hinterließ dunkle Flecken, die K'alvek als Blut identifizierte. Ihre Wangen waren gerötet und zum ersten Mal sah er ein Grinsen, das ihre Mundwinkel umspielte. Es war klar, dass sie eine geborene Kämpferin war.

»Wir sind nicht so weit gekommen, um unser Kopfgeld jetzt zu verlieren«, sagte sie.

Caro stütze eine Hand auf ihre Hüfte. »Nach allem, was sie für uns getan hat, kannst du nicht im Ernst darüber nachdenken, sie auszuliefern.«

Tori zuckte mit den Schultern. »Wie sollen wir sonst für ein neues Schiff aufkommen? Oder für die Bergung des vorhandenen Schiffes bezahlen?«

»Es gibt noch andere Schurken da draußen, für die wir das Kopfgeld einkassieren können.« Caro starrte ihre Mannschaftskameradin mit zu Schlitzen verengten Augen an. »Ich persönlich denke, dass Max jetzt ein Teil unserer Crew ist.«

»Scheiße, ja, das ist sie«, sagte die Frau mit den gewellten, roten Haaren, die nun auf sie zukam. Ihr farbenfrohes Oberteil war an einigen Stellen zerrissen und enthüllte dünne Träger, die über ihre Schultern gespannt waren. Sie hatten dieselbe Farbe wie ihre Haare. »Max ist der einzige Grund dafür, dass wir eine Chance haben, diesem riesigen Sandkasten zu entkommen. Sie hatte die Idee, die Schaltkreise des Schiffes umzuleiten. Hätten diese Arschlöcher uns nicht überrascht, hätten wir bereits einen Notruf ausgesendet.«

»Danke, Holly«, sagte Caro und klopfte der Frau auf die Schulter.

Tori seufzte, als sie erkannte, dass sie überstimmt war. »Na gut. So oder so müssen wir sie zurückbekommen.«

Holly blickte über ihre Schulter zu Bexli, die mit Pog in ihrem Schoss auf dem Boden saß. Beide Gestaltwandler hatten sich wieder in ihre ursprüngliche Form zurückverwandelt. »Glücklicherweise ist Pogs Wunde oberflächlich. Dennoch glaube ich nicht, dass Bexli heute noch weiterkämpfen kann.«

»Das denke ich auch«, sagte Caro und wandte sich an Kush. »Was ist mit dir? Kommst du mit uns?«

Kush warf K'alvek einen unentschlossenen Blick zu. K'alvek hingegen versuchte, eine steinerne Miene aufzusetzen und sich den Schmerz nicht anmerken zu lassen. Er winkte Kushs Besorgnis ab und bedeutete ihm, sich keine Sorgen zu machen.

Holly beobachtete ihren stillen Austausch. »Ich bleibe bei ihm und passe auf, dass er keinen Herzinfarkt erleidet.« Sie nickte mit dem Kopf zu der behelfsmäßigen Schlinge um ihren Arm. »Ich sollte meinem Arm eine Pause gönnen. Das Adrenalin lässt allmählich nach und es fühlt sich an, als hätte mich der Schuss eines Blasters in die Schulter getroffen.«

K'alvek hob eine Hand an seine eigene schmerzende Schulter und zuckte zusammen. Sein Blick war nicht mehr vor Schmerz verschwommen, was ein gutes Zeichen war, aber er würde den Aufprall des Felsblocks noch für eine lange Zeit am ganzen Körper spüren. Er wollte der Frau sagen, dass er ihre Hilfe nicht brauchte, aber das wäre eine Lüge. Er war immer noch zu schwach, um aufzustehen.

Kush blickte ihm in die Augen. »Ich werde mit der letzten Frau zurückkehren.«

K'alvek beobachtete, wie sein Cousin den anderen beiden Frauen und mehreren Dothveks ein Zeichen gab, und die Gruppe begann, sich auf den Weg in Richtung der Crestek-Kolonie zu machen. Für jeden langen Dothvek-Schritt mussten die Frauen zwei Schritte tun, aber sie bildeten das Zentrum der Truppe, bis sie um eine Biegung verschwanden und er sie aus den Augen verlor. K'alvek erlaubte sich, sich gegen den Felsen zu lehnen und seinen ramponierten Körper zu entspannen.

Holly kniete sich neben ihn und sagte: »Du siehst ein bisschen besser aus. Zumindest hast du wieder etwas mehr Farbe um die Nase bekommen, obwohl ich nicht weiß, wie blass ihr Dothveks werden könnt.« Sie beobachtete ihn und ließ ihren Blick über sein Gesicht, seine Augenbrauen bis zu seinen spitzen Ohren wandern. »Du siehst ein wenig wie die Schwachköpfe aus, die uns entführt haben, aber viel heißer.«

»Danke.«

Sie zwinkerte ihm zu und stand auf. »Jederzeit.«

Ein verbliebener Dothvek kam zu ihnen herüber und reichte K'alvek einen Wassersack, den er dankbar annahm, um daraus zu trinken. Er bot ihn Holly an, aber sie winkte ab. Sie musterte den Dothvek, der herübergekommen war, gründlich. Ihre Gesichtszüge entgleisten ihr, als sie seinen geriffelten Rücken sah. Der amüsante Anblick ihrer weit aufgerissenen Augen, erinnerte K'alvek daran, dass Danica eine Weile gebraucht hatte, um sich an ihre Unterschiede zu gewöhnen.

Er versuchte, nicht an Danica zu denken, die sicher auf ihrem Schiff ausharrte, während er eine Bestandsaufnahme der Überreste des Kampfes machte. Ein paar Dothveks saßen wie er auf dem Boden, erholten sich von Blasterwunden oder zerdrückten gelbe Parsibaum-Blätter, um ihre Verletzungen zu heilen. Nur zwei Dothveks lagen unbeweglich auf dem Boden und K'alvek fühlte, wie Trauer und Wut über ihren Verlust in ihm aufwallte. Er hasste es, dass sie noch mehr gute Krieger an die Cresteks verloren hatten. Trotzdem war er erleichtert, dass es hauptsächlich Crestek waren, die im Kampf gefallen waren. Ihre langen Mäntel umhüllten die Leichen und die Kapuzen bedeckten ihre Gesichter.

Ein lautes Geräusch erklang und er lenkte seinen Blick gen Himmel. K'alvek hob eine Hand, um seine Augen vor dem grellen

Sonnenlicht abzuschirmen und um das herannahende Schiff, dass über dem Sand auf sie zu schwebte, zu beobachten. Es sah nicht aus wie Danicas, aber der Anblick beeindruckte ihn zutiefst.

»Ihr wollt mich wohl verarschen«, sagte Holly mit grimmiger Stimme. Es war klar, dass sie das Schiff kannte, denn sie hielt sich geschockt die Hand vor den Mund und schüttelte mit dem Kopf. »Ich kann nicht glauben, dass sie uns hierher gefolgt sind.«

Bevor K'alvek fragen konnte, was sie meinte, schnellte ein heller Lichtblitz aus dem Schiff und ein Dröhnen folgte. Eine gewaltige Wolke aus Flammen und Rauch entwich dem Schiff und selbst dort, wo sie saßen, bebte der Boden. Kieselsteine rollten an ihm vorbei, die von der Felswand hinter ihm losgerüttelt wurden.

»Nein, nein, nein«, klagte Holly, aber ließ den schwarzen Rauch, der vom verbrannten Sand aufstieg, nicht aus den Augen. »Das würde er nicht tun.«

K'alvek fühlte, wie sich die ersten Ranken der Panik in ihm ausbreiteten. Er beobachtete Hollys Reaktion auf die Ankunft des Schiffs und dachte über den verbrannten Sand nach. In der Wüste gab es nur eine Sache, die man abschießen konnte.

»Kennst du das Schiff?«, fragte er.

Ruckartig riss sie ihren Kopf herum und blinzelte ein paar Mal schnell. »Es ist Mourad. Er ist das Arschloch, das für unsere Crash-Landung hier verantwortlich ist. Ich schätze, er ist zurückgekommen, um uns ein für alle Mal auszuschalten.« Sie wandte sich wieder dem Rauch zu, der in der Ferne aus dem Sand aufstieg. »Soviel zu unserem Schiff. Wenigstens war keiner dort.«

K'alvek wurde es schwindlig, obwohl er auf dem Boden saß. Er hatte Danica und Tommel nur Stunden zuvor im Schiff zurückgelassen. Hatten sie das feindliche Schiff rechtzeitig gesehen, um zu entkommen?

Er suchte nach ihrer Gedankenverbindung, aber seine Verletzung, kombiniert mit der Angst vor dem, was er herausfinden würde, schwächten ihn. Er fühlte nichts. K'alvek versuchte sich einzureden, dass sie zu weit voneinander entfernt waren, um sich zu spüren. Tommel hätte die Gefahr gespürt und sie aus dem Schiff herausgeholt. Aber dennoch konnte er sich nicht von der Angst befreien, die ihn zu ersticken drohte. Seine Ohren klingelten und es war, als würde er die Situation von oben herab betrachten. Die Geräusche um ihn herum schienen aus großer Entfernung auf ihn einzufallen, als befände er sich in einer tiefen Höhle und der Rest der Welt stünde im Abseits.

Er konnte sie nicht spüren. Gedanken schossen ihm durch den Kopf und er wusste nicht, ob es nur seine eigenen waren. Er hob seine Hände an seine Schläfen und schloss die Augen, um die Geräusche, die auf ihn einströmten, zu blockieren. Als er die Augen wieder öffnete, erkannte er, dass die Geräusche von ihm kamen. Er hatte ein tiefes, gutturales Gebrüll von sich gegeben, das von den Felswänden widerhallte und ein Klingeln in seinen Ohren hinterließ. Die Frau sah ihn verblüfft, aber schweigend, an und die anderen Dothveks hielten ihre Klingen kampfbereit.

Danica und Tommel mussten einfach entkommen sein. Tommel hätte das sich nähernde Schiff bemerkt und sie in Sicherheit gebracht. Falls er überhaupt die Zeit dazu gehabt hatte, flüsterte eine andere Stimme. Falls sie sich nicht geweigert hatte, mit ihm zu gehen oder ihr Schiff zu verlassen oder einfach zu lange mit ihm diskutiert hatte.

Holly schirmte ihre Augen mit einer Hand ab, als sie den geschwärzten Himmel betrachtete. Dann blickte sie zu K'alvek. »War Danica auf dem Schiff?«

Er kniff die Augen fest zusammen, damit er ihren besorgten Blick nicht sehen musste. Solange sie nicht wusste, dass er Danica in dem Schiff zurückgelassen hatte, würde sie nicht die gleiche Verzweiflung verspüren, die er empfand. Er suchte erneut nach Danicas Verstand und hoffte auf ein Lebenszeichen von ihr oder von Tommel, damit er seine Panik eindämmen konnte, aber er spürte nichts als eine gellende Leere.

»Ich weiß es nicht«, antwortete er schließlich, als er seine Augen öffnete und ihren Blick mied.

Hollys Hand flog zu ihrem Mund und ihre Augen füllten sich mit Tränen. »Nun, wir müssen es herausfinden. Vielleicht ist sie verletzt.«

Einer seiner Dothvek-Krieger näherte sich ihnen. »Sollen wir uns Kush auf der Jagd nach der Frau anschließen oder das Schiff am Himmel verfolgen?«

K'alvek versuchte, einen klaren Gedanken zu fassen, aber es fiel ihm schwer, denn er wurde von Erinnerungen an Danica geplagt. »Wir sollten uns aufteilen. Einige folgen Kush und ein paar andere verfolgen das Schiff. Der Rest bleibt bei mir.«

Als die Krieger sich aufteilten und sich auf den Aufbruch vorbereiteten, fragte Holly mit weit geöffneten Armen, »Wohin gehen alle?«

K'alvek ließ seinen Blick gen Himmel schweifen. Das angreifende Schiff hatte eine schwarze Rauchspur am Himmel hinterlassen, bevor es außer Sichtweite geflogen war. Er musste herausfinden, ob es die Atmosphäre verlassen hatte oder gelandet war. Eine außerirdische Kriegertruppe war nun möglicherweise auf seinem Planeten unterwegs. »Sie gehen, um herauszufinden, wer das getan hat.«

Holly verdrehte die Augen. »Du schickst sie weg, um Mourad zu finden? Viel Glück dabei.« Sie beobachtete die riesigen Aliens, während sie ihre blutigen Klingen über struppige Grasflächen wischten, um sie zu säubern. »Er hat die Atmosphäre wahrscheinlich schon wieder verlassen. Er ist keiner von der Sorte, der nach einer verheerenden Verwüstung noch lange am Tatort verweilt. Aber einen Kampf zwischen deinen und seinen Jungs würde ich gern sehen.«

K'alvek wiederholte den Namen ›Mourad‹ in Gedanken, bis sich das bittere Wort in sein Gehirn gebrannt hatte. Er würde seine Rache an diesem Mourad bekommen, ebenso wie an den Cresteks. Er würde sie alle bestrafen. K'alvek drückte seine Hände an sein Herz, erschrocken über den körperlichen Schmerz, den der Gedanke an Danica auslöste.

Er rief die Zwillingskrieger Dev und Trek, die in seiner Nähe standen, zu sich herüber und sagte: »Wir müssen zum Schiff zurückkehren und sehen, was passiert ist. Ihr werdet mit den Frauen weitergehen.«

Sie nickten schroff und flankierten die Frau mit den feurig roten Haaren sofort mit gezogenen Klingen. K'alvek bemerkte, dass Holly die Stirn runzelte, als sie den Kriegern einen prüfenden Blick zuwarf, aber sie folgte ihnen widerspruchslos und nahm Bexli und Pog mit sich.

K'alvek sah zu, wie seine Krieger in entgegengesetzte Richtungen davonliefen und nur die Leichen der gefallenen Cresteks am Boden verstreut zurückließen. Als sie sich so weit entfernt hatten, dass er das Summen ihrer Gedanken nicht mehr hören konnte, versuchte er erneut, Danica oder Tommel ausfindig zu machen.

Als er nichts spüren konnte, blickte er zur Felsklippe und taumelte auf sie zu. Es war schwer genug gewesen, mit dem

Verlust seines Vaters weiterzuleben. Er wusste nicht, ob er den Verlust seiner Bindung mit Danica überleben würde. Es war eine Sache zu wissen, dass sie ihn verlassen wollte, um auf Kopfgeldjagd durch das Universum zu fliegen. Es war eine völlig andere, zu wissen, dass sie nie wieder zurückkehren würde und nur ein schwaches Echo in seiner Erinnerung sein würde.

Er lehnte sich gegen einen scharfen Felsen in der Nähe des Vorsprungs und konnte nur seinen rasselnden Atem hören. K'alvek konnte in dem Wissen, dass sie nicht mehr unter ihnen weilte, nicht mehr weiterleben. Und er wollte es auch nicht.

KAPITEL NEUNUNDDREISSIG

»Ich kann ihn nicht spüren«, sagte Danica zu Tommel.

Es fühlte sich so an, als wären sie schon seit einer Ewigkeit unterwegs. Sie drückte beide Hände in ihre Seiten, um den stechenden Schmerz darin zu beruhigen. Danica versuchte, durch die Nase zu atmen, aber scheiterte kläglich und atmete die heiße Luft durch ihren Mund ein. Das Leben an Bord eines Raumschiffs hatte keine Wunder für ihre Ausdauer und Fitness vollbracht, gestand sie sich selbst ein.

»Die Berge sind ein schwieriges Terrain«, antwortete Tommel, ohne innezuhalten, um sich zu ihr umzudrehen.

Dadurch fühlte sie sich nicht besser, denn seit sie den Bergpass erreicht hatten, konnte sie K'alvek nicht mehr spüren. Es könnte aber auch etwas damit zu tun haben, dass sie zu erschöpft war, um sich zu konzentrieren. Es fiel ihr schwer, sich auf ihre empathischen Fähigkeiten zu konzentrieren, während sie nach Luft schnappte und versuchte, nicht auf den Hintern zu fallen.

»Deine Beine sind doppelt so lang wie meine«, sagte sie zu Tommel und zeigte auf ihre Beine, als er zu ihr zurückblickte.

»Nicht ganz doppelt so lang«, antwortete er.

Danica verdrehte die Augen und schluckte, doch in ihrem Mund war keine Feuchtigkeit verblieben. Sie blickte zu den beiden Sonnen auf und sah, dass sie jetzt tiefer am Himmel standen. Die orangefarbene schien rot zu glühen, als sie am Horizont untertauchte, während die andere ein weißliches Gelb von sich gab.

In der Ferne war ein dumpfer Knall zu hören. Die Felswand erzitterte und sie stemmte sich gegen die raue Oberfläche, um nicht zu stürzen. Tommel drehte sich um und schirmte ihren Körper mit seinem eigenen ab, als Steine von oben herabstürzten und den Abhang der Klippe hinunterrollten.

Die Erschütterung hielt nur ein paar Sekunden an, aber es ließ Danicas Herz noch schneller schlagen. Sie blickte nach oben, aber die Felsen schränkten ihre Sicht ein, sodass sie nur das sehen konnte, was sich direkt über ihnen befand. »Was zum Teufel war das?«

Tommel trat einen Schritt von ihr zurück und strich sich den Felsstaub von seinen nackten Schultern. »Ich weiß es nicht. Ich habe diesen Planeten noch nie zuvor zittern gespürt.«

Das war tröstlich. Danica blickte sich um und bemerkte, dass die trockene Felswand nun vereinzelte Büsche hervorbrachte. Dies war eine Seite des Planeten, die sie noch nie zuvor gesehen hatte.

»Wie weit noch?«, fragte sie. Obwohl sie für die Pause dankbar war, war sie begierig, K'alvek zu finden.

»Nicht weit.« Tommel begann, wieder loszulaufen und Danica bemühte sich, mit ihm Schritt zu halten. Sie wünschte sich aufrichtig, dass sie auf ihrem Schiff ein multifunktionales Laufband installiert hätte.

Sie streckte ihre geistigen Fühler aus und verspürte einen kurzen Anflug von Schmerz. Danica konnte sich allerdings nicht sicher sein, dass dieser von K'alvek stammte. Falls er von ihm ausging, hatte er immer noch starke Schmerzen und sein Geist wurde immer schwächer.

»Wenn du jetzt stirbst ...«, flüsterte sie.

Sie konnte einfach nicht aufhören, sich um ihn zu sorgen oder ihre Schuldgefühle zu unterdrücken. Wie sollte sie in dem Wissen weiterleben, dass sie der Grund war, weshalb er überhaupt auf diese Mission aufgebrochen war?

Sie stolperte über unebene Teile des Weges und bemerkte, dass ihre Augen sich mit Tränen gefüllt hatten. Sie strich sich über die Wangen und fühlte die Nässe auf ihrem Handrücken. Danica war kein emotionaler Typ. Warum verlor sie also gerade jetzt die Nerven?

Ich kann nicht noch jemanden verlieren, den ich liebe. Der Gedanke ließ sie innehalten.

Liebe? War es möglich, dass sie K'alvek liebte? Sie schüttelte den Kopf. Das war lächerlich. Sie kannte ihn kaum, sagte sie sich selbst und merkte dann, dass das nicht ganz der Wahrheit entsprach. Sie kannte ihn besser, als sie die meisten Menschen kannte. Danica konnte spüren, was er fühlte. Das war mehr, als sie von den meisten Menschen behaupten konnte. Dann lief sie zielstrebig weiter, bis eine Wärme ihre Brust erfüllte, die nicht von der Anstrengung herrührte.

Als sie um eine Ecke kamen, streckte Tommel eine Hand aus, um sie aufzuhalten. Eine Handvoll Dothveks lief schnurstracks auf sie zu. Rotes Haar blitze zwischen ihnen auf und sie erkannte Holly, die mit ihrem kurzen, lavendelfarbenen Bob unverwechselbar zwischen ihnen herrausstach.

»Es geht euch gut!«, rief Danica und drängte sich an dem massigen Krieger vorbei, um sich auf Holly und Bexli zu stürzen und ihre Arme um die Frauen zu werfen.

»Sei vorsichtig mit Pog«, sagte Bexli und hielt das grüne Wollknäuel vorsichtig an ihrer Seite. »Er wurde im Kampf verletzt.«

Holly drückte sie fest an sich und hielt sie dann auf Armlänge von sich weg. »Ihr seid am Leben. Wir haben befürchtet, dass ihr auf dem Schiff wart, als es explodiert ist.«

»Natürlich bin ich am Leben«, sagte Danica, bevor sie Hollys Aussage vollständig verarbeiten konnte. »Was meinst du damit, das Schiff ist explodiert? Welches Schiff?«

Holly neigte ihren Kopf und sah sie erwartungsvoll an. »Hast du den Knall nicht gehört?« Sie zeigte hinter Danica in die Richtung der Wüste. »Wir haben gesehen, wie Mourads Schiff in die Atmosphäre eingedrungen ist und etwas in Stücke gesprengt hat, genau da wo unser Schiff war.«

Ruckartig riss Danica ihren Kopf herum, um in die Ferne zu starren. Eine große, dunkle Rauchwolke stieg in der Ferne in die Luft auf.

Verdammt.

Das Glücksgefühl, das sie eben noch verspürt hatte, verflüchtigte sich und sie schüttelte ungläubig den Kopf. »Das ergibt keinen Sinn. Wegen Mourad sind wir doch schon hier gestrandet. Warum sollte er zurückkommen und unser Schiff in die Luft sprengen?«

Bexli zuckte mit den Schultern. »Weil er ein kolossaler Schwachkopf ist? Seine Beweggründe waren schon immer fragwürdig. Vielleicht, um sicherzugehen, dass wir ihm nie wieder im Weg stehen werden?«

Danica konnte sich nicht einmal ansatzweise damit befassen, was dies für sie bedeuten würde, also beschloss sie, es auf später zu verschieben. Sie durchsuchte die Gruppe der Dothveks und runzelte die Stirn. »Wo ist K'alvek?«

Einer der Dothveks an Hollys und Bexlis Seite regte sich hinter ihnen und beantwortete ihre Frage. »Er hat uns vorausgeschickt.«

»Er glaubt, du bist mit dem Schiff in die Luft geflogen«, sagte Holly und verengte dann ihre Augen zu Schlitzen, als sie Danica musterte. »Läuft da was zwischen dir und dem scharfen Alien?«

Danica ignorierte Bexlis verschmitztes Grinsen, als sich ihr Magen bei dem Gedanken an K'alvek verkrampfte. Sie konzentrierte all ihre Kraft darauf, K'alvek mithilfe ihrer empathischen Fähigkeiten zu finden und dann, ohne auf Tommel zu warten, lief sie los.

KAPITEL VIERZIG

K'alvek stand am Rande des Abgrundes und starrte auf die Felsen unter ihm, während sein Versagen über ihn hereinbrach. Es war ihm nicht gelungen, seinen Vater zu retten oder seinen Tod zu rächen. Er hatte es auch nicht geschafft, Danica zu retten und sie in Sicherheit zu bringen. Sie war verloren. Der Gedanke lag wie ein Stein in seinem Magen.

Er öffnete und schloss seine Fäuste, als er an Danica dachte. Er konnte nicht einmal die Cresteks für ihren Verlust verantwortlich machen. K'alvek schirmte seinen Verstand ab, sodass ihn nichts erreichen konnte. Nicht die anderen Dothveks, die dabei waren, das entführte Besatzungsmitglied zurückzuholen und auch nicht seine Klanmitglieder, die in die Wüste zurückliefen, um den Zustand des Schiffes auszukundschaften. Falls Danica nicht mehr lebte, wollte er nichts mehr fühlen.

»K'alvek!«

Er dachte, er würde sich ihre Stimme in seiner Trauer nur einbilden, bis es ihm dämmerte, dass das Geräusch von jemandem stammte, der hinter ihm stand. Als er sich umdrehte, sah er, wie sie auf ihn zu gerannt kam, mit ihren wehenden, offenen Haaren und dem tränenüberströmten Gesicht. Er bereitete sich darauf vor, sie aufzufangen, als sie sich schluchzend in seine Arme warf.

Tommel erschien hinter ihr und K'alvek las Erleichterung auf seinem Gesicht. Er schlang seine Arme um Danica und fühlte, wie ihre Beine nachgaben. K'alvek sank mit ihr auf den Boden, wiegte sie und streichelte ihr Haar, während er versuchte, die Tatsache zu verdauen, dass sie am Leben war. Und dass sie sich freute, ihn zu sehen.

Ihr Körper zitterte, als sie weinte, und er fühlte, wie Wellen des Glücks seinen Geist überfluteten. Glück, dass von ihnen beiden ausstrahlte.

»Ich hatte solche Angst«, sagte sie, blickte zu ihm auf und berührte eine Seite seines Gesichts. »Ich hatte Angst, dass ich dich verlieren würde.«

Er wischte ihr die Feuchtigkeit von der Wange und küsste sie sanft, wobei er das Salz ihrer Tränen auf seinen Lippen schmeckte. »Ich dachte, du wärst tot.«

Sie schüttelte den Kopf. »Ich bin genau da, wo ich hingehöre.« Sie legte ihre Hände vorsichtig auf die Stelle, wo der Felsbrocken auf seine Brust gefallen war.

»Du bist verletzt.«

K'alvek zuckte mit einer Schulter. »Es geht mir gut. Ich habe schon begonnen zu heilen.« Er musterte ihr Gesicht. »Du bist nicht mehr böse auf mich?«

Danica nahm seine großen Hände in ihre eigenen. »Ich hätte nicht überreagieren dürfen. Ich weiß, dass du nicht kontrollieren kannst, dass du eine Art Glücksdroge aussendest.«

K'alvek neigte seinen Kopf. Er wusste immer noch nicht, was ›Droge‹ bedeutet, aber er war zu erleichtert, um sie danach zu fragen.

»Ich glaube, ich war wütend auf mich selbst, weil ich zugelassen habe, dass wir einander näher kommen, obwohl ich weiß, dass ich nicht bleiben kann.« Sie holte tief Luft und sah auf, um seinem Blick zu begegnen. »Ich habe es bisher immer vermieden, eine emotionale Nähe zu Männern aufzubauen, damit ich nicht verletzt werde. Aber du hast diesen Plan irgendwie ruiniert.«

»Das tut mir leid«, sagte er.

Sie lachte glucksend und gab ihm einen spielerischen Klaps auf den Arm. »Entschuldige dich nicht dafür. Das ist eine gute Sache.« Sie verengte ihre Augen. »Zumindest glaube ich, dass es das ist.«

Er fühlte, wie sein Herz schneller schlug und zog sie näher zu sich heran. »Wir haben alle deine Freundinnen bis auf eine gerettet und Kush hat ein Team zusammengestellt, um sie aufzuspüren und zurückzubringen.«

Sie warf einen Blick über ihre Schulter zu der leeren Lichtung hinter ihnen. Sogar Tommel hatte sie allein gelassen. »Ich habe Holly und Bexli gesehen. Wo sind die anderen?«

»Die mit den kurzen Haaren ist bei den Cresteks. Die anderen sind gegangen, um sie zu retten«, sagte er, während er mit den Fingern durch ihre langen, gewellten Haare fuhr.

»Max. Sie ist eigentlich eine Wissenschaftlerin, die wir eingefangen haben, weil wir ein Kopfgeld für sie kassieren wollten.« Sie schmunzelte, als sie seinen verwirrten Gesichtsausdruck bemerkte. »Egal. Es gibt zu viel zu erklären. Sie gehört jetzt zu unserer Crew. Also konntet ihr Tori und Caro retten?«

K'alvek nickte. »Ja, aber sie haben sofort darauf bestanden, mit Kush zu gehen, um die andere zu retten. Sie sind noch hartnäckiger als du, besonders die mit den wilden Haaren und den scharfen Stäbchen.«

Danica lachte. »Das wäre dann wohl Tori. Ja, sie würde den Aufruhr nicht verpassen wollen.« Sie hörte auf zu lachen und nahm sein Gesicht in ihre Hände. »Danke, dass du sie für mich gerettet hast.«

»Ich würde alles für dich tun.«

Ihre Wangen wurden rosig und sie vergrub ihr Gesicht in seinem Hals.

Er streichelte ihr Haar und versuchte, seine Worte sanft klingen zu lassen. »Ich glaube, dein Schiff wurde zerstört. Meine Leute sind auf dem Weg, um herauszufinden, was passiert ist.«

»Holly hat es mir gesagt«, sagte sie. »Sie glaubt, es war Mourad.«

Als sie ihr Gesicht wieder hob, sah K'alvek den Kummer in ihren Augen. Er wusste nicht, was ihr mehr leid tat, dass sie kein Schiff mehr hatte, oder dass sie jetzt keine Möglichkeit mehr hatten, von seinem Planeten zu verschwinden. »Bist du traurig?«

Bekümmert ließ sie die Schultern hängen. »Dieses Schiff war mein zu Hause. Es war mein letztes Erinnerungsstück an meinen Vater.«

»Du hattest ein Leben da draußen.« Er gestikulierte gen Himmel. »Nicht hier unten. Aber jetzt kannst du meinen Planeten nicht mehr verlassen.«

Sie zuckte mit den Schultern. »Es gibt schlimmere Orte, an denen man festsitzen kann.« Sie küsste ihn leicht. »Und viel Schlimmeres, als mit heißen Aliens gestrandet zu sein. Aber ich will die *Bounty Hunter Babes* auf jeden Fall noch nicht aufgeben.«

Er warf ihr einen fragenden Blick zu, aber sie lachte nur und küsste ihn noch einmal. »Aber vorerst wirst du mich noch eine Weile am Hals haben.«

Er blickte ihr tief in ihre geröteten Augen. »Bist du dir sicher?«

Danica nahm sein Gesicht in ihre Händen und küsste ihn, wobei sie seine Unterlippe zwischen ihre Zähne zog und ihm ein erotisches Schaudern den Rücken hinunter und bis in seine Fingerspitzen sandte. »Was hältst du davon?«

Ein Knurren entfuhr ihm, als sich seine steife Länge gegen sein Bein presste. »Ich würde dich jetzt am liebsten zu meinem Zelt zurückbringen.«

Sie fuhr ihm mit den Fingern den Nacken hinunter, über seinen starken Rücken und bis zu seiner Taille. Dann schob sie ihre Hände unter den Bund seiner ledernen Hose und fuhr sanft über die Furchen an seinem Rücken. »Ich glaube, das würde mir gefallen.«

K'alveks Schwanz pochte erregt. »Ich weiß nicht, ob ich warten kann.«

Sie lachte und liebkoste seinen Hals, als ihre Finger seine Eichel fanden und sie sich darum schlossen. »Dann tu es nicht.«

KAPITEL EINUNDVIERZIG

Danica räkelte sich auf der Decke und spürte, wie sich der Sand unter ihr verlagerte. Das Morgenlicht strömte durch einen Spalt im Zelteingang und tauchte die Decken und Matten im Inneren in ein helles Licht. Sie fühlte, wie sich K'alveks starke Brust warm gegen ihren Rücken schmiegte und friedlich hob und senkte.

Sie erinnerte sich kaum noch daran, wie ihre Rettungs-Kolonne in der Nacht zuvor in das Dorf gestolpert war. Sie waren die ganze Nacht geritten. Tommel hatte Holly auf seinem Jebel mitgenommen und sie waren vorangeritten. Der Rest der Krieger hatte eine langsame Karawane gebildet, die durch die mondbeschienenen Dünen gezogen war. Holly hatte sich ab und zu umgedreht, um Danica und K'alvek am Ende der Gruppe zuzuwinken, bis es zu dunkel geworden war und sie nichts anderes als dunkle Silhouetten erkennen konnte. Bexli und Pog hatten sich selbst in Jebels verwandelt und Danica hatte über die schockierten Mienen der sonst so stoischen Dothveks gelacht. Danica war erschöpft gewesen, als ihr außerirdischer Liebhaber sie schließlich in seinem Zelt abgesetzt hatte und auf den aufeinander gestapelten Decken neben ihr zusammengebrochen war.

Sie streckte ihre Arme über ihrem Kopf aus, atmete die warme Luft ein, die das Zelt erfüllte und freute sich über die vertrauten Gerüche von gebratenem Fleisch und gebackenem Brot. Ihr Magen knurrte, aber sie fühlte sich neben K'alvek zu wohl, um aufzustehen. Das Einzige, was sie aus ihrem Schlaf gerissen hatte, war die Erinnerung an Tori und Caro, die weiterhin Max und ihren Entführer verfolgten. Oder vielleicht hatten sie Max schon gerettet und waren auf dem Rückweg. Sie konnte sich nicht sicher sein. Auf jeden Fall war die Gruppe, die in der Nacht zuvor die Verfolgung aufgenommen hatte, noch nicht ins Dorf zurückgekehrt.

Sie versuchte, sich Mut zuzusprechen und zuversichtlich zu sein, denn K'alvek hatte volles Vertrauen in seinen Cousin Kush. Er verließ sich darauf, das Kush mit allen drei Frauen zurückkehren würde, da er der beste Fährtensucher des Klans war. Sie hoffte, dass er recht behalten würde. Allerdings freute sie sich nicht darauf, Tori und Caro mitzuteilen, dass ihr Schiff zerstört worden war und sie nun endgültig gestrandet waren.

Danica hatte nicht allzu viel Zeit gehabt, den Verlust zu verarbeiten, aber es war nicht so verheerend, wie sie es erwartet hatte. Selbstverständlich vermisste sie ihr altes Schiff und fühlte den Verlust, wenn sie an all die Zeit zurückdachte, die sie dort mit ihrem Vater und dann mit ihrer Crew verbracht hatte. Sie hatte sich noch nicht völlig mit dem Gedanken abgefunden, den Rest ihres Lebens auf einem Sandplaneten zu verbringen. Daran würde sie sich erst einmal gewöhnen müssen, obwohl es ein paar Dinge auf dem Planeten gab, von denen sie wirklich begeistert war.

Ihr geliebter Dothvek mit seinem großen, muskulösen Körper, seinen imposanten Tätowierungen und seinem riesigen Schwanz war ein weiterer großer Pluspunkt. Sie betrachtete K'alvek, während er schlief und lauschte den Geräuschen seines Atems, der sich mit dem sanften Geklimper der Glöckchen vermischte, die an der Außenseite der Zelte befestigt waren. Liebevoll strich Danica über seinen dunklen Zopf. Sogar sein langes Haar erregte sie. Nach allem, was sie bisher von seiner Spezies gesehen hatte, waren die übrigen Dothvek-Männer genauso gebaut und genauso unheimlich sexy. Wenn sie schon von der Außenwelt abgeschnitten sein musste, dann wenigstens nicht mit einem Haufen glitschiger, grüner Außerirdischer oder schleimiger Monster mit einem halben Dutzend Armen.

Zumindest würde Tori sich hier wie zu Hause fühlen, wenn sie von so vielen hartgesottenen Kriegern umgeben war. Danica befürchtete aber, dass ihre Pilotin und Ingenieurin sich in einer technologisch primitiven Gesellschaft zu Tode langweilen würde. Nicht, dass sie eine Wahl an Alternativen hatte. Es wäre vielleicht gar nicht so schlecht, eine Pause von Arschlöchern wie Mourad zu bekommen und nicht durch die Galaxie gejagt zu werden. Jetzt würde Danica nicht länger darum kämpfen müssen, ihre Besatzung zu ernähren und ihr Schiff auftanken zu können.

Danicas Finger kribbelten, als sie über K'alveks straffe, goldene Haut tanzten. Es tat ihrer Laune keinen Abbruch, dass sie sich jedes Mal, wenn sie ihn berührte, fühlte, als hätte sie darkarischen Whisky getrunken. Das warme Kribbeln breitete sich in ihr aus, während sie mit ihrem Finger von seinem Brustkorb hinunter zu seinem Sixpack fuhr und die Decke wegschob, um seinen nackten Körper zu entblößen. Selbst im Schlaf war er beeindruckend.

Während sie sich seinem Schwanz widmete und ihn liebkoste, grinste Danica vor sich hin, bevor sie ihn sanft von der Eichel bis zum Schaft küsste. Sie spürte, wie er steif wurde, als K'alvek aufwachte, aber bevor er begreifen konnte, was geschah, nahm sie seinen Schwanz in ihren Mund.

»Jetzt bin ich an der Reihe«, sagte sie, als er den Kopf hob und zu ihr hinunterblickte.

Er stöhnte leise, als sie an seinem Schwanz lutschte und ihren Rachen entspannte, um ihn ganz in sich aufnehmen zu können. Danica fühlte seine Spitze tief in ihrer Kehle, während sich seine Finger in die Stoffe unter ihm gruben. Sie konnte seine Gedanken nicht lesen, aber es bedurfte keiner Telepathie, um zu wissen, dass er mit dem, was sie tat, einverstanden war.

Danica wirbelte ihre Zunge um seinen dicken Schaft, dann saugte sie kräftig und füllte ihren Mund mit seinem prallen Schwanz. Obwohl sein Schaft hart war, war seine Haut geschmeidig. Sogar die holprigen Rillen seines Schwanzes fühlten sich seidig an. Sie liebte es, wie er weiter in ihrem Mund anschwoll und sie stöhnte vor Erregung, sodass die Vibrationen in ihrer Kehle seinen Schwanz massierten, während sie ihre Lippen auf und ab bewegte.

K'alvek stieß ein tiefes Grollen aus und zog Danica an den Schultern hoch, um sie direkt auf seinen harten Schwanz zu setzen. Ihre Augen weiteten sich und ihr blieb die Luft weg, bevor sie seine Schultern umklammerte und ihre Nägel in seine Haut grub. Sie biss sich auf ihre Lippe, um nicht aufzuschreien, denn jeder seiner harten Stöße dehnte sie ein wenig mehr. Noch nie hatte ein Mann sie so erfüllt wie K'alvek. Technisch gesehen war er kein Mann, erinnerte sie eine Stimme in ihrem Kopf. Als er noch tiefer in sie eindrang und das Gefühl der Euphorie sie durchströmte, verdrehten sich ihr die Augen. Definitiv kein Mann.

Er schlang seine Arme um ihren Rücken und zog sie für einen tiefen Kuss zu sich heran, während er seine Hüften neigte, um wieder und wieder in sie zu stoßen. Danica öffnete ihre Lippen, um ihre Zunge in einem leidenschaftlichen Kuss mit seiner zu vereinen. Sein Kuss war dominant und unnachgiebig. Mit einer Hand packte er ihr Haar und zog sie fest zu sich. Er hielt sie fest in seinem Griff, während er mit seinem Schwanz in sie hineinstieß und ihren Hintern mit der anderen Hand ergriff.

Normalerweise hätte Danica sich dagegen gesträubt, dominiert zu werden, aber mit K'alvek schürte es die Flammen ihres Begehrens. Sie ließ sich bereitwillig von ihm nehmen, während er sie kraftvoll auf seinem Schoß auf und ab wiegte und seine Finger in ihre weichen Arschbacken grub.

»Mein«, sagte er, als er ihren Kuss unterbrach.

Sie neigte ihren Kopf etwas zurück und starrte in seine Augen, die vor Lust loderten, als er die Geschwindigkeit seiner Stöße erhöhte. Sie kochte innerlich vor Leidenschaft, während sie ihn heftig ritt. Das Vergnügen und der Schmerz vermischten sich miteinander, als er ihr Haar noch fester packte.

Ihrem Höhepunkt nahe schloss Danica ihre Augen, aber ein schneller, sanfter Ruck an ihrem Haar ließen ihre Lider wieder auffliegen.

»Sieh mich an«, sagte er in einem Befehlston. Sie starrte ihm in die Augen, als Hitze sie durchflutete und sie sich in seinen Armen wand. K'alvek bewegte eine Hand von ihrem Hintern zu ihren Hüften und hielt sie so, dass ihr Kitzler seine unteren Furchen berührte. Sie zuckte, als hätte sie einen Schock erlitten, aber ihre Hüften neigten sich wieder nach vorn, als wollten sie mehr. K'alvek stellte sicher, dass seine Furchen bei jedem tiefen Stoß an ihrer Klitoris rieben. Er setzte seinen unerbittlichen Rhythmus fort, bis ihr Körper explodierte und eine Schockwelle nach der anderen durch sie hindurch sandte, während sie sich um seinen Schwanz verengte.

Danica sackte ihm schlaff entgegen, aber K'alvek hob sie hoch und drehte sie mit einer einzigen Bewegung auf alle Viere, ohne seine Länge aus ihr zu ziehen. Danica stöhnte ob der neuen, ungewohnten Position, als er tiefer in sie stieß. Ihr Körper zitterte noch von den Nachbeben ihres Orgasmus, als er wieder tief in sie eindrang. Danica blickte über ihre Schulter und stellte fest, dass sein Blick auf die Stelle gerichtet war, an der sich ihre Körper vereinten. Sie zögerte nicht, sich vor ihm zu entblößen und griff mit ihren Händen nach ihrem Hintern, um ihn für K'alvek gespreizt zu halten. Dann senkte sie den Kopf auf die Bettdecken und steckte sich ihm entgegen.

Er knurrte. »Ich bin so tief in dir.« Er versetzte ihr einen Klaps auf den Hintern. »Dehne dich so weit.«

Seine Hand hinterließ einen Abdruck auf ihrer Haut und durch die Mischung aus Freude und Schmerz zog sie sich fest um ihn zusammen.

»Das gefällt dir«, sagte er, seine Stimme ein wohlwollendes Grummeln. »Aber was genau?« Er gab ihr einen weiteren kräftigen Klaps. »Das hier?« Er zog seinen Schwanz aus ihr heraus und tauchte ihn wieder tief in sie hinein. »Oder von meinem Schwanz gespalten zu werden?«

Sie konnte kaum sprechen. Sie konnte kaum denken. »Beides«, keuchte sie.

»Meine kleine Kommandantin mag es wild«, sagte er, drängte erneut in sie, hielt tief in ihrem Inneren inne und versetzte ihrem Arsch einen weiteren Klaps.

Danica keuchte und K'alvek verlor jegliche Kontrolle. Er stieß wild in sie hinein, sodass das Geräusch zweier aufeinander prallender Körper das Zelt erfüllte. Er stöhnte laut auf, bevor sein Körper sich verkrampfte und er Danica fest an sich gepresst hielt, während er sich heiß in sie ergoss.

Nach einem Augenblick brach sie schwach auf den Stoffen zusammen und bebte. K'alvek ließ seinen starken Körper neben ihr auf die Decken sacken, während er versuchte, seinen stockenden Atem unter Kontrolle zu bringen.

»Lass uns das noch einmal machen«, flüsterte sie, als sie genug Energie aufgebracht hatte, um zu sprechen und sich zu ihm umzudrehen.

Er hob eine Augenbraue. »Jetzt?«, fragte er.

Sie lachte. »Vielleicht nicht *jetzt* sofort. Meine Arschbacken müssen erst aufhören zu brennen.«

Er zog Danica an sich, sodass sie halb auf ihm lag und rieb mit seiner großen Hand über die gerötete Haut. »Meine arme, kleine Kommandantin.«

Danica schlug ihm spielerisch auf den Arm. »Wen nennst du hier klein?« Sie nahm seine Belustigung wahr, als er eine Hand senkte, um eine ihrer Brüste zu umschließen.

»Du hast recht. Die sind nicht klein.« Er rieb seinen Daumen über einen Nippel. »Sie sind perfekt, genau wie du.«

Sie errötete durch sein Kompliment, als sie von ihm herunterstieg und sich neben ihm auf den Decken ausstreckte. »Und, hat dir dein Weckruf gefallen?«

Er neigte den Kopf und runzelte die Stirn.

»Auf meinem Schiff hatten wir Alarme, elektronische Geräte, die Lärm gemacht haben, wenn es Zeit zum Aufstehen war. Ich schätze, so etwas habt ihr hier nicht.« Danica würde den lauten Ton ihres Weckers sicher nicht vermissen. Sie bevorzugte es, jeden Tag der Woche mit heißem Sex zu beginnen, statt durch das Piepen eines Computers geweckt zu werden.

K'alvek gluckste sanft. »Wir wachen mit den Sonnen auf. Sie sind unser Weckruf.«

Danica ließ ihren Blick durch das Zelt schweifen und betrachtete seine Einrichtung. Es bestand aus straff gespannten Lederhäuten und Stoffen, die sie von ihrer letzten Übernachtung in genau diesem Zelt wiedererkannte. »Ist das dein Zelt? Werden wir hier wohnen?«

Er nickte.

»Es gefällt mir«, sagte sie. »Schlicht und doch elegant.«

Er neigte fragend den Kopf.

»Egal«, sagte Danica. »Nur ein Scherz. Etwas, das man sagt, um andere zum Lachen zu bringen.«

»Wir müssen noch viel übereinander lernen.« K'alvek nahm ihr Gesicht in seine Hände, fuhr mit dem Daumen unter ihrem Kinn entlang und küsste sie sanft auf die Lippen. »Das ist jetzt dein zu Hause. Bei mir. Als meine Gefährtin.«

Schmetterlinge flatterten aufgeregt in Danicas Bauch umher. Sie hätte sich nie vorstellen können, dass sie damit zufrieden wäre, im Zelt eines fremdartigen Barbaren zu liegen und zuzulassen, dass er sie als seine Gefährtin beanspruchte. Allerdings war in den letzten Tagen viel passiert.

»Danica?«

Seine Stimme riss sie aus ihren Gedanken und sie blickte zu ihm auf. »Entschuldigung. Ich habe gerade über alles, was in den letzten Tagen passiert ist, nachgedacht.«

»Ich weiß«, sagte er und klopfte sich mit dem Finger gegen seine Schläfe. »Wir sind telepathisch verbunden.«

»Das hätte ich fast vergessen.« Ihr Gesicht errötete, als sie sich daran erinnerte, dass er ihre Gedanken spüren konnte. Es war ein Konzept, an das man sich nur schwer gewöhnen konnte.

»Wir sind Geistesgefährten. Bedeutet das, dass andere Dothveks meine Gefühle nicht wahrnehmen können?«

Er sah sie leidenschaftlich an. »Natürlich nicht. Es gibt nur eine geistige Bindung für jeden Dothvek.« Die Anspannung in seinem Kiefer lockerte sich. »Und du bist mein. Für immer.«

Einst hätte Danica nach diesen Worten die Flucht ergriffen, aber jetzt bereiteten sie ihr einen unvergleichlichen Freudentaumel. Der Gedanke an die Ewigkeit mit ihm erfüllte sie mit Glücksgefühlen. »Hört sich gut an.«

K'alvek gab ihr noch einen zarten, langen Kuss, bevor er ihr einen sanften Klaps auf den Hintern gab, aufstand und sich streckte.

Sie konnte nicht anders, als ihn anzustarren, wie er so völlig nackt mit seinen kräftigen, über den Kopf erhobenen Armen dastand und sich streckte. Das Einzige, was seinen Körper bedeckte, waren die um seine Handgelenke geschlungenen Riemen, die bis zur Hälfte seines Unterarms reichten. Er verdrehte seinen Oberkörper, um sich zu dehnen und seine Muskeln spannten sich an. Danicas Puls beschleunigte sich, als ihre Augen von seinem Sixpack zu dem langen Gemächt wanderten, das zwischen den dicken Muskeln seiner Oberschenkel hing. Dothveks waren viel freizügiger als Menschen, dachte sie. Aber er hatte auch genug Muskeln, die es wert waren, zur Schau gestellt zu werden.

Er ging zum Zelteingang.

»Gehst du so raus?«, fragte sie. Selbst in ihrem Kopf klang es schrill.

Er blickte an sich selbst hinab.

»Wenn Holly da draußen ist, könnte sie in Ohnmacht fallen«, sagte Danica und sprang auf die Beine. »Oder sie könnte versuchen, dich zu vernaschen. Ich weiß nicht, was Bexli tun würde.«

Ihre Gier, ihn für sich zu behalten, brachte ihn zum Grinsen und sie rollte mit den Augen, während sie ihm seine Hose reichte. »Ich bin nicht bereit zu teilen.«

Als er das Wort ›teilen‹ vernahm, richtete er sich zu seiner vollen Größe auf. »Dothveks teilen nicht.«

»Das dachte ich mir. Ich auch nicht.«

Er lächelte anerkennend, während er seine Hose anzog und nach draußen verschwand.

Danica suchte den Boden nach dem Rest ihrer Kleidung ab. Schnell fand sie ihre graue Cargohose, ein langärmeliges, weißes Shirt und einen beigefarbenen BH. Sie war froh, dass sie die Weitsicht gehabt hatte, sich auf dem Schiff ihre Wechselkleidung anzuziehen. Sie zog sich an und kämmte sich mit ihren Fingern durch die Haare, bevor sie K'alvek aus dem Zelt folgte.

Danica sah Holly in der Nähe der Feuerstelle stehen, wo Fleisch auf einem Spieß rotierte. Dothveks bewegten sich im Lager frei umher, kümmerten sich um die heulenden Jebels und fütterten die kleinen Schnüffeltiere in den Gehegen. Bexli sprach mit einer Gruppe weiblicher Dothvek-Kriegerinnen, während sie Pog in ihren Armen hielt und seinen Rücken streichelte. Danica nahm an, dass es sich um seinen Rücken handelte, denn in ihrem natürlichen Zustand war die Kreatur völlig rund.

»Sieh mal einer an, wer da aufgewacht ist!« Ihre Ingenieurin winkte sie zu sich, als sie Danica sah.

Danica hatte nicht realisiert, wie sehr sie es vermisst hatte, bei ihrer Crew zu sein, bis Holly ihr die Arme um die Schultern legte und ihr ein Stück warmes Fladenbrot reichte. »Du musst mich jetzt erstmal aufklären. Wie bist du denn bei diesen Leuten gelandet und wie haben sie uns gefunden?«

»Das ist eine lange Geschichte, aber um es kurz zu fassen ...«, sagte Danica. »K'alvek hat mich am Fuße einer Sanddüne gefunden, als Tori und ich getrennt wurden. Er hat mich vor einem Sandsturm und ein paar fiesen Cresteks gerettet, bevor wir es überhaupt hierher geschafft haben. Dann hat er den Großteil seines Klans davon überzeugt, die Wüste zu durchqueren, um den Rest von euch zu retten.«

Holly zog ihre Augenbrauen hoch. »Was für ein Glück.« Sie blickte über ihre Schulter zu K'alvek, der in ein Gespräch mit Tommel verwickelt war. »Hast du ihn deswegen flachgelegt?«

Danica atmete scharf ein und erstickte fast an ihrem Bissen Brot.

Holly klopfte ihr auf den Rücken, bis sie wieder atmen konnte. »Tut mir leid. Kein Grund, sich zu verschlucken.«

»Ist schon okay. Du hast mich nur überrascht, das ist alles.«

»Du weißt, dass ich nicht dafür bekannt bin, um den heißen Brei herumzureden«, sagte sie. »Außerdem sind die Zeltwände hier in der Gegend ziemlich dünn. Es ist also kein großes Geheimnis.«

Danica runzelte die Stirn. »Ich habe ihn nicht flachgelegt, um ihn dazu zu bringen, euch zu retten. Er hätte mir sowieso geholfen.«

Holly hob beschwichtigend die Hände. »Hey, kein Problem. Ich würde ihn wahrscheinlich aus einem weniger altruistischen Grund vögeln.«

Danica brach in Gelächter aus. Holly hatte aus ihrer Sexualität nie ein großes Geheimnis gemacht oder sich dafür geschämt. »Na ja, es ist ein wenig komplizierter.«

Holly betrachtete sie einen Moment lang, ihre Augen wanderten zwischen ihrem Captain und K'alvek hin und her. »Solange er dich gut behandelt und das nicht eine von diesen Situationen ist, in der du dich in deinen Entführer verliebt hast, wünsche ich dir viel Spaß.«

»Er ist nicht mein Entführer«, versicherte Danica ihr. »Wir sind telepathisch miteinander verbunden.«

Holly zog ihre Augenbrauen so hoch, dass sie unter ihrem Pony verschwanden. »Wie bitte?«

Danicas Wangen wurden rot. »Die Dothveks sind empathisch. Irgendwie kann ich spüren, was K'alvek fühlt.«

Holly verzog das Gesicht. »Ich bin mir nicht sicher, ob ich wissen will, was ein Typ wirklich denkt. Aber ich bin mir sicher, ich würde nicht wollen, dass er weiß, was ich denke.« Sie packte Danicas Arm. »Ist es wie Gedankenlesen?«

»Nein.« Danica lachte. »Keiner von uns beiden kann die Gedanken des anderen lesen, aber wir können Stimmungen spüren.«

»Und das macht euch zu Geistesverwandten?«, fragte Holly und blickte skeptisch.

»Anscheinend sind sogenannte Geistesgefährten nicht sehr häufig und ein Dothvek bekommt immer nur einen im Leben.«

»Und du bist seine telepathische Lebenspartnerin?« Holly stieß ein leises Pfeifen aus. »Ist es dann so, als wäre man verheiratet?«

»Nein«, sagte Danica schnell, aber hielt dann plötzlich inne. »Um ehrlich zu sein, weiß ich es nicht genau. Es ist nicht so, als hätten wir eine Zeremonie abgehalten oder so.«

Holly zwinkerte ihr zu. »Zumindest noch nicht.« Sie drückte den Arm ihrer Kommandantin. »Hey, solange du glücklich bist und nicht in eine Art außerirdische Sexsklaverei gezwungen wirst, ist alles okay. Obwohl es mir bei diesen Außerirdischen vielleicht nicht so viel ausmachen würde, ihre Sexsklavin zu sein.«

»Du bist echt furchtbar.« Danica gab Holly einen spielerischen Schubs und wechselte dann absichtlich das Thema, während sie sich daran erinnerte, wie K'alvek sie fest in seinen Armen gehalten und wie sehr sie es genossen hatte. »Weißt du, ob sie von dem Rettungstrupp gehört haben, der Max aufspüren sollte? Oder von der Gruppe, die bestätigen wollte, dass unser Schiff zerstört wurde?«

Holly verschränkte ihre Arme vor der Brust. »Was meinst du mit ›von ihnen gehört‹? Sofern ich nichts verpasst habe, verfügen diese Leute über keinerlei Technologie. Oder funktioniert ihr Gefühlsding über große Entfernungen?«

»Wahrscheinlich nicht«, sagte Danica. Sie bemerkte K'alveks Blick, als er zu ihr herübersah. Sein Gesichtsausdruck war düster, und sie konnte spüren, dass er gute und schlechte Nachrichten erhalten hatte.

Bexli schloss sich ihnen an, um sich ans Feuer zu setzen. Sie ließ sich auf dem Boden nieder und verschränkte ihre schlanken Beine. »Habt ihr es schon gehört? Das Schiff wurde in Stücke gesprengt, aber Kush hat Max gefunden.«

Danica war einen Moment lang erleichtert, dass es Max gut ging, aber dann wurde ihr bewusst, dass sie ihr Schiff verloren hatte und Tränen schossen ihr in die Augen. Sie sah auf und blinzelte schnell, um sie nicht an ihren Wangen hinunterrinnen zu lassen. Die Nachricht überraschte sie nicht, aber die Endgültigkeit des Ganzen tat ihr trotzdem in der Seele weh. »Mourad hat es also tatsächlich in die Luft gesprengt.«

Holly schlang einen Arm um Danicas Schultern. »Ich weiß, wie viel dir dieser Metallhaufen bedeutet hat. Mir ist er auch ans Herz gewachsen, nach all den Stunden, die ich in dessen Motor hineingesteckt habe. Wenn ich jemals von diesem Planeten runterkomme, ziehe ich diesem Arschloch die Haut ab. Ich korrigiere.« Sie hob den Zeigefinger. »Erst schneide ich ihm die Eier ab, dann häute ich ihn bei lebendigem Leib.«

Ein paar Dothveks warfen den Frauen erschrockene Blicke zu.

»Dann sitzen wir also erstmal hier fest«, stellte Holly fest und presste die Lippen zusammen, als sie sich im Lager umsah.

»Die Dothveks sind gar nicht so schlimm«, erwiderte Danica.

Bexli schenkte ihrem Boss ein verschmitztes Lächeln. »Ich weiß. Das haben wir heute Morgen gehört. Es scheint, als seien sie mehr als nur *nicht so schlimm*.«

Danica versuchte, nicht erneut zu erröten, als sie K'alvek beobachtete, wie er auf sie zukam. »Du hast recht. Um ehrlich zu sein, ist es ganz okay, hier mit ihm festzusitzen. Wenn die anderen Mädels der Crew wieder zu uns stoßen, werde ich noch glücklicher sein, aber im Moment bin ich einfach nur froh, dass wir alle am Leben sind. Mourad dachte wahrscheinlich, wir würden verhungern oder verdursten, als er uns hier abstürzen ließ.«

Holly steckte sich einen Bissen Brot in den Mund. »Tja, da hat er falsch gedacht. Er ist immer noch da draußen und versucht, Dr. Max Dryden zu finden, dabei ist sie dank ihm hier mit uns gestrandet.«

Danica genoss den Gedanken, dass sie ihrem Erzfeind einen Strich durch die Rechnung gemacht hatten, obwohl sie hoffte, dass Mourad seinen Fehler nie bemerken würde. Sie wollte sich nicht vorstellen, wie der sadistische Kopfgeldjäger reagieren würde, wenn er wirklich wütend wäre, oder was er tun würde, falls er zurückkehrte.

Sie blickte K'alvek an, als er sich ihr näherte und in ihrer Brust regte sich ein warmes Gefühl, von dem sie wusste, dass es nichts mit seinem Zauber zu tun hatte.

»Weißt du ...«, flüsterte Holly ihr ins Ohr, bevor sie wegging. »Diese Dothveks würden ziemlich knallharte Kopfgeldjäger abgeben. Es würde mich nicht stören, wenn die *Bounty Hunter Babes* zu den *Bounty Hunter Babes und Barbaren* werden würden.«

»Dafür bräuchten wir ein Schiff«, erinnerte Danica sie. »Das werden wir hier niemals finden.«

Bexli zuckte die Achseln, als Pog in ihrem Schoß schnurrte. »Sag' niemals nie.«

KAPITEL ZWEIUNDVIERZIG

K'alvek bahnte sich seinen Weg zu Danica, ließ die Feuerstelle links liegen und ignorierte dabei das unruhige Knurren seines Magens. Das Dorf erwachte langsam zum Leben, obwohl er bemerkte, dass die meisten Kopfgeldjägerinnen bereits aufgestanden waren und sich draußen umherbewegten. Als er Tommel am Rand des Wassers stehen sah, machte er sich auf den Weg zu ihm.

»Ich hätte nicht gedacht, dass wir dich so früh sehen würden«, sagte der ältere Dothvek.

K'alveks Wangen erröteten leicht. Es gab keine Geheimnisse in der Zeltsiedlung. »Ich hatte gehofft, Kushs Rettungsmannschaft zurückkehren zu sehen.«

Tommel verschränkte seine Hände hinter sich und wippte auf den nackten Fußballen. »Wenn er sie nicht eingeholt hat, bevor sie die Kolonie erreichten, wird er nicht aufgeben. Er wird versuchen die Frau herauszuholen.«

K'alvek grummelte, denn er war unzufrieden mit dem, was Tommel sagte, nur leider wusste er, dass es stimmte. »In die Crestek-Kolonie zu gehen wäre Selbstmord.«

Tommel warf K'alvek einen scharfen Blick zu. »Dein Cousin wird nicht scheitern, auch wenn es den Tod bedeutet.«

K'alvek schüttelte den Kopf, als würde er versuchen, sich von diesem Gedanken zu befreien. Kush war sein engster Freund. Er konnte ihn nicht verlieren. »Wenn er nicht zurückkehrt, werde ich ihn suchen. Ich habe meinen Durst nach Crestek-Blut noch nicht gestillt.«

»Strebst du noch immer nach Vergeltung?«, fragte Tommel.

Obwohl Danica und ihre Crew K'alvek abgelenkt hatten, hatte er den Tod seines Vaters und seinen Wunsch, seinen Feind dafür bezahlen zu lassen, noch nicht vergessen. Während des Kampfes zur Rettung der Frauen hatte er mehrere Cresteks getötet, aber ihr Tod hatte ihm keine Genugtuung bereitet.

»Blut ist vielleicht nicht die Antwort auf das, was du suchst«, fuhr Tommel fort, als K'alvek nicht antwortete.

»Du hörst dich wie meine Mutter an«, murmelte K'alvek und verachtete den launischen Klang seiner eigenen Stimme.

Tommel ließ sich davon nicht beirren. »Sie ist eine sehr weise Frau. Ich wurde schon mit Schlimmerem verglichen.«

»Weiser als der Mann, der mit ihr das Bett teilt.«

Der Ältere legte eine Hand auf K'alveks Arm. »Sei vorsichtig. Er ist nicht weise, aber er ist mit allen Wassern gewaschen. Das macht ihn gefährlich.«

»Ich fürchte ihn nicht«, sagte K'alvek.

»Nicht, solange die Präsenz deiner Mutter dich vor ihm schützt und ihn in Schach hält.«

K'alvek schluckte schwer und konnte die Tatsache kaum ertragen, dass seine Mutter nur Zatvars Gefährtin war, um ihn zu beschützen. Er ballte seine Fäuste, als er an den unwürdigen Krieger dachte, der den Platz seines Vaters eingenommen hatte. »Der Klan wird ihm nicht für immer folgen. Vor allem nicht, wenn er den Waffenstillstand höher schätzt als Kampf und Ehre.«

Tommel legte den Kopf schief. »Vielleicht nicht.«

Die aufheulenden Jebels übertönten die leisen Geräusche der sanften Stimmen und der ruhigen Brise, die am Zeltstoff raschelte. K'alvek blickte sich zu seiner Gefährtin um, die neben dem Crewmitglied mit den feuerroten Haaren stand.

»Nicht alle von uns werden von den Göttinnen mit einer Geistesgefährtin gesegnet«, sagte Tommel, seinem Blick folgend. »Vielleicht braucht ein Dothvek, der so viel Glück hat, keine Rache zu üben.«

Bevor K'alvek antworten konnte, drehte Tommel sich um und verschwand durch das Labyrinth der Zelte. K'alvek hielt einen Moment lang den Atem an und richtete seine Aufmerksamkeit dann auf Danica und ihre Freundinnen, die sich unterhielten und lachten.

Er fühlte einen kurzen Anflug von Eifersucht auf deren Nähe zueinander, bevor er versuchte, eine Verbindung zu Kush aufzunehmen, obwohl er wusste, dass sein Stammesbruder zu weit weg war. Wenn er sich vorstellte, dass Kush in diesem Moment hinter den Crestek-Mauern war, lief ihm ein Schauer über den Rücken. Er würde kein weiteres Klanmitglied an seinen Feind verlieren. Nicht einmal, wenn er jeden Stein ihrer Mauer einzeln herausreißen müsste, um ihn zu erreichen.

KAPITEL DREIUNDVIERZIG

Max stolperte über einen Felsen, als der in einen Mantel gekleidete Außerirdische sie ruppig hinter sich herzerrte. Ihre Atmung war ungleichmäßig und sie hatte Seitenstechen vom ununterbrochenen Rennen. Sie versuchte, ihm ihre Hand zu entreißen, aber er ergriff ihr Handgelenk und drückte fest zu, bis sie vor Schmerz aufstöhnte.

Sie fragte sich, wie das alles hatte passieren können. Noch vor ein paar Tagen hatte sie sich friedlich um ihren eigenen Kram gekümmert und einige Fortschritte in ihrer Forschung erzielt, bis sie von einer Gruppe von Kopfgeldjägerinnen gefangen genommen worden war. Sie konnte immer noch nicht glauben, dass ein Kopfgeld auf sie ausgesetzt worden war. *Auf sie.* Eine Wissenschaftlerin. Sie hatte noch nie in ihrem Leben jemanden etwas zuleide getan. Sie hatte ihre Nase zu tief in ihre Forschungen gesteckt, um sich in die Politik der Galaxis einzumischen. Und trotzdem war sie jetzt hier. Gestrandet auf einem Sandplaneten und von einem Haufen Außerirdischer entführt, die vor einem noch bedrohlicheren Haufen Außerirdischer flohen. Dies war eindeutig nicht ihr Tag.

»Schneller.« Die Sprache des verhüllten Außerirdischen klang rau und kehlig, aber dank ihres Universalübersetzer-Implantats konnte sie ihn verstehen. Zumindest größtenteils.

»Ich kann nicht«, sagte sie, während schwarze Flecken vor ihren Augen tanzten.

Er riss erneut an ihrer Hand, um sie dazu zu bewegen, schneller zu laufen und als sie aufblickte, sah sie riesige Tore vor sich aufragen. Sie schienen aus Holz zu sein, das so golden schimmerte wie der Sand und Max fragte sich, ob die Materialien dafür aus den Wäldern stammten, durch die sie vor einer Weile gerannt waren. Das schillernde, goldene Holz war auf Hochglanz poliert worden und fing das verblassende Licht der Sonnen ein. Sie hätte es hübsch gefunden, wenn der Gedanke, dahinter eingesperrt zu sein, nicht so erschreckend gewesen wäre.

Die Tore waren über zehn Meter hoch und obwohl sie aus einer natürlichen Substanz hergestellt waren, hatte sie nichts Rustikales an sich. Sie hatten keine offensichtlichen Öffnungen und schlossen nahtlos an eine etwas niedrigere Steinmauer an, die sich in beide Richtungen erstreckte und die Kolonie dahinter komplett zu umschließen schien. Diese Außerirdischen hatten einen ernstzunehmenden Sicherheitskomplex. Entweder das, oder die Barbaren aus der Wüste waren noch furchterregender, als sie dachte.

Sie blickte über ihre Schulter und entdeckte den Rauch, der aus der Wüste aufstieg. Sie war sich nicht sicher, was gesprengt worden war, aber sie hatte die Vermutung, dass sie sich nicht mehr um die Reparatur des Schiffes kümmern musste, mit dem sie angekommen war.

Ein anderer Außerirdischer stieß sie an den Schulterblättern vorwärts, als die Tore leise aufschwangen. Langsam bewegte sie sich vorwärts, gefesselt von der anmutigen, hölzernen Struktur, obwohl der Alien, der ihre Hand in einem festen Griff hielt, versuchte, sie hinter sich her zu zerren. Offensichtlich war er ungeduldig und begierig darauf, hinter die Stadtmauern zu gelangen.

Bevor sie die Tore jedoch vollständig passieren konnten, wurden sie von einer Horde Barbaren umzingelt, die sofort begannen, die verhüllten Aliens gekonnt mit geschwungenen Klingen niederzuschlagen. Sie wusste nicht, wie sich die Barbaren derart unbemerkt an sie herangeschlichen hatten, aber Max erstarrte vor Schreck an Ort und Stelle, als um sie herum ein Chaos ausbrach. Der Alien, der sie so fest an ihrem Handgelenk angepackt hatte, um sie hinter sich her zu zerren, wurde mit einem einzelnen Hieb niedergestreckt und fiel leblos zu Boden.

»Scheiße.« Sie wich zurück und starrte, während sich eine Blutlache um den toten Außerirdischen bildete.

Dann erhaschte sie einen flüchtigen Blick auf Tori, als ihre nadelartigen Dorne im Sonnenlicht aufblitzten. Max wollte nach ihr rufen, aber sie brachte keinen Ton heraus. Warum war Tori bei den Barbaren? Selbst ohne zu wissen, was genau vor sich ging, war ihr klar, dass sie bei Tori besser aufgehoben war als bei den Aliens, die sie entführt und in ihre Kolonie verschleppt hatten.

Bevor sie jedoch einen Fluchtversuch unternehmen konnte, wurde sie an der Schulter geschubst und eine weitere unnachgiebige Hand schloss sich um ihr Handgelenk. Jemand gab schreiend die Anweisung, die Tore zu schließen und ihr stockte der Atem, als sie an ihrem Handgelenk in die Kolonie gerissen wurde, kurz bevor sich die Tore schlossen.

Max fiel zu Boden, zitterte am ganzen Körper und kämpfte gegen die bittere Galle an, die in ihrer Kehle aufzusteigen drohte. Als sie schließlich aufblickte, drohte eine weitere Welle der Übelkeit sie zu überwältigen. Der verhüllte Außerirdische war schwer atmend über sie gebeugt und seine dunklen Augen waren zu Schlitzen verengt, als er sie mit einer Mischung aus Triumph und Neugierde anstarrte.

Hinter ihm befand sich eine Schar großer Kreaturen mit derselben goldenen Haut und den spitzen Ohren, die sie überrascht beäugten. Max schluckte mühsam. Sie war von Außerirdischen umgeben, die nicht sehr freundlich wirkten. Außerdem war sie eine Gefangene in ihrer Welt, während Tori sich auf der anderen Seite des Tores befand. Die Dinge wurden immer schlimmer.

EPILOG

Mourad schritt nachdenklich auf der Brücke seines Schiffes auf und ab und boxte mit der Faust in seine Hand. Sie hatten diesen Sektor tagelang abgesucht, aber von dem Doktor war keine Spur zu finden gewesen. Es war schon einige Tage her, dass sie die Überreste von Danicas Schiff in die Luft gesprengt hatten und nun verfluchte er sich selbst, dass er wertvolle Zeit damit vergeudet hatte, zum Sandplaneten zurückzukehren, um sie ein für alle Mal aus dem Weg zu räumen.

Er war sich darüber im Klaren, dass er es aus Frustration getan hatte. Außerdem hatte er sicherstellen wollen, dass die armseligen Weiber ihm nie wieder in die Quere kommen konnten. Zu jener Zeit hatte es ihn mit Stolz erfüllt, sicherzugehen, dass sie keinen Ausweg finden würden. Er war sich nicht einmal sicher, ob sie den Absturz überlebt hatten und es war ihm egal, dass das Schiff leer gewesen war, als sie es durchsucht hatten. Die dämlichen Furien waren bestimmt in die Wüste aufgebrochen und verdurstet. Es war ihm egal, denn sie würden nie wieder eine Bedrohung für seine Geschäfte darstellen. Das war alles, was zählte. Außerdem musste er jetzt diesen Doktor finden und das Kopfgeld einkassieren, das ihm rechtmäßig zustand.

»Sag mir noch einmal, was wir bisher wissen«, bellte er eins seiner Crewmitglieder an.

Der Mann, der an einer Konsole stand, drückte ein paar Knöpfe und begann vom Bildschirm abzulesen. »Dr. Max Dryden. Auf Mineralien spezialisierter Erdlings-Wissenschaftler. Arbeitet angeblich an einer neuen erneuerbaren Energiequelle. Die Führung des Kollektivs hat zehntausend Credits Kopfgeld auf ihn ausgesetzt.«

Mourad grunzte. »Das ist alles?«

»Der letzte bekannte Standort war Sethi Prime.«

»Genau dorthin sind wir den Frauen gefolgt, die sich als Kopfgeldjägerinnen ausgegeben haben.« Mourads Lippen verzogen sich bei dem Gedanken an Danica und ihre Crew zu einem Grinsen. »Wenn der Doktor dort gewesen wäre, hätten sie ihn gefunden. Das haben sie nicht. Wir haben jeden Winkel ihres Schiffs durchsucht.«

Eines seiner anderen Besatzungsmitglieder lachte leise. »Und dann haben wir es in die Luft gesprengt.«

Mourad stimmte in das Gelächter ein. Er dachte gern an die arroganten Weiber, die ohne Fluchtmöglichkeit auf einem leeren Sandplaneten festsaßen. Es geschah ihnen recht. Sie hatten versucht, mit ihm zu konkurrieren und nun zahlten sie den Preis dafür. Sie hatten kein Recht zu versuchen, Kopfgeldjäger zu sein. Es war die Arbeit eines Kriegers und sie waren keine Krieger. Sie waren Frauen, die nur zu einer Sache zu gebrauchen waren.

Er spürte ein Pochen in seinen Leisten, als er an das Weibchen mit dem wilden, dunklen Haar dachte, das versucht hatte, ihn mit langen, nadelartigen Stäbchen, zu erstechen. Sie hatte Temperament und er mochte es, wenn Frauen sich wehrten. Selbst, wenn er sie dann überwältigte und zur Unterwerfung zwang. Er hätte ihr am liebsten die Beine gespreizt, sie mit seinem Schwanz aufgespießt und sie so lange gefickt, bis sie sich ihm unterworfen hätte. Er bedauerte, dass er die Gelegenheit nicht genutzt hatte, sie sich zu nehmen, als er noch die Chance dazu gehabt hatte. Der Gedanke zauberte ihm ein Grinsen auf die Lippen, aber er vertrieb ihn schnell aus seinem Kopf. Er durfte sich nicht von der bevorstehenden Aufgabe ablenken lassen.

»Das kann nicht alles sein, was wir über diesen Doktor wissen. Wenn er so berühmt ist, muss es Aufzeichnungen oder Bilder geben.« Er schlug mit einer kräftigen Handfläche gegen den Schiffsrumpf. »Beschafft mir mehr Informationen.«

Seine Stiefel hallten vom Boden wider, als er davonstampfte. Er brauchte dieses Kopfgeld. Er hatte es bereits so gut wie verplant. Die Hälfte davon schuldete er einem Kredithai auf Taurin. Einem Kredithai, der Mourad aussehen ließ wie eine Miezekatze.

»Captain«, rief ein Besatzungsmitglied und winkte ihn zu sich herüber. »Ich habe ein Bild gefunden, aber ich bin mir nicht sicher, ob es derselbe Doktor ist, den wir suchen.«

Mourad überquerte die weite Brücke zielstrebig, um sich das Ganze genauer anzusehen. »Warum nicht?«, fragte er.

Der langhaarige Mann blickte zu seinem Captain, als er auf ein Bild auf seinem Bildschirm deutete. »Sieh dir das mal an.«

Mourad lehnte sich nah an den Bildschirm heran, um das körnige Bild erkennen zu können. Kurzes, dunkles Haar. Blaue Augen. Hohe Wangenknochen. Dieselbe Frau, der er auf Danicas Schiff begegnet war. Dr. Max Dryden war eine Frau.

Seine Wut stieg ungezügelt in ihm auf. Diese Hure hatte ihn reingelegt. Sie hatte die Wissenschaftlerin die ganze Zeit bei sich gehabt. Sie hatte Dryden als ein Besatzungsmitglied ausgegeben, damit Mourad sie nicht mitnehmen konnte. Glücklicherweise wusste er genau, wo er Danica und ihre verdammte Crew finden konnte. Und er wusste auch schon, was er mit ihnen machen würde, wenn er sie erstmal in seine Finger bekam.

Er ballte seine Hände zu Fäusten und befahl: »Nimm Kurs zum Sandplaneten auf. Wenn diese Bounty Hunter Bitches überlebt haben, werden wir sie finden.«

Willst du mehr Danica und K'alvek? Blättern Sie um, um einen dampfenden Bonus-Epilog zu erhalten

---

Von Kopfgeldjägern entführt. Von Aliens gefangen genommen. Beschützt von einem Krieger mit einem gefährlichen Geheimnis.

Wenn Sie außerirdische Krieger, starke Frauen und eine schicksalhafte Liebesgeschichte mit einem Happy End mögen, wird Ihnen GEFANGEN gefallen – das zweite Buch in der Science-Fiction Reihe »Die Barbaren des Sandplaneten« von Tana Stone.

GEFANGEN

Willst du mehr Danica und K'alvek?
Melden Sie sich für meine deutsche VIP-Leserliste an und erhalten Sie einen Bonus-Epilog!

Klicke hier:

https://BookHip.com/HJRSLT

BÜCHER VON TANA STONE

VERBUNDEN

ERSEHNT

GESTOHLEN

VERNARBT

Inferno Force der drexianischen Krieger

ENTZÜNDET

VERSENGT

VERBRANNT

ÜBER DEN AUTOR

Tana Stone ist die Autorin der Science-Fiction-Romanreihe über die Tribut-Bräute der Krieger von Drexian. Das erste Buch der Serie, GEZÄHMT, wurde erstmals im Juli 2019 in englischer Sprache veröffentlicht. Ihr Lieblings-Superheld ist Thor (dicht gefolgt von Jason Momoas Darstellung von Aquaman), ihr Lieblingsdessert ist Keylime Pie und sie liebt Star Wars und Star Trek gleichermaßen.

Sie hat einen Mann, zwei Kinder im Teenageralter und zwei neurotische Katzen. Manchmal wünscht sie sich, sie könnte sich selbst auf eine holographische Raumstation teleportieren.

Cover Design von Croco Designs

Übersetzung von Anja Möst

Printed in Poland
by Amazon Fulfillment
Poland Sp. z o.o., Wrocław

51159270R00182